Toi mon tout

Une romance gay de la seconde chance

Everything About You: A Second Chance
Gay Romance

Jeanne St. James

Traduction par
Annabelle Blangier / Valentin Translation

Crédits :
Artiste de couverture/photographe/modèle: Golden Czermak at FuriousFotog
Traduction de l'anglais au français: Annabelle Blangier/Valentin Translation

www.jeannestjames.com

Inscrivez-vous à ma lettre d'information pour recevoir des informations privilégiées, des nouvelles d'auteurs et des nouveautés: www.jeannestjames.com/newslettersignup

Pour ne rien rater de ses actualités et de ses parutions, consultez son site web www.jeannestjames.com ou inscrivez-vous à sa newsletter (Seulement en anglais) : http://www.jeannestjames.com/newslettersignup

Liens d'auteur : Instagram * Facebook * Goodreads Author Page * Newsletter * Jeanne's Readers Group * BookBub * TikTok * YouTube

Avertissement

Deuil périnatal (au passé – uniquement abordé dans les discussions)

Tromperie (au passé – plus d'actualité dans le temps du récit)

Prologue

Là où tout s'est arrêté

C'était ton sourire.
Ton rire.
La couleur de tes yeux.
Ta façon de me regarder quand personne ne faisait attention.
Ta façon de m'étreindre.
Ta façon de m'embrasser.
C'était tout ce que j'aimais chez toi.

Ce sourire qui s'était aplati.
Le silence de ton rire.
L'absence de tes lèvres.
La façon dont tu étais parti.
La façon dont tu avais tout détruit.
La façon dont tu m'avais détruit.
Dont tu nous avais détruits.
C'était tout ce que je détestais, chez toi.

Tout ce qui te caractérise.

Tout ce que je voulais.
Tout ce dont j'avais besoin.
Tout ce que j'espérais.
Et ce jour-là, tu ne m'as pas seulement brisé le cœur,
Tu l'as anéanti.

Chapitre Un

Ronan (aujourd'hui)

J'ENFONÇAI la flèche vers le haut de l'ascenseur du lobby de mon immeuble. Ma respiration revenait rapidement à la normale et la sueur commençait déjà à sécher sur mon corps. J'étais impatient de pouvoir nettoyer la transpiration et la saleté sur ma peau une fois à l'étage.

Je ferais peut-être même plus que ça, sous le jet d'eau chaude de la douche.

Les numéros s'allumèrent l'un après l'autre à mesure que la cabine d'ascenseur descendait du sixième étage.

Ding. Cinq.

Ding. Quatre.

Ding. Trois.

Quand j'entendis la porte du lobby bourdonner et cliqueter en se déverrouillant, je jetai un coup d'œil par-dessus mon épaule pour voir si je devais retenir l'ascenseur pour la personne qui venait d'entrer.

Je retirai mon T-shirt trempé de mon épaule sur laquelle

je l'avais jeté, et m'en servis pour m'essuyer le visage parce que, de toute évidence, j'avais des hallucinations. Je devais avoir de la sueur dans les yeux. Ou bien j'étais étourdi parce que je n'avais rien mangé depuis un moment.

Ou bien...

Ou bien... je voyais vraiment celui que je croyais.

Mais c'était impossible. Ce devait être mon imagination. Je devais l'imaginer, lui.

Peut-être que je faisais une crise cardiaque, ou que j'avais un autre problème de santé requérant que je m'assoie. Je ne sortais plus courir aussi souvent que je le devrais après tout, et mon taux de glycémie était peut-être au plus bas après cette intense séance de cardio.

Ou bien j'étais délirant.

L'homme qui venait de passer la porte s'arrêta dans le vestibule aux murs couverts des boîtes aux lettres des résidents. Il semblait tout juste sorti du lit, même s'il portait un costume. Il était froissé, comme s'il avait dormi sur un banc dans le parc.

Il ne pouvait pas être sans-abri, puisqu'il avait le code de l'immeuble, qui changeait une fois par mois. Autrement dit, c'était un résident actuel, même si je ne l'avais encore jamais vu dans l'immeuble.

Par contre, non seulement il n'avait pas l'air dans son assiette, mais en plus, il parlait tout seul. Comme le sans-abri qui dormait souvent sur un banc du Point State Park. Celui qui se baignait parfois dans la fontaine et qui récupérait les pièces jetées dedans par les touristes et les locaux.

C'était drôle, mes souhaits ne s'étaient jamais réalisés après avoir jeté une pièce dans une fontaine, mais ça marchait peut-être pour d'autres.

Je n'entendais pas ce que disait l'homme à cause de la deuxième paire de portes qui séparait le vestibule du lobby, mais même s'il avait la tête penchée, je voyais clairement ses lèvres bouger. Peut-être qu'il avait des écouteurs et qu'il parlait à quelqu'un au téléphone.

Ou bien il était en pleine conversation avec lui-même, tout en fouillant dans sa poche de pantalon. Il cherchait sûrement sa clef de boîte aux lettres. Même après avoir essuyé la sueur de mes yeux, il me paraissait toujours familier.

Trop familier.

L'ascenseur émit un *ding* en arrivant au rez-de-chaussée, et les portes coulissèrent. Monsieur et Mme Callahan, du troisième étage, sortirent avec leur petit chien de Poméranie, jappeur et mordeur de chevilles, M. Pibbles.

Je fis un pas de côté pour laisser au couple âgé la place de passer, ainsi que pour éviter que cette petite saleté ne me morde.

Madame Callahan me regarda de haut en bas, et je savais parfaitement pourquoi. Je ne portais qu'un short noir satiné qui, quand je transpirais, moulait mes attributs, ainsi que des baskets, des chaussettes de sport qui m'arrivaient aux chevilles et une casquette de l'université de Pennsylvanie.

Pour ne rien arranger, ma peau avait une parfaite teinte pâle et était couverte d'un vaste assortiment de tatouages qui se déployaient sur mon torse et mes bras. Mais ce n'était pas la première fois qu'ils me voyaient après mon jogging, et malheureusement pour eux, ce ne serait pas la dernière.

Monsieur Callahan me tint la porte de l'ascenseur, même s'il le fit en ayant l'air de sucer des citrons.

C'étaient des gens charmants.

J'entendais par là que ces gens étaient des connards pleins de préjugés.

Malgré ça, nous devions trouver le moyen de coexister, puisque nous vivions dans le même immeuble. Au lieu de lui faire un doigt d'honneur, je lui adressai un signe de tête.

— Je ne monte pas tout de suite, mais merci, dis-je.

Puis, je jetai un rapide coup d'œil par-dessus mon épaule, en direction du vestibule.

Le nouveau résident devait avoir trouvé sa clef, vu que la porte en métal de l'une des boîtes aux lettres était ouverte et qu'il était en train de parcourir une pile de courriers.

Il secoua la tête et continua à parler tout seul. Il ne leva les yeux que lorsque les Callahan le dépassèrent et que M. Pibbles jappa d'un ton menaçant. Monsieur Pibbles n'aimait pas les étrangers. *Merde, M.* Pibbles n'aimait personne sauf les Callahan. Et même ça, c'était discutable.

Dès que le couple et leur rat tapageur et orange furent sortis sur le trottoir, l'homme ferma sa boîte aux lettres et se retourna...

La Terre cessa totalement de tourner, comme si quelqu'un avait tiré sur le frein d'urgence.

Mon cœur se contracta. Mes poumons se vidèrent. Mon âme décida de fuir le lobby sans moi.

Mais ma tête... ma tête se mit à tourner comme un manège tenu par un forain bourré.

— Oh merde.

Quand mon cœur se remit brusquement en route, j'abaissai un peu plus ma casquette pour dissimuler mon visage, m'empressai d'enfiler mon T-shirt humide par-dessus ma tête et mon torse, puis me précipitai vers l'escalier le plus proche.

Je pris garde de ne pas laisser la porte en acier claquer derrière moi et, pendant une seconde, je pressai mon dos contre le mur à côté.

Je ne savais pas quoi faire. Je n'étais pas du tout prêt à lui faire face.

Ça ne pouvait pas être réel. Il ne pouvait pas vivre dans le même immeuble que moi.

Ça ne pouvait pas être lui. Impossible, putain !

Il avait quitté Pittsburgh douze ans plus tôt, après avoir obtenu son diplôme, pourquoi était-il de retour maintenant ?

La seule explication, c'était que cet homme n'était pas Tate. C'était juste quelqu'un qui lui ressemblait. Un *doppelgänger*.

Je paniquais pour rien.

Je me comportais comme un imbécile.

Mais rien que pour être sûr, je fis glisser mon dos du mur à la porte, reculai ma casquette sur ma tête, puis me retournai, pliai les genoux et levai assez la tête pour jeter un œil par la petite fenêtre coupe-feu.

Je le regardai se diriger vers l'ascenseur et appuyer sur le bouton dix fois en successions rapides. Il remuait d'un pied sur l'autre en attendant impatiemment que les portes s'ouvrent.

Douze ans.

Ça faisait douze ans que je ne l'avais pas vu, putain.

Mais c'était comme si c'était hier.

On était tous les deux si différents, tout en étant restés les mêmes.

On était plus âgés. Peut-être plus sages, ou peut-être pas.

Mais il avait l'air fatigué. Abattu.

Comme si la vie facile qu'il était censé mener s'était avérée plus difficile que prévu.

Je l'observai jusqu'à ce qu'il monte dans la cabine d'ascenseur. Les portes se refermèrent derrière lui et l'emportèrent.

Je continuai de regarder l'endroit où il s'était tenu, parce que j'avais du mal à m'écarter.

Je ne pouvais qu'attribuer ça au choc.

Quand je parvins enfin à obliger mes pieds à bouger, je m'assis sur la troisième marche et laissai tomber ma tête dans mes mains, m'efforçant de digérer ce que je venais de voir. Je ne comprenais pas pourquoi il était là. À Pittsburgh. Dans l'immeuble où je vivais. Je ne comprenais pas pourquoi ça arrivait.

Pendant un instant, dans le silence, je fus propulsé dans le passé.

À l'époque où j'avais encore de l'espoir.

Des rêves.

Des attentes.

Et, bien sûr, à l'époque où tout ça avait été anéanti.

Ronan (avant)

J'ÉTAIS ÉTALÉ sur le siège, un bras pendant nonchalamment autour du dossier de celui, vide, à ma droite. J'avais beau être en première année, j'étais venu à Duquesne avec l'intention de ne pas me comporter comme tel. De ne pas être vu comme un gamin qui sortait tout juste du lycée.

Je voulais me sentir comme un homme prêt à conquérir le monde.

Ce n'était peut-être pas vrai, mais l'expression « fais semblant jusqu'à ce que ce soit vrai » n'avait pas été inventée pour rien.

C'était pourquoi je faisais de mon mieux pour avoir l'air assuré et pour donner l'impression que j'étais à ma place, alors qu'au fond de moi, je ressentais tout sauf ça.

Je m'en étais très bien sorti au lycée, ce qui m'avait permis d'obtenir des bourses et des subventions. Mais l'université de Duquesne était un tout autre monde, comparée au lycée.

Ce serait vraiment fantastique si les étudiants d'ici étaient plus ouverts d'esprit que les élèves de mon lycée, dans une petite ville juste aux abords de Hershey, en Pennsylvanie. Mon colocataire avait l'air sympa jusqu'ici, mais je le connaissais depuis moins d'une semaine et je ne lui avais pas dit que j'étais gay.

Pas encore.

J'espérais que, en apprenant d'abord à me connaître, quand il le découvrirait, il se rendrait compte que je n'étais pas uniquement défini par mes préférences sexuelles. Mon homosexualité n'était qu'une petite part de mon identité.

Ce matin, j'étais arrivé plus tôt que d'habitude pour ce premier cours – je n'étais pas sûr de savoir où se situait l'amphithéâtre – et je m'étais installé à une rangée de sièges vides.

Je ne voulais pas être tout devant, mais je n'avais pas envie de me cacher tout au fond non plus. Ça n'aurait aucun intérêt, puisqu'il s'agissait d'un cours d'écriture créative multigenre. Je n'étais pas obligé de le suivre, mais il m'intéressait parce que je n'avais pas encore décidé quelle serait ma spécialisation. Je n'avais aucune raison de me cacher dans ce cours, contrairement à celui d'algèbre.

Je n'avais encore aucune idée de ce que je voulais faire dans la vie. Je penchais pour un diplôme de commerce, je m'étais donc inscrit à un noyau de cours qui me rapporterait des crédits ainsi qu'à divers autres facultatifs pour voir si quelque chose suscitait mon intérêt.

Vu que l'écriture était une part importante de la plupart des carrières, je m'étais dit que ça ne ferait pas de mal de suivre ce cours. J'étais un vrai expert lorsqu'il s'agissait d'envoyer des SMS ou des e-mails à mes potes, mais pour ce qui était de la correspondance professionnelle, j'avais bien besoin d'entraînement. En plus, l'écriture créative, ça ne devait pas être bien difficile, hein ? Contrairement à l'algèbre.

C'est pourquoi, assis au troisième rang, j'attendais l'arrivée du professeur et regardais les sièges se remplir autour de moi. J'avais posé mon vieil ordinateur Asus sur le bureau rabattable, et j'espérais que mon dinosaure électronique aurait assez de batterie pour tenir jusqu'à la fin des cours de la journée. Celle de mon téléphone portable vieux de trois ans et à l'écran fissuré était en train de mourir, elle aussi. Je n'avais pas les moyens de remplacer ces deux futurs presse-papiers.

Ce qui me rappelait que... je devais me trouver un boulot aux horaires assez flexibles pour me permettre d'aller en cours, d'étudier et, bien sûr, de faire un peu la fête. Vu que j'avais payé pour suivre ces études, les deux premiers points étaient les plus importants. Les fêtes, les sorties et les coucheries seraient plus des récompenses pour mon dur travail.

Je regardai mon écran allumé et parcourus une dernière fois le programme pendant que tout le monde finissait de s'installer. Quand les bavardages se turent, je levai les yeux et vis le professeur entrer, laisser tomber sa sacoche sur la table, écrire *Pr Mario Louden* sur le tableau blanc, puis se tourner vers le pupitre.

Il se racla la gorge.

— Au cas où vous seriez perdu, vous êtes...

La porte s'ouvrit brutalement, et un étudiant se précipita dans la salle. Il marqua une pause, croisa le regard du Pr Louden et grimaça.

— Monsieur Harris, *ceci* est l'une des raisons pour lesquelles vous avez redoublé ce cours. Vous savez à quelle heure il commence depuis que vous avez reçu votre emploi du temps, il y a presque deux semaines. Vous n'avez aucune excuse pour être en retard.

— Désolé, désolé, marmonna-t-il en ajustant le sac à dos ouvert qui pendait à moitié de son épaule.

— J'espère que ça ne se reproduira plus. N'est-ce pas, monsieur Harris ? Autrement, je vous suggère d'abandonner ce cours et de trouver un autre professeur à insulter avec vos retards.

— J'ai besoin... commença l'étudiant, avant de secouer la tête. Je vous jure que je ne serai plus en retard.

Même moi, je sentais que c'était un mensonge, mais je n'en avais rien à foutre, de ce qu'il disait. J'étais plus concentré sur ses lèvres que sur les mots qui en sortaient.

Il. Était. Magnifique.

Une masse de cheveux sombres et épais retombaient sur son front et une rougeur avait recouvert son cou et ses joues.

Je ne pus détourner les yeux de mon futur petit-ami – j'irais peut-être même jusqu'à parler de futur mari – tandis qu'il descendait les marches en courant, tête baissée. Malheureusement, il disparut quelque part derrière moi.

Avec un peu de chance, il n'avait pas remarqué que je le reluquais.

Et sinon... tant pis.

Il penserait sûrement que je le regardais parce que je le trouvais impoli d'arriver en retard en cours.

J'entendis son lourd sac à dos heurter le sol avec un bruit sourd, quelques rangées derrière moi. Il y eut un froissement bruyant et une série de grognements.

Je ne fus pas le seul à le remarquer. Le Pr Louden aussi, et il regarda le futur M. Ronan Pak derrière moi.

Ça me plaisait. L'idée qu'un autre homme adopte mon nom. S'il insistait, je le laisserais garder le sien aussi. Harris-Pak.

— Vous êtes sûr d'être prêt à ce que je débute ce cours, monsieur Harris ? lança le Pr Louden en haussant l'un de ses sourcils sombres et broussailleux.

Il y eut quelques ricanements et rires étouffés, et je me rendis compte que tout le monde s'était retourné sur son siège pour regarder M. Harris. Correction : M. Harris-Pak.

Un sourire s'étira sur mon visage, et je me tirai de mon fantasme pour me concentrer sur la leçon du jour quand notre professeur commença son cours. Je n'avais vraiment pas envie qu'il m'accuse de rêvasser devant toute la classe.

Plus d'une heure plus tard, je rangeais mes affaires dans mon sac à dos, y compris mon vieil ordinateur – par chance, il ne m'avait pas lâché pendant le cours – en me demandant quand je reverrais M. Harris, puisque je ne connaissais pas encore son prénom.

Pas encore. Mais ça viendrait.

J'allais m'assurer d'arriver en cours en avance vendredi, et de m'asseoir vers le fond, pour pouvoir observer ma nouvelle obsession sans que personne s'en rende compte. L'examiner. Consigner le moindre détail dans ma mémoire. Pour mes fantasmes.

Quand je me levai, j'entendis des pas précipités descendre les marches derrière moi, j'attendis donc et triturai mon sac à dos en m'efforçant d'être subtil.

Je voulais juste le regarder une dernière fois. De dos, cette fois, vu que je savais déjà que j'aimais le devant.

Je ne fus pas déçu quand Harris descendit les marches en courant vers l'avant de l'amphithéâtre. Mais son sac à dos était encore grand ouvert et tout le contenu risquait de se renverser.

— Eh ! lançai-je pour le prévenir, tout en me dépêchant de le suivre.

Soit il ne m'entendit pas, soit il m'ignora, mais il sortit de l'amphithéâtre en trombe et s'engagea dans le couloir.

Je me frayai un chemin à coups de coude à travers un groupe d'étudiants immobiles et en train de parler qui me séparaient surtout de mon futur mari. Je parvins à les contourner et sortis, espérant ne pas avoir perdu Harris.

Ce n'était pas le cas.

Pas parce qu'il m'attendait, mais parce que ce que je craignais s'était produit. Son sac à dos était au sol et tout ce qu'il contenait s'était répandu dans le couloir, comme le contenu d'une piñata à une fête d'anniversaire.

J'eus presque les larmes aux yeux en voyant ce qui ressemblait à un ordinateur tout neuf par terre.

Une vraie tragédie. Qu'est-ce que je ne ferais pas pour un nouveau PC comme celui-là... ? Avec un peu de chance, il n'était pas cassé, et sinon, j'espérais qu'il était assuré. Ce n'était pas mon problème. Tout ce qui m'intéressait, c'était l'homme aux épaules larges et aux hanches étroites, aux fesses savoureuses en forme de pêche, qui était désormais accroupi au sol pour récupérer ses affaires pendant que tout le monde le contournait sans prendre la peine de l'aider.

C'était ma chance de me présenter et de devenir son preux chevalier.

Je m'accroupis en face de lui et rassemblai des stylos, un arc-en-ciel de surligneurs et des post-its de couleurs variées. De mon point de vue, cet homme transportait bien trop de trucs dans son sac. Qui se baladait avec tout ça ? Pas étonnant qu'il ne puisse pas le fermer.

Quand j'eus les mains pleines, je pris son sac à dos et jetai tout dedans. S'il voulait que ce soit organisé, il pourrait s'en occuper lui-même une fois qu'il ne serait plus au milieu du couloir.

Je me redressai et me rapprochai de mon futur amant, le sac dans les mains. Mon cerveau tentait de me faire croire que serrer son sac à dos revenait à le serrer, lui.

Ce n'était pas le cas. Hélas.

J'attendis qu'il ait empilé des cahiers et ce qui ressemblait à un roman dans ses bras, avant qu'il ne se redresse, le visage rougi soit par la gêne, soit par l'effort.

Je lui tendis son sac à dos.

— Tiens.

Il regarda autour de lui pour vérifier qu'il n'avait rien oublié, puis leva la tête. Quand il tendit la main vers son sac, je ne pus me résoudre à lâcher prise. Quand il referma la main dessus, nos doigts se touchèrent, et une décharge me remonta dans le bras tandis qu'une tornade de chaleur tourbillonnait dans mes tripes. Nous échangeâmes un regard surpris et...

J'oubliai comment respirer.

Ses yeux bleus...

Les voir de près me donna l'impression d'avoir reçu la foudre en pleine poitrine.

Son sourire de travers, embarrassé, alourdit mes bourses, et je priai pour ne pas me mettre à bander dans ce couloir.

— Merci, dit-il, le mot se coinçant dans sa gorge.

Il la racla et répéta plus clairement.

— Aucun problème.

— La fermeture est cassée, expliqua-t-il.

— Sûrement parce que tu transportes la moitié de ta carrière d'étudiant dans ce truc.

— Je ne vis pas sur le campus, alors je...

Il parut perdre le fil de ses pensées, mais pas une seconde, il ne décrocha son regard du mien.

— Je... euh...

— Tu ne veux rien oublier, terminai-je pour lui.

Il hocha la tête, et sa masse de cheveux sombres tomba un peu plus sur son front. Je recourbai les doigts de la main qui ne tenait pas le sac pour me retenir de repousser les mèches devant ses sourcils.

— Tu ne peux pas laisser des trucs dans ta voiture ?

Ce n'était pas comme si ça m'intéressait vraiment, qu'il soit chargé comme une mule, je voulais juste le retenir ici le plus longtemps possible.

— Je n'ai pas de voiture.

Sa voix était bien plus grave que ce à quoi je me serais attendu, à le voir, vu qu'il était plutôt mince.

— Alors, comment tu viens sur le campus ?

— À vélo ou à pied. Parfois, je suis déposé par l'un de mes colocs', ça dépend de nos emplois du temps.

Il tira légèrement et je lâchai enfin son sac à dos, même si je n'en avais pas envie. Je voulais le retenir ici, comme un otage. Le garder pour moi tout seul jusqu'à ce qu'il tombe désespérément amoureux de moi.

Bien sûr, je savais que ce n'était pas réaliste. Mais il y avait un truc que je pouvais obtenir de lui au moins...

— Cool. Au fait, je suis Ronan, mais tu peux m'appeler Roe.

Il fronça ses sourcils sombres.

— Ronan ?

— Ouais, c'est irlandais. J'ai l'air irlandais, non ?

J'inclinai la tête et conservai une expression sérieuse, même si je l'avais sciemment mis dans l'embarras.

Je le regardai paniquer à l'idée de répondre et de m'offenser.

— Euh...

J'empêchai mes lèvres de tressaillir et de me trahir.

— En fait, je ne suis qu'à moitié irlandais. De devant. Pas de dos.

J'attendis de voir s'il allait me demander de quelle nationalité était l'autre moitié, vu que je n'avais clairement pas l'air à moitié irlandais. Mais il joua la sécurité et s'en abstint, alors je demandai :

— Et toi ?

Je n'étais pas prêt à voir cette conversation se terminer.

— Je... je ne suis pas sûr...

Il se passa les doigts dans les cheveux, les ébouriffant

encore plus. À mes yeux, ça le rendait encore plus sexy. J'adorerais voir ses cheveux comme ça quand je roulerais sur le côté le matin et trouverais sa tête sur l'oreiller à côté du mien.

— Je suis un bâtard, je suppose. Un mélange européen. Allemand et...

— Je parlais de ton nom, précisai-je.

— Oh, lâcha-t-il, ses joues devenant encore plus rouges. Tate. Harris. Tu peux m'appeler Tate.

Quand je souris, je vis passer sur le visage de Tate quelque chose auquel je ne m'attendais pas.

De l'intérêt. Un intérêt prudent.

Hmm... Se pouvait-il qu'il soit gay ? Ou bi, au moins ?

Aurais-je de la chance, et mon futur mari aimerait-il les hommes, lui aussi ?

Non, je n'étais jamais aussi chanceux.

Je tendis la main. Il la regarda une seconde, comme si je venais de le prendre par surprise. Puis, il ajusta un peu mieux son sac à dos sur son épaule et plaça sa main chaude aux longs doigts dans la mienne.

Et *bordel de merde...*

J'étais impatient que mon prochain cours se termine parce que je devais me rendre à la salle informatique pour commencer à imprimer nos invitations de mariage.

J'espérais que ça ne dérangerait pas Tate.

Ronan (aujourd'hui)

Dans la cage d'escalier silencieuse, je laissai retomber mes mains et levai la tête avant de prendre une grande inspiration pour repousser ces souvenirs.

Parmi tous ceux que je n'arrivais pas à oublier, celui-là en était un bon, et je devais m'arrêter avant de passer aux plus douloureux et aux plus ravageurs.

Je me relevai, pinçai les lèvres et crispai la mâchoire. J'entamai la longue ascension jusqu'à mon penthouse. Et en chemin, je pris conscience de quelque chose...

Je n'étais absolument pas prêt à me retrouver en face à face avec Tate Harris.

Pas aujourd'hui, et peut-être même jamais.

Entre le dernier jour où je l'avais vu et, aujourd'hui, j'étais sorti avec un tas d'hommes. Mais aucun n'était comme lui, et je n'avais aimé aucun d'entre eux.

À cause de ça, je n'avais jamais connu de rupture aussi grande qu'avec Tate.

Après toutes ces années, je croyais avoir tourné la page.

De toute évidence, ce n'était pas le cas.

Chapitre Deux

Ronan (aujourd'hui)

JE FAISAIS les cent pas devant l'étendue de fenêtres. Cette vue large et impressionnante était la raison pour laquelle j'avais acheté cet immeuble et transformé l'étage supérieur en penthouse. Comme la plupart des immeubles que j'achetais, celui-là avait eu besoin de beaucoup de rénovations, mais maintenant, c'était mon foyer.

Avec la plupart des lumières éteintes, la ville semblait à portée de main. Comme si je pouvais tendre le bras et toucher tout ce qu'il y avait de meilleur à Pittsburgh.

Depuis mon penthouse, je pouvais voir les gratte-ciels, les lumières étincelantes et les nombreux ponts. Au loin, je distinguais le funiculaire de Duquesne, ainsi que le PNC Park et le Heinz Field, les deux stades de baseball où jouaient les fameux Pirates de Pittsburgh et les Steelers.

Les soirs de match, un grand feu d'artifice était tiré au PNC Park pour les fans de baseball, et soit je montais sur le toit, soit j'éteignais toutes les lumières dans mon penthouse, m'installais sur le canapé, dans le noir, et regardais le ciel nocturne être illuminé par les explosions de couleur au-dessus du centre-ville.

J'adorais cette ville. J'adorais les gens qui y vivaient. L'atmosphère.

Je l'avais aimée dès mon arrivée, quand j'avais emménagé dans ma chambre de dortoir à l'université de Duquesne, à dix-neuf ans.

Je l'aimais tellement que j'étais resté après avoir obtenu mon diplôme.

Elle contenait tout ce dont j'avais toujours eu besoin. Y compris Tate, au début.

Puis, elle avait continué à disposer de tout ce dont j'avais besoin, sauf de lui. Tate n'était pas resté comme il l'avait dit. Au lieu de ça, il m'avait quitté, ainsi que la ville qu'on aimait tous les deux tellement. La ville que je pensais que l'on considérait tous les deux comme notre foyer. Ensemble.

Je me trompais.

Le pire, ça avait été la façon dont ça s'était passé.

Je m'arrêtai devant la baie vitrée centrale et baissai les yeux sur la rue. Le défilé des lumières rouges et blanches formait une traînée floue, tandis que les véhicules circulaient dans les rues remplies de monde. Des gens minuscules se baladaient aussi à pied, sortis dîner ou voir un spectacle, ou bien tout simplement en train de rentrer chez eux après une longue journée.

Mon attention fut détournée de la vue apaisante et familière quand mon téléphone portable se mit à vibrer dans ma main. Ce n'était pas un appel, mais un message, la réponse à ma demande. Alicia était l'une de mes plus anciennes gestionnaires en immobilier. Elle dirigeait la division résidentielle de Pak Property Management, Inc.

Appartement 602. Il y a une copie du contrat de sous-

location dans le dossier, si tu veux le voir. Je peux te l'envoyer par e-mail demain, à mon retour au bureau.

Appartement 602.

Un autre message apparut avant que je n'aie eu le temps de répondre. *Il y a un problème dont je devrais me charger avec le locataire ?*

Avant que je n'aie pu répondre, le téléphone sonna. Je passai mon doigt sur la touche verte pour accepter l'appel et mis Alicia sur haut-parleur.

— Il y a un problème, Roe ?

Aucun que je ne sois prêt à admettre.

— Non. Aucun problème. J'ai vu quelqu'un de nouveau dans le lobby, qui avait le code d'accès, et je voulais juste m'assurer qu'il vivait bien ici. C'est tout.

Le souci du détail d'Alicia était la raison pour laquelle elle avait rapidement grimpé les échelons de mon entreprise. Je la payais très cher pour qu'elle reste, et elle méritait jusqu'au dernier centime. Tout comme les gérants des divisions commerciales et des associations de propriétaires de mon entreprise de gestion immobilière, l'une des diverses sociétés que je possédais.

J'avais eu de la chance que les employés embauchés pour Pak Property Management, à l'époque où je n'étais qu'un investisseur en herbe, soient encore avec moi. Mais après tout, je les rémunérais grassement, entre leur salaire et les bénéfices. Sans oublier les généreuses périodes de congé pour éviter qu'ils fassent un burn-out.

Cerise sur le gâteau, leur bonus annuel était plus élevé que ce qu'un ouvrier payé au salaire minimum gagnait en un an.

J'avais très vite appris à respecter mes employés les plus assidus et à me montrer reconnaissant envers eux. Comme l'immobilier, les sociétés et les actions, ils étaient des investissements, eux aussi.

La bonne personne valait son poids en or.

Tout comme le bon amant, d'ailleurs.

— Roe ?

Je secouai la tête pour me concentrer à nouveau sur la conversation.

— Désolé.

— Quelque chose ne va pas ?

— Je voulais juste vérifier que c'était un locataire légitime, c'est tout.

— Non. Je parle de toi.

Alicia était aussi très perspicace.

— Je vais bien, mentis-je. Merci d'avoir vérifié. Je t'apporterai l'un de ces lattés que tu aimes tant, du café du coin de la rue, la prochaine fois que je passe au bureau.

Je l'entendis ricaner à l'autre bout du fil.

— Tu ne viens quasiment plus au bureau.

— C'est parce que Mike, Abe et toi êtes si doués dans ce que vous faites que je n'ai pas besoin de le faire.

— C'est pour ça que tu nous paies si cher.

Les coins de mes lèvres s'étirèrent. Même si elle plaisantait, c'était aussi la vérité.

— Exactement.

— OK, préviens-moi si tu as besoin d'autre chose.

— J'ai besoin que tu profites du reste de ta soirée avec ta famille. Désolé d'avoir interrompu ton temps passé avec eux.

— J'en profiterais plus si tu venais me débarrasser de mes trois petites barbares pour la soirée.

Je ris doucement.

— Il faudrait que tu travailles gracieusement pour moi pendant une année entière pour que j'envisage d'accepter ça.

— Tu es en train de dire que ça me reviendrait moins cher d'installer une cage dans le sous-sol, plaisanta-t-elle.

— Je suis sûr que l'on connaît un fournisseur qui pourrait t'en installer une à un prix raisonnable.

— Oups. Je crois que les enfants m'ont entendue, rit-elle.

— Ils s'en remettront dès que tu auras sorti la glace.

— Inutile de les doper au sucre avant l'heure du coucher.

— Avec des vermicelles, ajoutai-je en ignorant sa remarque.

— Très bien, soupira-t-elle. De la glace avec des vermicelles.

Les acclamations et les cris de joie des trois enfants se firent entendre en arrière-plan et résonnèrent dans mon salon tandis qu'ils clamaient adorer leur oncle Roe. Cela m'aida à dissiper une partie de la crainte qui me pesait sur la poitrine.

Avec un sourire, je raccrochai, mais à la seconde où ce fut fait, le sourire s'effaça de mon visage et je me remis à regarder la ville.

Ronan (avant)

Je me glissai sur le siège vide à côté de Tate, arrivant tout juste avant le début du cours. Le Pr Louden n'hésitait jamais à interpeller les étudiants en retard, et je ne voulais pas devenir sa nouvelle cible.

J'étais beaucoup de choses, mais d'habitude, on ne pouvait jamais m'accuser d'être en retard.

Mais je n'étais pas pressé d'arriver en cours aujourd'hui, vu que je voulais m'assurer que mon futur mari était déjà arrivé. Comme ça, je pourrais m'asseoir à côté de lui et peut-être entamer le dialogue.

Ces deux dernières semaines, j'avais découvert qu'il serait plus facile d'arriver après lui plutôt que d'arriver avant et d'espérer qu'il s'assiérait à côté de moi.

Nous n'eûmes pas autant l'occasion de parler que je l'aurais voulu parce que, même si on était à la fac, et pas à l'école catholique, je n'aurais pas été étonné de voir notre professeur sortir une règle pour nous taper sur les doigts dans l'éventualité où nous parlerions trop.

Je devais conserver mes paumes indemnes pour pouvoir me masturber en pensant à l'homme de mes fantasmes chaque fois que mon colocataire, Dominic, passait la soirée ailleurs. J'avais épié le calendrier qu'il avait accroché au-dessus de son bureau pour me programmer un peu de « temps pour moi ». Ou plutôt « du temps entre Tate et moi ».

Sauf que Tate ne savait pas qu'il y participait.

L'homme de mes fantasmes n'était plus arrivé en retard depuis ce premier jour. Même si son sac à dos était toujours rempli à ras bord de toute sorte de trucs. Y compris des goûters. Mardi dernier, un préservatif en était tombé pendant qu'il cherchait un stylo.

Un *préservatif.*

Au moins, quelqu'un avait l'occasion de s'amuser. Ce n'était clairement pas mon cas. Vu que je ne m'étais pas fait tatouer « gay » sur le bras, je me reposais entièrement sur mon « gaydar » pour repérer les perspectives éventuelles.

De toute évidence, mon « gaydar » avait besoin d'être réglé, parce qu'il me faisait défaut. Si je n'avais pas été mineur, j'aurais traîné dans un bar gay où j'aurais pu inviter les gens ouvertement. J'avais entendu parler de l'un d'eux, dans le quartier du Strip, qui s'appelait le Café de la Vraie Chance.

Même si je pouvais mettre la main sur une fausse carte d'identité, je n'aurais aucun moyen d'aller là-bas pour repérer les lieux, vu que je n'avais pas de voiture ni d'ami possédant une voiture. Et je n'avais pas d'argent à dépenser dans un taxi.

Je travaillais encore sur la deuxième et la troisième option. Le problème avec la deuxième, c'était qu'il me faudrait trouver un ami prêt à aller dans un bar gay avec moi. Pour pouvoir envisager la troisième option, je devais me faire embaucher par l'un des nombreux endroits où j'avais déposé ma candidature. Je commençais à désespérer, n'ayant toujours rien trouvé. Ce n'était pas comme si j'étais difficile. J'avais juste besoin d'heures flexibles et d'un peu d'argent en poche.

— Salut, murmurai-je à Tate, espérant que le Pr Louden ne m'entendrait pas.

J'ajoutai mon sourire emblématique.

— Salut, répondit-il.

Sa mèche de cheveux épaisse et rebelle tomba sur son front quand il fouilla dans son sac à dos trop rempli, posé au sol à ses pieds, pour en sortir tout ce dont il avait besoin pour le cours.

Tant que tu es baissé...

Je ravalai cette suggestion et, quand il se rassit sur sa chaise, je demandai plutôt :

— Tu as terminé la lecture obligatoire ?

Parce que j'étais un vrai ringard.

Il me tendit un paquet de chewing-gums. Je secouai la tête. Il en sortit un, le déballa et le mit dans sa bouche.

Oui, je devais l'admettre, j'avais observé chacun de ses mouvements.

Quand il se mit à mâcher, j'observai aussi ses lèvres et me demandai ce que ça ferait, de les sentir remuer contre les miennes.

Bordel de merde, je pouvais tout aussi bien me faire tatouer le mot « pervers » sur le front.

— Je n'en suis qu'à la moitié, chuchota Tate en gardant un œil prudent sur Louden qui parlait d'un ton monocorde derrière son pupitre. Et toi ?

— La moitié ? demandai-je un peu trop fort.

Le professeur se racla la gorge. J'attendis que Louden soit de nouveau concentré sur sa leçon avant de demander à voix basse :

— En plus de tes retards, c'est l'autre raison pour laquelle tu redoubles ce cours ?

Tate haussa une épaule de manière désinvolte. Ses larges épaules étaient couvertes par un vieux T-shirt des Foo Fighters. Je remerciai le tissu en silence de mouler à ce point ses formes.

Il portait aussi un jean élimé et déchiré au-dessus du genou droit. Je fus tenté de glisser mon doigt dans ce trou pour toucher la peau en dessous et caresser les poils noirs et courts que je distinguais. Je me retins, n'ayant pas envie de me faire arrêter pour agression. Non seulement ça risquerait de me faire perdre la bourse dont j'avais grandement besoin, mais en plus, j'aurais un casier judiciaire, sans oublier que je ne pourrais pas payer ma caution.

Pour toutes ces raisons, au-delà de la question, plus importante, du consentement, je gardai mes doigts pour moi.

Ce qui était bien dommage.

— Je vais prendre ça pour un oui, continuai-je alors qu'il ne répondait pas.

Je devais détourner mon attention de ce trou béant qui m'appelait comme une invitation.

— J'ai besoin des crédits.

— Pourquoi tu ne suis pas un autre cours à la place ?

— C'est un cours obligatoire pour moi. Sans ça, je ne peux pas passer mon diplôme.

Sa jambe remua et, *bordel,* mon regard fut à nouveau attiré vers cet aperçu de peau alléchant tout juste hors de portée. Je m'obligeai à relever les yeux sur son visage, ne m'arrêtant qu'une seconde sur ses tétons durs, pressés contre le coton doux de son T-shirt.

— Je vais te donner un bon conseil, alors... en plus d'arriver en cours à l'heure, tu devrais peut-être faire tes devoirs.

— J'essaie de mieux faire.

— C'est quoi, ta spécialité ?

— Le journalisme. Et toi ?

Le journalisme ? Ça avait l'air barbant.

— Indéterminée.

Non, je n'étais pas fier de cette réponse, mais je trouverais bien assez vite. Je l'espérais. Il me restait encore quatre ans pour décider de mon avenir. Il n'était pas nécessaire que tout soit gravé dans le marbre dès le premier semestre.

— Combien on gagne par an, dans cette carrière ?

Bordel de merde. Je pinçai les lèvres pour retenir un rire. Ce beau mec avait le sens de l'humour. Comment faire plus parfait ?

— Vraiment pas beaucoup.

— Je ne t'avais encore jamais vu sur le campus.

Je haussai les sourcils. Étais-je à ce point oubliable ?

— J'étais assis près de toi aux deux derniers cours, et je t'ai aidé à ramasser tes affaires dans le couloir l'autre jour, tu te souviens ?

Tate grimaça.

— Ce serait difficile de l'oublier, et merci pour ton aide. Mais je voulais dire, avant ce regrettable incident. Tu es en première année ?

— Eh bien... juste pour te prévenir, j'ai effectivement tendance à être premier.

Un rire s'échappa de Tate, qu'il s'empressa de couvrir par une toux gênée. Je lui fis les gros yeux pour l'avertir.

— Tout va bien, là-haut, messieurs ? Quelque chose vous fait rire, monsieur Harris ?

Merde. Grillés.

— Non, monsieur. Je suis désolé. J'avais quelque chose dans la gorge.

Tate fit à nouveau semblant de tousser et se donna une tape sur la poitrine.

J'aurais bien aimé être ce quelque chose dans sa gorge.

— Vous êtes sûrs que tout va bien, messieurs ? Si je vous ennuie, et puisque c'est la deuxième fois que vous suivez ce cours, monsieur Harris, vous devriez pouvoir descendre et l'enseigner aussi bien que moi.

— Putain, marmonna Tate entre ses dents.

— Fais-le, l'encourageai-je en lui donnant un coup de coude dans les côtes.

Il s'écarta vivement et ses joues devinrent écarlates.

Bordel. J'aurais pu passer la journée à l'observer.

— Je ne rendrais pas autant justice à cette matière que vous, professeur Louden.

Lèche-botte. Je baissai la tête pour dissimuler mon visage et émis un léger bruit de baiser.

Ce qui me valut un coup de coude dans les côtes.

Je cachai mon sourire quand le Pr Louden garda les yeux rivés sur la rangée du fond beaucoup trop longtemps. Une horloge cliquetait dans ma tête pendant qu'on attendait de voir s'il allait nous virer du cours pour avoir provoqué du chahut.

Tate pouvait peut-être se permettre de redoubler les cours, mais pas moi. Et encore une fois, je ne pouvais pas risquer de perdre ma bourse parce que je flirtais éhontément au lieu d'écouter.

— Puisque je sais que je suis irrésistible, je vais arrêter de te distraire pour que tu puisses te concentrer, lui murmurai-je à l'oreille, l'épaule pressée contre la sienne, dès que le Pr Louden eut fini de nous fusiller du regard de loin.

Tate émit un petit ricanement sur ma gauche. Mais ce ne fut pas tout. Il tendit aussi la main et me pressa le genou.

Il m'avait pressé le genou.

Si j'avais été un personnage de dessin animé, des cœurs seraient apparus dans mes yeux et ils me seraient sortis des orbites.

Mais elle disparut si vite que j'aurais aussi bien pu l'imaginer.

Était-ce le cas ? Je lui jetai un coup d'œil.

Il avait les yeux baissés sur le Pr Louden et écoutait les mots qui sortaient de sa bouche.

J'espérais qu'il m'adresserait un petit sourire ou un clin d'œil... Quelque chose qui m'indiquerait qu'il était attiré par moi autant que je l'étais par lui. Ou mieux encore, qu'il était gay.

Ou au moins bi.

Ou même bi-curieux.

J'avais juste besoin d'une toute petite miette de quelque chose. Un indice.

Je n'obtins plus rien de lui de tout le reste du cours. Mais j'avais posé la main sur mon genou, au même endroit, comme l'idiot désespéré que j'étais, et j'avais l'impression que la sienne était encore là.

Quand le cours se termina enfin et que je me rendis compte que j'avais loupé la moitié de ce qu'avait dit le Pr Louden, je soupirai à cause de ma folie et commençai à rassembler mes affaires.

Je remarquai que Tate avait griffonné un tas de notes dans un vrai cahier, plutôt que sur son ordinateur. Avais-je vraiment raté tant de trucs que ça ?

Il accepterait peut-être de partager ses notes. Ce serait l'excuse parfaite pour passer plus de temps avec lui et découvrir qui était Tate Harris. Lui laisser l'occasion de mieux me connaître aussi.

— Eh... euh... tu veux qu'on aille prendre un café, ou quelque chose ? J'aimerais bien copier tes notes.

Tate hésita, et je retins mon souffle en attendant sa réponse. Je croisai peut-être même les doigts. Mais quand il secoua sa tête sombre, je laissai lentement échapper l'air que je retenais, même si ma déception ne s'échappa pas avec lui.

Par contre, je remarquai qu'il avait lui-même l'air un peu déçu.

Hum.

— Je ne peux pas. Je dois aller quelque part.

Il continua de ranger ses affaires dans son sac à dos. Je fus surpris que les coutures ne se déchirent pas. Quand il leva à nouveau la tête, il ajouta :

— Mais je pourrai te les envoyer par e-mail quand je les aurai tapées sur mon ordinateur.

Il me tendit son cahier et un stylo. Pendant que je notais mon adresse e-mail, je demandai :

— Pourquoi tu ne prends pas directement des notes dans ton ordinateur ? Ce serait plus efficace.

— C'est ma manière d'étudier. J'écris d'abord mes notes à la main, puis je les recopie au clavier plus tard. Ça m'oblige à les relire deux fois.

— Malin.

— Je ne sais pas si c'est malin, mais pour moi, ça fonctionne.

Mais était-ce vraiment le cas, sachant qu'il avait redoublé ce cours ? C'était pareil pour combien d'autres cours ?

— Du moment que ça marche, marmonnai-je.

Je le suivis au bas des marches une fois que tout le monde fut passé. Le Pr Louden nous suivit de ses yeux sombres quand on passa devant le podium.

— Excellente leçon, aujourd'hui, monsieur, lançai-je avec un petit signe de la main et un sourire.

Qui était le lèche-bottes, maintenant ?

— Vous voulez dire que vous m'avez écouté ? demanda le professeur, sachant très bien que ce n'était pas le cas.

J'étais trop occupé à baver sur Tate.

— Tout à fait. C'était fascinant. J'aimerais bien que vous enseigniez tous mes cours.

Je n'attendis pas sa réponse et nous nous empressâmes tous les deux de passer la porte. Nous nous retrouvâmes dans le couloir bondé, nous efforçant de réprimer notre rire.

Nous nous arrêtâmes juste après la porte.

— Bon, je vais par là, dis-je avec un signe de tête vers la droite.

— Et moi, par là. On se voit mardi ?

C'était dans quatre jours !

— Ouais, bien sûr, répondis-je en faisant un gros effort pour ne pas laisser entendre ma déception.

J'échouai misérablement.

Je me raclai la gorge, rajustai mon sac à dos sur mon épaule et commençai à m'éloigner. Enfin, je traînais pas mal des pieds, vu que je n'étais pas prêt à ce qu'on se sépare.

— Eh...

Tate me prit le bras pour m'arrêter. S'apprêtait-il à me déclarer son amour inconditionnel pour moi ? Ici, dans le couloir ? Tant mieux. Parce que je voulais que le monde entier l'entende.

Je le regardai par-dessus mon épaule et vis qu'il avait du mal à exprimer ce qu'il comptait dire ensuite. Je me tournai vers lui et lui accordai le temps dont il avait besoin.

Il baissa les yeux sur ses baskets un instant, et quand il les releva, son regard bleu se riva au mien et provoqua des étincelles en moi.

Contrairement à la leçon du Pr Louden, les yeux de Tate étaient *vraiment* fascinants, et ils me clouaient sur place.

Qu'est-ce que tu t'apprêtes à dire, Tate ? Crache le morceau. Tu me tues, là.

— Une fraternité organise une fête demain soir.

Quoi ? Ce n'était pas ce que j'espérais entendre.

— Tu fais partie d'une fraternité ?

Je ne savais pas si je devais être impressionné ou déçu par cette révélation. Je penchais plutôt pour la déception. J'espérais qu'il n'était pas l'un de ces garçons de fraternité cliché.

Tate secoua la tête.

— Non, mais deux de mes amis en sont membres. Cette fête a lieu à Pittsburgh, pas ici. J'ai été invité, et maintenant... toi aussi.

Je clignai des paupières. C'était un peu bizarre, comme invitation. Mais...

— Pourquoi ?

Tate fronça les sourcils.

— Pourquoi quoi ?

— Pourquoi tu m'inviterais ?

Il fronça encore plus les sourcils, créant des plis autour de sa bouche.

— Pourquoi pas ?

Oh, eh bien... tu ne me connais pas, je suis gay, je suis très attiré par toi et, malheureusement, tu es sûrement hétéro... pour commencer.

— Eh bien, je... euh...

Il inclina la tête et me regarda.

— Tu es...

— Un première année. Et je ne suis pas de Pittsburgh. Ça ne les dérangera pas ?

Il cessa de froncer les sourcils et un sourire amusé apparut sur son visage à la place. Je préférais vraiment le Tate souriant à la version renfrognée. Pendant une seconde, mon attention fut attirée par la courbe relevée de ses lèvres.

Peut-être même deux secondes.

— Non, ils n'en ont rien à foutre. Et Pittsburgh organise les meilleures fêtes.

— Il faut payer quelque chose pour entrer ?

Parce que ça pourrait poser problème.

Il secoua la tête.

— Ils font payer les verres, si tu veux boire.

— Combien ?

Pour l'amour du Ciel, j'étais si ringard ! Et fauché. Quelque chose passa sur le visage de Tate. Comme s'il comprenait soudain la raison de mes hésitations.

— Ne t'en fais pas pour ça. Je m'occupe de toi.

— Tu ne...

Tate se pencha vers moi, me regarda droit dans les yeux et répéta :

— Je m'occupe de toi.

Merde alors. Je pouvais trouver un tas de sous-entendus coquins à ces mots. Mais je doutais que Tate pense à la même chose.

— Je te rembourserai, promis-je.

— Pas la peine, ce n'est rien du tout.

Ça ne l'était pas.

Tate se redressa et passa la lanière de son sac à dos sur son épaule.

— Alors, on se voit demain ?

— Peut-être.

— Je t'envoie un e-mail avec les détails en même temps que les notes.

— OK.

Tate me salua du menton.

— Réfléchis-y, au moins.

— Je le ferai.

Il se retourna et partit dans la direction opposée.

Je restai planté dans le couloir, à le regarder.

Jusqu'à ce qu'il se perde dans la foule.

Réfléchis-y.

Il n'y avait pas à réfléchir. J'avais déjà décidé que j'irais.

Chapitre Trois

Tate (aujourd'hui)

Je resserrai les doigts autour de la main de Mazie, vu que
ma fille de quatre ans avait tendance à s'enfuir en courant dès
que je ne faisais pas attention. Et vu qu'on était en ville, je ne
pouvais risquer de la laisser s'élancer entre les voitures garées
et parmi la circulation.

Je trouvais déjà que ma vie était merdique, mais s'il arrivait quelque chose à ma fille, surtout à cause de mon manque
de vigilance, elle en serait complètement anéantie.

Alec avait baissé sa tête surmontée de cheveux noirs et
arborait une expression renfrognée. Il marchait au moins trois
mètres devant moi parce qu'il n'était pas content et tenait à
me le faire savoir, ainsi qu'au reste du monde. À chaque pas
qu'on faisait sur le trottoir, en direction de l'entrée de mon
immeuble, quand il ne frottait pas le bout de ses baskets
contre le trottoir, il les traînait sur le béton.

Il faisait tout son possible pour me taper sur les nerfs, et

je faisais de mon mieux pour ne pas lui donner cette satisfaction.

Après lui avoir demandé d'arrêter une demi-douzaine de
fois, j'avais abandonné. Mais je l'avais aussi prévenu qu'il
devrait continuer de porter ses baskets éraflées jusqu'à ce
qu'elles soient trop petites, quel que soit l'état dans lequel
elles seraient, parce qu'il était hors de question qu'on lui en
achète une autre paire.

Par ses actes, mon fils de huit ans m'indiquait clairement
qu'il n'avait pas envie de passer le week-end avec moi, même
si l'autre jour, au téléphone, il avait assuré que je lui
manquais.

L'inconstance de mes enfants n'était qu'un plaisir de plus
sur la longue liste des joies de la parentalité.

Les parents s'attendaient à des sourires et à des baisers.

À la place, ils avaient droit aux sautes d'humeur et aux
crises de colère.

Même si j'aimais mes enfants plus que moi-même,
parfois, je n'aimais pas du tout la façon dont ils se
comportaient.

Mais je devais essayer d'être patient ; leur vie avait
récemment été bouleversée, quand Dahlia et moi avions
divorcé, puis quand j'étais reparti vivre à Pittsburgh. Une
ville où je n'aurais jamais cru revenir, même si au départ, je
comptais ne jamais partir.

Et pourtant, j'étais là, de retour.

Douze ans, un divorce et deux enfants plus tard.

Pendant toute ma vie de jeune adulte, je m'étais attendu
à finir marié, avec une bonne carrière et deux enfants et demi.
Une famille américaine « typique ». C'était le plus probable,
non ?

Et puis, j'avais rencontré Ronan, et tout ce vers quoi je

croyais aller avait changé de manière inattendue. Mes espoirs. Mes rêves. Mon avenir.

Même si j'avais été troublé et incertain, cette nouvelle direction m'avait enthousiasmé.

Jusqu'à ce que ce ne soit plus le cas.

Parce que la réalité pouvait être une vraie garce.

Et pire encore, parce que j'avais tout foutu en l'air quand ma vie avait percuté un mur de brique de plein fouet. Après ça, elle ne s'était jamais remise.

Je m'étais résigné à devoir mener cette vie américaine « typique », ce rêve américain éculé « typique » et à élever cette famille américaine « typique ».

Mais au fond de moi...

Au fond de moi, ça n'allait pas.

Pas une fois, je n'avais eu le sentiment de faire ce qu'il fallait.

Mes seuls véritables moments de joie, ces douze dernières années, avaient été la naissance de mes enfants.

Et ils me rendaient toujours heureux. Même s'ils me détestaient un peu, maintenant. Malgré ça, je ne pourrais pas être honnête avec eux tant que je ne serais pas d'abord honnête avec moi-même. Il m'avait fallu très longtemps avant de comprendre ça, et maintenant que c'était le cas... je soupirai.

Voilà comment je m'étais retrouvé à nouveau à Pittsburgh. Dans la ville que j'avais toujours tant aimée. Et qui me manquait tant.

J'étais de retour sur le lieu de cette collision frontale. Là où ma vie avait pris un mauvais tournant.

À cause de mes enfants, je croyais ne jamais revenir ici. Mais quand l'occasion s'était présentée de rentrer à Pittsburgh, je n'avais pas pu refuser. Parce que, pour être franc, c'était l'endroit idéal pour repartir à zéro. Ce dont j'avais désespérément besoin.

Je devais aussi revenir là où je m'étais découvert moi-même. Là où j'avais compris qui j'étais. Qui j'étais censé être.

Même si j'avais rejeté tout ça.

Pendant tout ce temps, j'avais cru avoir de bonnes raisons de faire ça. Il s'était avéré que je me trompais. Je n'avais fait que retarder l'inévitable. Mes décisions nous avaient fait souffrir, Dahlia et moi, des années de douleur et d'angoisse, alors que ce n'était pas du tout ce que je voulais.

Alors que je pensais faire ce qu'il fallait.

Être un type bien. Un bon père. Un bon mari, même.

C'était ce que je voulais désespérément. Être quelqu'un de *bien*. Et à l'époque, j'avais fait ça de la seule manière que je connaissais...

J'entrai le code à l'entrée de l'immeuble et, dès que la porte cliqueta, indiquant qu'elle était déverrouillée, je la tins ouverte et appelai Alec, qui avait continué de marcher quelques pas après la porte.

— Par ici, gamin.

Mon cœur se serra pour mon fils. Pour Mazie aussi.

Ma douleur n'était rien comparée à la leur.

Alec se retourna, le visage lugubre, et revint vers moi avant de rentrer dans le bâtiment. Ma nouvelle maison. Temporairement, du moins.

J'avais réussi à trouver un appartement meublé en sous-location. Il me coûtait un peu plus cher alors que j'avais un budget serré, mais ça m'évitait d'avoir à dépenser l'argent qu'il me restait pour des meubles et tous les petits équipements nécessaires. Comme des casseroles, des ustensiles, et même des appareils électroménagers.

Quand je serais retombé sur mes pieds, je trouverais un autre endroit. Peut-être une maison avec une cour pour les enfants. Un endroit assez grand pour prendre un chien. Que je pourrais meubler comme j'en aurais envie. Mais pour l'instant, ça devrait suffire. Je n'avais pas le choix.

— Je n'aime pas cet endroit.

— Alec, c'est juste le vestibule. Tu n'as même pas encore vu mon... *notre* appartement.

— Je sais déjà que je n'aimerai pas, grommela-t-il.

Je ravalai un soupir.

— Et ce n'est pas *notre* appart, papa. On vit avec maman, me rappela-t-il très obligeamment.

— Vous allez aussi passer du temps ici. Avec moi. Alors si, ce sera aussi votre appartement.

Alec leva les yeux au ciel et tira l'une des portes intérieures avant de traverser le lobby d'un pas lourd.

— Papa ?

Je baissai les yeux sur Mazie tout en suivant Alec. Je gardai sa main dans la mienne pour la guider vers l'ascenseur.

— Oui, ma chérie ?

— Je ne veux pas vivre ici. Je n'aime pas la ville.

— Tu ne connais pas cette ville, Maze. Quand ce sera le cas, j'espère que tu l'aimeras autant que moi.

— Les villes sont puantes, sales, bruyantes et bondées, continua ma fille, exprimant ses opinions très tranchées.

Ma petite fille deviendrait un jour une femme forte et opiniâtre, et je la soutiendrais à fond. Je voulais que mes deux enfants restent fidèles à eux-mêmes. Même quand ils étaient caractériels.

Je serrai sa main.

— Elles sont aussi pleines de belles lumières, de divertissements et d'activités, comme le zoo. En plus, il y a un tas d'excellents restaurants et de gens amicaux. On fera en sorte que ce soit amusant, je te le promets.

— Ton mariage avec maman était une promesse aussi,

lança mon fils de manière toujours aussi obligeante, debout devant l'ascenseur.

— Appuie sur le bouton, Alec.

Au lieu d'obéir, il croisa les bras sur la poitrine et souffla.

Je n'étouffai pas mon soupir, cette fois. On allait devoir faire beaucoup d'efforts, tous les deux. *Moi,* j'allais devoir faire beaucoup d'efforts.

— Je veux retourner chez maman, dit Mazie, les yeux levés vers moi et la lèvre inférieure ramenée en avant de manière boudeuse.

— Tu y retourneras. Après ce week-end. Tu n'as pas envie de passer du temps avec moi ?

Pour être honnête, j'avais peur de connaître la réponse.

Pour l'instant, tout était encore si frais. Je savais que ça finirait par se calmer, mais en attendant...

— Alec, appuie sur le bouton, s'il te plaît.

Il ne le fit pas, alors je le dépassai et le fis moi-même.

Je me tournai vers Alec et vis qu'il regardait derrière moi, vers les portes d'entrée.

Curieux, je jetai un coup d'œil par-dessus mon épaule avant de me tourner à nouveau vers lui.

De manière incompréhensible, mes cheveux se hérissèrent sur ma nuque.

Comme s'il y avait une menace.

Quelqu'un nous avait-il suivis dans l'immeuble sans que je m'en rende compte ? M'apprêtais-je à me faire agresser ? Ou mes enfants à être kidnappés ?

Je resserrai la main autour de celle de Mazie et mon cœur se mit à cogner dans ma gorge.

Si nécessaire, je pousserais les enfants dans l'ascenseur pour les protéger avant de me retourner pour affronter la menace.

— Dépêche-toi, marmonnai-je à l'ascenseur, regardant les

numéros d'étage défiler à mesure qu'il descendait vers le rez-de-chaussée.

Je jetai un autre bref coup d'œil par-dessus mon épaule, vers l'homme en train de passer les portes entre le vestibule et le lobby.

Ce fut à ce moment-là que je cessai de respirer et que mon cerveau bugga.

Impossible. Je devais avoir une hallucination.

Comment m'avait-il retrouvé ici ?

Comment pouvait-il savoir que j'étais ici ? À Pittsburgh ? Dans cet immeuble ?

Pourquoi serait-il ici ?

Pourquoi me chercherait-il ?

Qu'est-ce qui se passait, bordel ?

Peut-être que je me trompais et que c'était juste quelqu'un qui ressemblait à Ronan Pak. Même si cet homme était similaire à celui que j'avais connu autrefois, il avait aussi quelque chose de différent.

De très différent.

Mais après tout, douze ans avaient passé depuis la dernière fois que je l'avais vu. On pouvait beaucoup changer, en tout ce temps.

Deux de mes principaux changements s'appelaient Mazie et Alec.

L'homme, qui était étrangement familier, se figea après avoir fait un pas dans le lobby, et m'examina avec ses yeux marron foncé. Puis, il regarda mes enfants...

Et ce fut à ce moment-là que je compris.

Mon instinct avait raison.

Bordel de merde.

Nous nous dévisageâmes d'un bout à l'autre du lobby. Moi, paralysé sur place devant l'ascenseur, lui, transformé en statue devant les portes.

Seuls cinq mètres nous séparaient, plutôt que douze ans.

L'ascenseur émit un *ding* et les portes coulissèrent.

Monte dans l'ascenseur, Tate. Monte. Tu imagines tout ça, et même si ce n'est pas le cas...

Même si ce n'est pas le cas...

— Attends, dis-je en prenant l'épaule d'Alec avant qu'il n'ait pu entrer dans la cabine. Attends, Alec.

Quand mon fils dégagea son épaule de mes doigts, Ronan s'en rendit compte, mais conserva une expression neutre.

Je ne savais pas quoi faire. Nous avait-il vus dans la rue et suivis à l'intérieur pour me parler ?

Et si oui, avais-je envie de le laisser approcher, peut-être pour évoquer le passé devant mes enfants ?

Non.

Non, je ne voulais pas que mes enfants sachent qui était cet homme pour moi...

Non... qui il *avait été* par le passé.

Je ne voulais pas qu'ils sachent tout ce qu'il avait représenté pour moi.

Que leur père l'avait trahi.

Pas volontairement, mais parce que j'avais cru ne pas avoir le choix.

Nous ne pouvions pas rester plantés là, dans ce face-à-face dément. Je devais soit emmener mes enfants à l'étage, dans mon appartement, et oublier que j'avais vu Ronan, soit découvrir ce qu'il faisait ici. Dans le lobby de mon immeuble.

La première solution serait la plus judicieuse. Il n'y aurait rien de bon à rouvrir de vieilles blessures.

Bien sûr, ce ne fut pas celle que je choisis. En grande partie parce que j'étais un expert lorsqu'il s'agissait de prendre les mauvaises décisions avant de les regretter plus tard.

— Tiens la main de ton frère et ne bouge pas d'ici. Tu as compris ?

Mazie hocha la tête et prit la main réticente d'Alec. Mon fils la laissa faire, mais pas sans me fusiller du regard.

— C'est qui, papa ?

J'ignorai le comportement d'Alec comme s'il n'existait pas et répondit à la question de ma fille.

— Juste un… vieil ami.

Quelque chose passa sur le visage de Ronan. Avant de disparaître tout aussi vite.

Mais ce que j'avais dit n'était pas faux. On avait d'abord été amis avant… le reste.

— Restez ici pendant que je vais lui dire bonjour. Ne montez pas dans l'ascenseur et ne montez pas les marches, OK ?

Alec ne répondit pas, mais Mazie, qui s'était mise à se mordiller la lèvre, hocha la tête.

Je m'écartai de mon présent pour rejoindre mon passé, et l'homme qui n'avait pas bougé d'un pouce.

Une fois près de lui, je m'arrêtai et attendis qu'il dise quelque chose. N'importe quoi. Je gardais aussi un œil sur ses mains pour m'assurer qu'il ne sorte pas une arme pour m'abattre sur place.

Comme il ne le fit pas, je le contournai, vu qu'il bloquait la porte, et sortis dans le vestibule. Je me tournai vers le lobby pour surveiller mes enfants tout en parlant à Ronan.

Mais il lui fallut quelques minutes avant de se décoller de l'endroit où il se trouvait pour me suivre.

Au lieu d'être à cinq mètres l'un de l'autre, nous n'étions plus qu'à un mètre cinquante.

Il était tout juste hors de portée. Même en tendant le bras et les doigts.

Avais-je envie de le toucher ? Oh oui.

Étais-je prêt à admettre que j'avais commis la plus grosse erreur de ma vie, le jour où je l'avais quitté ? Oui, aussi.

Y avait-il la moindre chance de revenir en arrière, de tout recommencer et de faire ça bien, cette fois ? J'aurais aimé que ce soit le cas, mais malheureusement, il était impossible de revenir dans le passé pour tout refaire, même en sachant tout ce qu'on savait maintenant.

On ne pouvait pas effacer le passé.

Je nous avais brisés.

J'avais volé son sourire.

Rejeté son amour.

J'avais fait tellement d'erreurs.

Ronan n'en faisait pas partie, contrairement à ce que je lui avais fait.

Je l'avais regretté tous les jours depuis.

Mon cœur n'avait jamais guéri, et la fissure s'élargit un peu quand je regardai l'homme que j'avais aimé, à l'époque où ce cœur était encore entier.

Je ne savais pas quoi dire, alors je me contentai de lui poser la première question qui me vint à l'esprit.

— Tu es la dernière personne sur laquelle je m'attendais à tomber... qu'est-ce que tu fais ici ?

J'attendis qu'il me retourne la question, et comme il n'en fit rien, je compris qu'il savait déjà que je vivais dans cet immeuble. M'avait-il cherché, ou était-il tombé sur moi par hasard ?

Sa réponse me sidéra. Je m'attendais à tout, sauf à ça.

— Je vis ici.

— Je me doutais que tu étais resté à Pittsburgh...

— Dans cet immeuble, précisa-t-il, m'interrompant.

Il vivait *ici* ? Dans le même immeuble que moi ? Le karma me rattrapait-il ?

Avant que je n'aie pu trouver quoi lui répondre, il continua d'un ton plus qu'accusateur.

— Tu m'as dit que tu quittais Pittsburgh après ton diplôme. Ou c'était un mensonge, ça aussi ?

C'était dingue. Sa voix semblait plus grave que la mienne, maintenant qu'on avait la trentaine. Elle était profonde, riche et plus râpeuse que dans mes souvenirs.

Ce qui n'avait pas changé, c'était l'effet qu'elle me faisait et que j'avais oublié.

OK, je n'avais pas oublié. J'avais volontairement balayé tout ça de mon esprit. Parce qu'à l'époque, je croyais ne plus jamais connaître la même chose avec quelqu'un d'autre.

Hélas, j'avais raison.

J'ignorai sa pique concernant mes mensonges.

— C'est ce que j'ai fait.

— Tu es revenu.

Il connaissait déjà la réponse. Je n'aurais pas dû avoir à le confirmer, mais...

— Oui, je suis revenu.

Et je me retrouve à vivre dans le même immeuble que toi, Roe. Comment ça a pu arriver ?

— Pourquoi ?

Ce simple mot était froid comme la glace, et tout aussi affûté. Comme si je l'avais trahi une fois de plus en revenant dans la ville qu'on avait partagée.

J'eus envie de rétorquer « pourquoi pas ? » Ce n'était pas comme si cette ville lui appartenait. Et je ne lui devais aucune explication.

La seule chose que je lui devais, c'étaient des excuses, et je les lui avais données douze ans plus tôt.

Ce n'était pas parce qu'il ne les avait pas acceptées à l'époque qu'elles n'étaient pas valides.

J'étais désolé à l'époque. Je l'étais encore aujourd'hui.

Mais je n'allais pas me mettre à ramper sur des éclats de verre pour qu'il se sente mieux.

Pas maintenant.

Pas après toutes ces années.

Surtout sachant que, deux ans après avoir obtenu mon diplôme, alors que j'avais trop bu, j'avais eu la mauvaise idée de l'appeler. Bien sûr, il n'avait pas décroché parce que, douze ans plus tôt, il avait décidé de ne jamais me pardonner.

Même si j'aurais aimé que sa décision soit différente, il avait tous les droits de réagir comme ça.

À l'époque. Et même maintenant.

Par contre, je ne lui devais aucune réponse. Tout comme il ne m'en devait aucune.

Je regardai mes enfants, derrière lui. De manière étonnante, ils étaient toujours là où je leur avais demandé de m'attendre. Ils avaient tous les deux les yeux rivés sur nous.

Ils étaient les deux êtres humains les plus importants dans ma vie. Encore plus que la personne qui détenait autrefois cette place dans mon cœur.

Parce qu'ils regardaient, et écoutaient peut-être, je n'avais pas envie que cette conversation dégénère. Je devais vraiment écourter la discussion maintenant que je savais qu'il ne m'épiait pas. Maintenant que je savais qu'on vivait dans le même immeuble et que ce n'était qu'une drôle de coïncidence.

— Écoute, commençai-je en me passant les doigts dans les cheveux. Je n'ai pas envie que cette situation soit gênante pour nous deux. Je peux rompre le bail et trouver un autre endroit où vivre.

Je n'avais vraiment pas les moyens de faire ça. Les cautions et les loyers n'étaient pas donnés. Les déménagements non plus. Même quand on n'avait pas grand-chose.

À l'idée de devoir déménager à nouveau, mon estomac se

noua. Ça m'enfoncerait encore plus que je ne l'étais déjà. Mais je le ferais.

Pour lui.

Et peut-être aussi pour ma propre santé mentale.

— Tu ferais ça ? demanda-t-il en inclinant la tête.

Il ne me croyait pas. Je le lisais sur son visage.

Un visage bien plus mature que la dernière fois que je l'avais vu. De légères rides étaient visibles aux coins de ses yeux marron foncé. Un bouc entourait la bouche que j'avais goûtée plus de fois que je ne saurais le dire par le passé. Et il aurait été difficile de ne pas voir les tatouages qui recouvraient ses bras sous les manches courtes de son T-shirt moulant. Il n'était plus aussi mince. Ses épaules étaient plus larges que dans mes souvenirs, et il s'était remplumé. Des cuisses, du torse... et même du visage.

Il n'était pas gros, il était massif. Très musclé. De toute évidence, il passait beaucoup de temps à prendre soin de son physique.

Il avait l'air en forme.

Plus que ça, même.

Mais je me souvins que rien de tout ça n'avait d'importance.

Je hochai la tête.

— Je le ferai, Roe. Je ne savais pas que tu vivais ici, sinon je n'aurais pas signé le bail. Je ne veux pas que ça devienne gênant pour toi comme pour moi.

Il regarda mes enfants par-dessus son épaule. Ils commençaient tous les deux à devenir fébriles, remuant des pieds avec une expression impatiente.

Ils étaient tous les deux sur le point de craquer. Je devais les rejoindre avant qu'ils ne piquent une crise dans le lobby. Je ne voulais pas que Ronan sache que j'avais échoué en tant que parent tout autant que lorsque j'avais été son petit-ami. Et en tant qu'époux.

Quand je reportai mon attention sur mon ancien amant, je me rendis compte qu'il m'observait. Avec attention.

— Non, tu n'as pas besoin de déménager. On est des adultes maintenant. On peut se comporter comme tels, hein ? On se croisera sûrement à peine, de toute façon.

Bien sûr.

— On ne sera sûrement que deux navires qui se croisent dans la nuit, plaisantai-je à moitié avec un rire tendu.

— C'est ça. Deux navires qui se croisent dans la nuit, répéta Ronan d'un ton amer. L'un d'eux étant un navire de guerre, capable de rejeter le voilier hors de l'eau quand il s'y attendra le moins.

Bordel.

— Roe.

Sa poitrine large se souleva quand il prit une grande inspiration, avant de la relâcher tout aussi lentement.

— C'est bon. Reste. Je ne veux pas que tu aies à déraciner tes enfants à cause de moi.

Je fus tenté de lui dire que mes enfants n'avaient aucune racine ici. Pas encore. Autrement dit, ce serait le moment idéal pour trouver un autre endroit où vivre.

Mais pour être honnête, j'étais soulagé de ne pas avoir à déménager encore une fois. Pas pour l'instant, en tout cas. Même si je n'arrêtais pas de le croiser. Si la situation devenait trop bizarre ou insupportable entre nous... j'y réfléchirais peut-être. Mais d'ici là, j'aurais peut-être reçu quelques chèques de salaires et, avec un peu de chance, je serais plus stable financièrement.

Je n'avais pas envie de dire tout ça à Ronan parce que j'étais embarrassé d'être tombé aussi bas.

C'étaient mes affaires. Nous n'étions plus amis ni amants, et nous n'avions plus aucun avenir ensemble.

Nous n'étions plus rien l'un pour l'autre.

Rien du tout.

À cette pensée, des éclats de douleur aiguisés explosèrent dans ma poitrine.

Je portai une main à mon cœur, et Ronan suivit le mouvement des yeux.

— Tu vas bien ?

Non.

— Oui, très bien. Je dois rejoindre mes enfants.

Il hocha la tête.

Je réalisai soudain qu'il se dirigeait vers son appartement, lui aussi. Nous allions devoir prendre l'ascenseur ensemble, et je devrais présenter mon « ami » à mes enfants.

Le passé allait rencontrer mon futur.

Je n'étais pas sûr d'en être capable. Pas encore.

Pas aujourd'hui.

— Tu veux bien me rendre service ? demandai-je dans un murmure, détestant avoir à lui demander ça.

Je m'attendais à ce que cette requête me vaille une critique, mais de manière étonnante, ce ne fut pas le cas.

— Quoi ?

— Tu veux bien attendre que j'aie fait monter mes enfants avant de prendre l'ascenseur ? Je suis désolé d'avoir à te demander ça, mais...

Ce serait vraiment insensé qu'on vive au même étage, hein ?

— Vas-y, répondit-il d'une voix ferme, mais douce.

Je hochai la tête, soulagé, et m'en allai.

Chapitre Quatre

Ronan (*avant*)

J'ESQUIVAI JUSTE à temps pour éviter de recevoir un coup de coude sur ma gauche. Quelques secondes plus tard, un ballon de plage à moitié dégonflé passait au-dessus de ma tête. La musique était si forte que je doutais de réussir à entendre mes professeurs la semaine suivante. Mais il avait fallu la monter à un niveau assourdissant pour qu'elle soit audible par-dessus les acclamations, les cris, les sifflets, les bruits de pas et les chants encourageants à engloutir de la bière.

Du bruit. Voilà ce que c'était. Un tumulte hors de contrôle, constitué de musique douteuse et d'étudiants bourrés s'efforçant de parler les uns par-dessus les autres.

Non, pas de parler. De hurler. Ils avaient dépassé de loin le niveau de décibels auquel on pouvait s'entendre parler.

Tout le monde aurait sûrement la gueule de bois demain, ou au moins la migraine.

Certains fêtards portaient encore des vêtements, d'autres étaient à moitié nus et d'autres encore... ne portaient rien du tout. Certains corps nus étaient même peints comme pendant un match de rugby ou de football. Sauf que les dessins et les mots auraient été floutés pour la télévision.

J'avais l'impression d'être au milieu d'une mer infinie de types ivres et arrogants et de filles écervelées. Ce n'était peut-être pas vrai à 100 %, mais pas loin. Pour ce qui était de l'arrogance et des écervelées, pas de l'ivresse. Ça, c'était clairement la réalité. Et puis, cela ressemblait moins à une fête qu'à un paradis de pelotage, même si soit on me regardait de la tête aux pieds, soit on regardait à travers moi.

Ce n'était pas tout à fait le genre d'endroit que j'affectionnais, mais j'étais à la fois dégoûté, ébahi, fasciné et amusé par tout ce qui m'entourait. Mon amusement se flétrit un peu quand le type à côté de moi se précipita dans un coin pour vomir. Pas sur une plante, dans un vase ou dans une poubelle.

Oh non.

Sur les genoux d'une fille.

Hmm. Levure de bière brûlante et tacos épicés au bœuf.

Avec une grimace, je me plaquai une main sur le nez et me frayai un chemin à coups de coude à travers le mur de corps, dans une tentative pour trouver de l'air frais avant que la salive qui s'était accumulée dans ma bouche ne se transforme en autre chose.

Je n'avais vraiment pas envie de sentir remonter le dîner de ce soir à la cafétéria. Il n'avait déjà pas été génial la première fois, il serait encore pire la deuxième.

Pendant que je traversais la maison de la fraternité, je songeai que ça ne devait pas sentir bien meilleur même quand il n'y avait pas de fête. Ressemblez un tas d'étudiants sans leur maman dans une même maison et... *beurk*... surtout s'ils faisaient du sport.

Slips pleins de sueur, chaussettes humides et croûtées, baskets et crampons puants.

Certains trouvaient ça excitant, mais pas moi.

Je cherchai la sortie la plus proche pour prendre une bouffée d'air non toxique, m'attendant à moitié à ce que les flics se pointent pour mettre fin à la fête et arrêter certains de mes camarades mineurs pour avoir consommé de l'alcool et de la drogue.

Sans oublier les attentats à la pudeur.

Même si j'appréciais assez ce dernier point. Un vaste éventail de pêches appétissantes dans lesquelles on avait envie de planter ses dents se baladaient à travers la maison bondée. La plupart étaient un peu pâles et certaines étaient couvertes d'un fin duvet, mais elles n'en restaient pas moins comestibles.

Mais je doutais que l'un des propriétaires de ces postérieurs délectables apprécie que j'enfonce les dents dans une fesse ferme. Ou dans deux.

Avec un sourire, je bus une autre gorgée de ma bière plate et chaude. Je l'avais à la main depuis une heure, dans un gobelet rouge qui avait coûté 20 dollars à Tate.

Vingt dollars, putain.

C'était du vol qualifié, sachant que je doutais fort de boire l'équivalent de 20 dollars de bière. Et l'atmosphère était loin de compenser.

Même s'il m'avait assuré que je n'avais pas besoin de le rembourser, j'avais l'intention de le faire quand même. Peu importait le temps qu'il me faudrait. Si j'avais été plus courageux et que je m'étais fait vacciner contre le tétanos, j'aurais fouillé dans l'un des canapés et j'aurais sûrement trouvé assez de monnaie pour rembourser ces 20 dollars. Mais j'avais peur de ce que je trouverais d'autre. Je n'avais même pas envie de *m'asseoir* sur l'un de ces canapés, sans parler de fouiller entre les coussins. Je devrais essayer d'en avoir pour son argent en allant remplir mon gobelet...

Ce dernier me fut arraché des mains quand un bras se tendit entre deux personnes, me faisant renverser de la bière chaude sur ma paume.

— Eh !

Je repoussai le bras, et Tate apparut à l'autre bout.

— Salut.

— Désolé, j'ai cru que tu étais je ne sais quel connard.

— Je *suis* un connard, répondit-il avec un sourire de travers, la voix clairement pâteuse.

Quelqu'un avait déjà dû boire assez de bière pour en avoir pour son argent. Peut-être même avait-il assez bu pour nous deux.

— Tu t'amuses bien ?

— Ouais, répondis-je en plaquant un sourire sur mon visage.

J'étais venu à cette fête pour passer du temps avec Tate, pas pour me retrouver suspendu par les chevilles pendant que j'engloutirais de la levure gazeuse et du houblon.

Il regarda dans mon gobelet et plissa le nez.

— Tu as besoin d'une autre bière.

— J'ai besoin d'air frais.

— Je vais te chercher une autre bière si tu vas dans la cour, répondit-il avec un signe de tête vers l'arrière de la maison. Je te l'apporte.

Tiens donc. L'homme de mes rêves allait me *servir*.

Nous nous séparâmes, et je parvins à me faufiler à travers la marée d'étudiants avant de passer la porte ouverte de la cour tout aussi encombrée.

Tout le corps étudiant de Pittsburgh et de Duquesne était-il rassemblé ici, ce soir ? C'était forcément ça.

Je trouvai un petit coin où me poster pour attendre Tate. J'examinai les environs et vis la même chose qu'à l'intérieur.

Au moins, ça sentait moins mauvais.

La chanson « OMG » de Usher commença et, soudain, tout le monde dans la cour se mit à remuer de haut en bas par vagues, me donnant l'impression d'être dans la fosse. Un sourire se dessina sur mon visage, et je me mis à remuer un peu avec la musique.

Enfin quelque chose de potable.

Concentré sur la musique et sur les gens, je sursautai quand un gobelet rouge apparut devant mon visage. Je le pris et me tournai vers Tate. Malheureusement, il n'était pas seul.

Je resserrai les doigts autour du gobelet juste à temps pour éviter de laisser tomber la bière.

Elle était belle. Si c'était votre type. Ce type étant les femmes.

Ce n'était pas mon cas.

Mais je pouvais quand même apprécier sa beauté. Tout comme j'appréciais celle des hétéros.

Je regarde, mais je ne touche pas.

J'espérais vraiment que Tate n'était pas hétéro. Même si je savais que c'était peu probable, le mince espoir auquel je m'étais raccroché fut étouffé à ce moment-là.

Zut.

— Merci, marmonnai-je, avant de vider la moitié du gobelet dans une tentative pour balayer ma déception.

Ça ne marcha pas.

— Eh, j'aimerais te présenter Dahlia, ma petite amie.

Dahlia s'appuya contre Tate, les seins pressés contre son bras et les bras enroulés autour de son cou pendant qu'elle le regardait avec adoration. Et ce qui ressemblait à une lueur possessive.

Merde.

— Bonjour, Dahlia, la saluai-je en m'efforçant de ne pas avoir l'air amer.

— Salut...

— Roe, précisa Tate en passant un bras autour de sa taille pour la maintenir contre lui.

Elle plissa son petit nez retroussé.

— Roe ?

— Ronan, clarifiai-je vivement.

— Ah, OK. Salut, Ronan. Tate dit que tu es dans son cours d'écriture créative.

Oh, il lui avait parlé de moi ?

— C'est vrai.

— Le Pr Louden est un vieux bougon, hein ? demanda Dahlia avec un clin d'œil. Tate et moi nous sommes rencontrés dans son cours quand on était en première année.

Elle sourit à Tate.

— On est inséparables depuis lors.

J'en déduisis que les retards de Tate aux cours n'étaient pas la seule chose qui l'avait fait redoubler. Il était sûrement distrait par la beauté aux cheveux noirs qui se tenait à ses côtés en ce moment, et qui se trémoussait au rythme d'une chanson des Black Eyed Peas.

Tate referma le bras autour de son ventre et l'attira contre lui. À chaque fois que ses fesses oscillaient d'avant en arrière, elles devaient frotter son sexe. J'avais *tellement* envie d'être à la place de cette fille.

Mais je ne l'étais pas, et je me rendis compte que je ne le serais jamais.

C'était bien dommage, mais ça n'avait rien de nouveau pour moi.

Je les regardai interagir l'un avec l'autre pendant quelques instants, puis me retournai pour examiner à nouveau la cour bondée. Ce serait sûrement un peu bizarre si je continuais de les observer, surtout que j'avais du mal à masquer ma jalousie mesquine.

J'étais venu à cette fête pour passer du temps avec Tate,

mais comme le disait l'expression, « à trois, on est un de trop », et dans ce cas précis, c'était moi qui tenais la chandelle.

Je ferais mieux de repartir sur le campus et de rejoindre ma chambre. Je n'étais pas du genre à boire jusqu'à l'oubli et je n'étais pas non plus intéressé par les filles, je ne me sentais donc pas à ma place. Ça ne faisait que me conforter dans l'idée que je devais trouver mon propre groupe sur le campus. Je devrais peut-être même chercher une organisation LGBTQ, ou envisager d'en créer une s'il n'en existait pas déjà.

Plus raisonnablement, je n'avais pas le temps de diriger une organisation, vu que j'avais désespérément besoin d'un job. Et vite.

Je fis tourner mon doigt autour du bord de mon gobelet jetable à 20 dollars, et mon soupir se perdit dans le vacarme.

Cette absence de boulot était un gros problème, mais ça me rappelait aussi que, quand j'en aurais trouvé un, je n'aurais peut-être plus le temps d'aller à des fêtes, alors autant profiter de celle où je me trouvais en ce moment, même si mon cœur s'était un peu fissuré en découvrant que mon ancien fiancé avait une petite amie.

Bordel, en découvrant qu'il aimait les filles, surtout.

Tate venait de me « friend-zoner » sans même s'en rendre compte. Je devais oublier que mon futur mari ne le serait jamais et m'amuser.

Boire. Rire. Danser. Et discuter sans craindre que le Pr Louden nous vire du cours.

Quand je tournai la tête pour faire exactement ça, Dahlia levait les yeux après avoir lu quelque chose sur son téléphone.

— Lena part à une fête sur South Side. Tu veux qu'on y aille ? demanda-t-elle à Tate par-dessus la musique.

Elle lui prit la main, la souleva et dansa en cercle au-dessous comme s'il la faisait tournoyer.

Les beaux yeux bleus de Tate, désormais un peu injectés de sang vu qu'il était légèrement bourré, passèrent de Dahlia à moi.

Je retins mon souffle et attendis sa réponse. Allait-il m'abandonner ici ? Ce serait la cerise sur le gâteau.

— Roe n'est arrivé que depuis une demi-heure.

Dahlia cessa de danser, laissa retomber sa main et se tourna vers Tate.

— Et alors ?

Oups, quelqu'un avait l'air un peu garce.

— Alors, je l'ai invité, et je ne veux pas l'abandonner ici.

— Il y a un tas d'autres gens pour lui tenir compagnie, ici.

Waouh. Plus qu'un peu, même.

— Dahlia...

— Tate, allez... dit-elle d'une voix plaintive en tirant sur son T-shirt.

— Qu'est-ce qui ne te plaît pas avec cette fête ?

Dahlia fit semblant de bâiller tout en se tapotant la bouche et en levant les yeux au ciel.

— Toutes les fêtes étudiantes où tu iras seront les mêmes. Toutes ces fêtes se ressemblent. On est déjà ici. J'ai dépensé 60 balles pour la bière et...

— Ça te dérange si j'y vais, dans ce cas ?

Tate la regarda pendant quelques secondes, puis demanda :

— Je te revois plus tard ?

Elle hocha la tête tout en se mordillant la lèvre, un sourire sur le visage.

Je savais exactement ce que ça voulait dire.

Mais son revirement d'attitude était miraculeux.

— OK. Sois prudente.

Elle se mit sur la pointe des pieds et pressa sa bouche contre la sienne.

— Je vais retrouver Maggie. Elle doit être quelque part à l'intérieur, je pense, je vais l'emmener avec moi. On sera plus en sécurité à plusieurs.

Puis, elle partit d'un pas sautillant, se frayant un chemin jusqu'à la maison.

Mon regard passa de son dos en train de s'éloigner à Tate. Je pinçai les lèvres pour me retenir de sourire, parce que ma soirée s'annonçait bien meilleure maintenant que j'avais Tate pour moi tout seul.

Enfin, moi et environ une centaine de soûlards.

Mais je pouvais m'en accommoder.

Ronan (aujourd'hui)

JE SOURIS à Jeremy quand sa main remonta dans mon T-shirt et qu'il me pinça le téton.

Il me semblait que c'était son nom, en tout cas.

Jeremy, Justin ou Jack. Peut-être James.

Un truc qui commençait par *J*.

De toute façon, il ne m'avait peut-être même pas donné son vrai nom, vu que je l'avais trouvé sur Grindr. C'était sur cette application que je trouvais la plupart de mes « rencards ».

C'était un minet, et il n'était vraiment pas mon type, mais ce soir, mon type était n'importe qui capable de détourner mes pensées de Tate et du fait qu'il vivait désormais dans mon immeuble. Même si je n'arrivais à oublier mon ancien amant que pendant un bref instant.

Parce que j'étais fatigué.

Fatigué de penser à Tate. Il avait à nouveau envahi mes pensées et mes rêves.

Parfois, j'emmenais mes *dates* au William Penn Hotel pour la nuit au lieu de mon penthouse, juste au cas où ce serait une sangsue ou un tueur psychopathe. J'avais aussi eu une mauvaise expérience avec un ancien « rencard », quand je m'étais réveillé le matin pour découvrir que certaines de mes affaires avaient disparu.

Au début, j'avais été furieux que le type m'ait volé deux de mes plus petites œuvres d'art, en plus de récupérer les billets et la carte bancaire dans mon portefeuille. Après avoir fait bloquer la carte, appelé la police pour déposer plainte et ma compagnie d'assurance pour couvrir le vol des œuvres d'art, je m'étais dit que, si ce type avait à ce point besoin d'argent, il pouvait tout garder. C'était ma façon d'apporter mon aide à la communauté gay. Même si ce n'était pas prévu.

Mais ce soir, je n'étais pas d'humeur à prendre une chambre d'hôtel. Et j'étais à peu près sûr que Joe voulait juste un coup rapide avant qu'on ne reparte chacun de son côté, comme moi. C'était la raison pour laquelle je l'avais choisi.

On était dimanche soir, et j'avais retrouvé Justin, Jason ou John pour le dîner au Primanti Brothers en centre-ville – un restaurant de malbouffe pour lequel je craquais parfois –, et je lui avais offert tout ce qu'il avait eu envie de manger. Après, on était retournés chez moi à pied, vu que la nuit était agréable et la ville, tranquille.

Maintenant, nous étions devant l'ascenseur et attendions que la cabine arrive au rez-de-chaussée. Je n'étais pas pressé de monter, vu qu'au fond de moi, j'espérais tomber sur Tate pour lui prouver que j'avais tourné la page.

Pour être sincère, je croyais vraiment l'avoir fait, jusqu'à ce que je le revoie. Puis, tout ce que j'avais enterré était remonté à la surface.

Ça m'agaçait d'abord parce que, parmi tous les appartements à louer à Pittsburgh, il en avait choisi un dans mon immeuble. Ensuite, parce qu'il était toujours aussi séduisant. Parce qu'il avait au moins deux enfants avec Dahlia. Et enfin, que mon cœur, que je croyais avoir cicatrisé, saignait encore.

Rien que de voir et d'entendre Tate avait ouvert une brèche dans les fissures qui devaient être encore présentes dans mon cœur.

Je regrettais de ne pas lui avoir demandé d'aller ailleurs, comme il l'avait proposé. Mais si je l'avais fait, ça aurait été la preuve que ça me dérangeait qu'il habite ici. C'était la raison précise pour laquelle j'avais amené Jeremiah ici, ce soir, au lieu de l'emmener ailleurs.

Au moment où l'ascenseur émettait un *ding* et où les portes commençaient à coulisser, les portes du lobby s'ouvrirent derrière nous. Je tins les portes de la cabine ouvertes et tournai la tête, espérant que ce ne serait pas les Callahan et M. Pibbles, après leur balade du soir.

Ce n'étaient pas eux.

C'était celui que j'espérais. Soudain, je regrettai mon plan, tout comme le fait d'avoir mangé ce sandwich aux saucisses et au fromage avec de la salade de chou et des frites au Primanti.

Ma mesquinerie ne blesserait pas Tate.

C'était à moi qu'elle ferait du mal. Encore.

Mais je ne pouvais pas arrêter de lui tenir la porte ouverte. Pas sans passer pour une harpie aigrie.

Même si c'était exactement ce que j'avais l'impression d'être.

Je soupirai et donnai un coup de hanche à Jessie pour le faire avancer dans l'ascenseur. Je lâchai la porte et gardai le doigt appuyé sur le bouton, en m'efforçant de ne pas regarder Tate et sa démarche familière qui avalait l'espace entre nous.

J'échouai.

J'étais si tenté de fermer les yeux pour être emporté à nouveau vers nos années de fac, à l'époque où on commençait tout juste à s'explorer l'un l'autre, pas en tant qu'amis, mais en tant qu'amants... à l'époque où j'étais sous lui.

Après son départ, je n'avais plus jamais pris cette position pour personne.

Je balayai ces pensées et crispai la mâchoire quand il entra dans la cabine, examina Jace de haut en bas, puis posa ses yeux bleus et intenses sur moi.

— Cinquième étage, gronda-t-il de sa voix de baryton.

Je faillis répondre un « je sais » hargneux, mais je me retins à temps. Il ne savait pas que je savais à quel étage il vivait.

Je ne pris pas la peine d'appuyer sur le bouton d'un autre étage après le sien. Je n'étais pas sûr d'avoir envie qu'il sache où je vivais pour l'instant. Je pourrais appuyer sur le bouton du penthouse quand il serait descendu à son étage.

Quand la cabine se mit en mouvement, je jetai un coup d'œil à Tate et croisai son regard une seconde.

Devrions-nous nous saluer ? Ou faire comme si notre passé ensemble n'avait jamais existé ?

J'ouvris la bouche sans trop savoir quoi dire.

— Où sont tes enfants ? lançai-je d'un ton sec avant d'avoir pu me retenir.

Pas de « bonsoir », pas de « comment s'est passée ta soirée ? », juste une demande de but en blanc. J'étais un idiot, et il n'avait aucune raison de me répondre.

— Repartis chez leur mère.

Il tourna les yeux vers Jeremiah, dont le regard faisait du ping-pong entre nous, tandis qu'il essayait de comprendre pourquoi la tension était si épaisse.

Je fis comme si tout allait bien et me remis à songer aux

enfants de Tate. J'avais supposé que leur mère était Dahlia, mais je ne pouvais pas en être certain. Il avait peut-être divorcé il y a des années avant de se remarier.

Je n'avais pas envie de poser la question. C'était déjà assez grave qu'il ait choisi Dahlia plutôt que moi, mais découvrir qu'il avait ensuite choisi *une autre femme* après ça... ?

Je n'avais pas envie d'y penser.

Je passai un bras autour de la taille de mon rencard de Grindr et l'étreignis, comme si on se connaissait depuis plus de deux heures.

— Tate, voici Jacob.

— C'est Josh.

Merde.

J'émis un rire forcé et expliquai à Tate :

— C'est un jeu auquel on aime jouer. Je l'appelle par tous les prénoms en *J* qui me viennent à l'esprit, sauf le sien.

— Non, on...

Je m'empressai de plaquer ma bouche sur celle de Josh pour le faire taire. Quand nous eûmes terminé et que je m'écartai, Josh arborait un sourire salace.

— Hmm. C'était délicieux.

Au lieu de lever les yeux au ciel, je ronronnai :

— Oui, c'est vrai. Il y en aura plus une fois qu'on sera montés.

Josh tira sur mon pull et sourit à Tate avant de s'exclamer :

— Quel allumeur !

Comme Tate ne lui rendait pas son sourire et ne prononçait pas un mot, pas même pour le saluer, Josh s'offusqua et riva ses yeux verts sur moi. Son regard en disait long, mais je l'ignorai aussi.

La cabine d'ascenseur s'arrêta au cinquième étage, et les portes coulissèrent.

— Passez une bonne soirée, tous les deux, grommela Tate en s'empressant de sortir.

Je grimaçai quand, juste avant que les portes ne se referment, mon *date* s'exclama d'un ton beaucoup trop enthousiaste :

— Oh, c'est ce qu'on compte faire.

Puis, il remarqua :

— Eh bien, quel homme charmant.

Mon premier instinct fut de trouver une excuse à Tate. Je me remémorai que je n'avais pas besoin de faire ça.

Josh me regarda en plissant les yeux, inclina la tête et demanda :

— Vous vous connaissez, tous les deux ?

— On est juste voisins, marmonnai-je en enfonçant le bouton du dernier étage.

L'homme à côté de moi ne manqua pas de le remarquer. Josh émit un petit couinement.

— Il y a écrit « PH » sur ce bouton. Le penthouse ? Tu dois avoir une vue sublime sur la ville.

— C'est vrai.

— Je suis impatient de la voir, ronronna-t-il.

Il glissa à nouveau les mains entre ma peau et le T-shirt, et pinça l'un de mes tétons plus fort que je m'y attendais.

Je réprimai l'envie de le repousser. Mon plan de prouver à Tate que j'avais tourné la page m'était revenu en pleine face. Je n'avais plus envie d'emmener Josh chez moi. Ni de le baiser.

Ni même de le laisser me sucer.

Je *pourrais* le baiser les yeux fermés et faire comme si c'était Tate. Mais quand j'aurais fini et que j'ouvrirais les yeux...

La réalité me ferait l'effet d'un coup de massue sur la tête.

Avant que je n'aie pu suggérer l'idée d'écourter le

rencard et renvoyer Josh chez lui, nous arrivâmes au onzième étage, et l'ascenseur s'ouvrit. Nous sortîmes dans le petit vestibule devant la porte de mon penthouse. Josh tourna sur lui-même et s'exclama :

— Personne d'autre ne vit à cet étage ?

— Non.

— Attends. Ton penthouse est le *seul* penthouse ? Il occupe un étage entier ? Bordel de merde, tu dois être *riiiiche*.

Il s'arrêta devant ma porte, sautillant d'impatience.

— Vite. Ouvre la porte. Je veux voir ça.

Ma porte était équipée d'une serrure intelligente, dès que je m'en approchais, elle se déverrouillait automatiquement grâce à une application sur mon téléphone. J'avais aussi deux télécommandes équipées de puces au cas où je perdrais mon téléphone.

Ou si j'étais imprudent et qu'un rencard de Grindr me le volait.

— Waouh, cette porte vient-elle de s'ouvrir sans clef ni carte magnétique ?

Josh avait l'air facile à impressionner. Mais après tout, s'il n'avait pas menti sur son profil, il n'avait que vingt ans. Quoi qu'il arrive, il était plus jeune que les hommes avec qui je « sortais » d'habitude.

Je hochai la tête et tendis la main pour ouvrir la porte et le pousser à l'intérieur. Dès que nous eûmes passé le seuil, il courut vers les baies vitrées qui s'étendaient sur tout le mur sud de mon appartement.

Quand j'avais fait concevoir mon penthouse, je l'avais voulu aussi ouvert que possible. Moins il y aurait de murs pour limiter la vue, mieux ce serait.

Je voulais avoir de l'espace et ne pas me sentir confiné. J'avais eu exactement ce que je voulais, et, par chance, je n'avais eu à composer qu'avec quelques poutres de soutien à la place. Les seules zones séparées de l'étage supérieur étaient les salles de bains et les chambres. Et bien sûr, au bout du couloir se trouvait mon vaste bureau. Mais même dans ces pièces-là, la vue depuis les larges fenêtres était spectaculaire.

Partout où j'allais dans mon appartement, j'avais une vue plongeante sur Pittsburgh et au-delà.

Par contre, je n'étais pas autant enthousiasmé par mon rencard qu'il l'était par mon penthouse. Pendant que Josh déambulait et examinait tout ce qui l'entourait, bouche bée et les yeux pétillants, je compris qu'il n'était pas fait pour moi. Même pour un coup d'un soir. J'avais l'impression qu'on avait deux décennies d'écart plutôt que douze ans. Mais son âge n'était pas la seule chose qui me faisait me sentir déconnecté. Avec sa carrure élancée, ses épaules minces et son visage de bébé, Josh était tout l'opposé de Tate. C'était sûrement pour ça que j'avais choisi sa photo sur l'appli. Pourquoi choisir quelqu'un qui me rappelait l'homme que j'essayais d'oublier ?

Ce n'était pas ce que je voulais.

Mais maintenant, je me retrouvais coincé avec quelqu'un dont je n'avais pas vraiment envie.

Comme avec mon plan de croiser Tate, j'avais merdé en ramenant mon *date* sur Grindr à la maison.

Je le savais. Pas Josh.

Soit je serrais les dents et je me lançais quand même, soit je reconnaissais mon erreur et j'arrêtais les frais. Mais je pouvais au moins arrondir les angles.

Je me demandai si c'était seulement possible quand Josh retira son T-shirt et le jeta sur une chaise avant de se précipiter vers moi.

— La chambre ?

— Et si on buvait d'abord un verre ?

Avant que tu ne retires ton short et te balades dans le couloir tout nu.

— Qu'est-ce qui te plairait ?

— Qu'est-ce que tu as ? Enfin, tu as probablement de tout.

La serrure de la porte n'était pas la seule chose « intelligente ». Tout ce que j'avais pu rendre à commande vocale ou activable par télécommande l'était dans mon penthouse. J'avais grandi dans une famille de la classe défavorisée, où on ne pouvait même pas se permettre un système de sécurité, sans même parler de technologie moderne.

— Alfred, ouvre le bar, lançai-je à mon système domestique.

Les sourcils de Josh se haussèrent jusqu'en haut de son front.

— Alfred ? Comme le majordome de Batman ?

— Tout à fait, murmurai-je.

Je me dirigeai vers le bar désormais ouvert qui coulissait hors du mur entre la cuisine et la salle à manger.

— Il prépare aussi les verres ? demanda-t-il en riant et en me suivant.

— En voilà une bonne idée, répondis-je.

Je plaquai un sourire sur mon visage et m'efforçai de me tirer du blues dans lequel j'étais plongé depuis que j'avais vu Tate.

Josh me donna un coup d'épaule tandis qu'on était côte à côte, les yeux tournés vers mon vaste assortiment d'alcools.

— Ou bien tu pourrais payer quelqu'un pour qu'il vive ici et te serve.

Je clignai des paupières.

J'avais une femme de ménage qui passait une fois par semaine. Et le chef cuisinier d'un restaurant populaire du centre-ville envoyait ses employés me déposer des repas à savourer toute la semaine quand je n'étais pas d'humeur à cuisiner moi-même. Mais héberger quelqu'un chez moi à plein temps ?

Non.

Si je faisais ça, je n'embaucherais pas un inconnu trouvé sur Grindr. Ça reviendrait à demander à être assassiné dans mon sommeil. Ou à retrouver mon penthouse vide après m'être absenté.

— Qu'est-ce que tu veux ?

— À part toi ? demanda Josh en me pinçant les fesses.

— À boire, précisai-je.

Il parcourut à nouveau la sélection des yeux.

— Hmm. Une vodka soda ?

Très original, songeai-je amèrement.

— Et si tu t'installais sur le canapé ? suggérai-je quand il commença à devenir un peu trop entreprenant.

La culpabilité était en train de me submerger à l'idée de lui faire perdre son temps en le gardant ici aussi longtemps. Mais je ne voulais pas être impoli ni le jeter dehors comme de la nourriture avariée.

Quand il repartit vers la baie vitrée, je poussai un soupir silencieux et pris la bouteille de Belvedere. Je mélangeai de la vodka et du soda sur des glaçons, puis l'apportai là où il se tenait, les deux mains et le front pressés contre la vitre, occupé à regarder le monde défiler en contrebas.

En temps normal, ces traces sur les fenêtres m'auraient dérangé, mais je laissai couler. Par chance, ma femme de ménage passait le lundi. C'était aussi le seul jour de la semaine où je m'éclipsais, en général pour me rendre à mon bureau « officiel » de Pak Property Management.

— Josh.

Il se redressa et je lui tendis le verre. En voyant que j'avais désormais les mains vides, il plissa le front.

— Tu ne bois rien ?

Je secouai la tête.

— Non, mais savoure-le bien.

— Mais c'est toi que je veux savourer. Je vois une partie de tes tatouages dépasser et j'aimerais beaucoup les explorer.

Je m'assis sur le canapé et regardai ma mauvaise décision se balader dans l'espace ouvert tout en sirotant son verre. Il examina les œuvres d'art que j'avais achetées pour soutenir les artistes LGBTQ+ du coin, et feuilleta même quelques-uns des livres posés sur la table basse en marbre. Au bout d'un moment, il se laissa tomber à côté de moi et passa son bras nu autour de mon cou, tout en pressant son torse imberbe contre mon bras.

— Eh, est-ce qu'on va coucher ensemble ? Ou bien...

Ou bien...

Ou bien, quoi ? « Quoi » était la réponse. Je devais juste trouver un moyen de le lui faire comprendre.

Chapitre Cinq

Ronan (aujourd'hui)

Un verre à liqueur dans une main et ma bouteille de scotch The Macallan presque aussi vieille que Josh dans l'autre, je me dirigeai vers l'escalier en colimaçon privé. Après la fermeture, le toit était devenu mon sanctuaire personnel quand je voulais profiter de la soirée sans être dérangé.

La porte utilisée par les autres résidents de l'immeuble se verrouillait automatiquement après 22 heures, vu que c'était l'heure à laquelle la piscine sur le toit fermait pour la nuit.

Puisqu'aucun des appartements n'était équipé d'un balcon quand j'avais acheté l'immeuble, et ce n'était toujours pas le cas, j'avais fait transformer le toit en petite oasis que j'autorisais les locataires à partager.

L'un des locataires à long terme avait même créé un petit potager arboré dans le coin le plus éloigné de la piscine. Plusieurs autres voisins l'aidaient désormais à s'en occuper, et tous se partageaient les récoltes.

Mais comme mon penthouse, j'avais d'abord conçu cet endroit pour moi, et j'aimais autant passer du temps là-haut que chez moi. Bien sûr, ici, la vue n'était entravée par rien, contrairement à chez moi. J'avais même fait installer des rambardes de sécurité en plexiglas sur tout le périmètre du toit, histoire de ne pas bloquer la vue.

Pittsburgh n'était peut-être pas New York, Chicago, ni Los Angeles, mais c'était mon foyer. Et il me convenait à la perfection.

Je préférais les gens sincères et chaleureux, ainsi que le rythme plus lent de cette ville. Les opportunités d'investissement immobilier étaient tout aussi abondantes, et plus abordables. Mon portfolio n'aurait sûrement pas grandi autant et aussi vite si j'avais fait la même chose dans une zone métropolitaine plus large.

Je sortis sur le toit via mon accès privé et m'arrêtai le temps de remplir mes poumons avec l'air nocturne et chaud de ce mois de juin.

Quand je le relâchai, j'imaginai que toute la tension qui m'habitait s'échappait avec lui. Qu'elle flottait vers le ciel dégagé, décoré d'innombrables étoiles, pendant que la mélodie légère et apaisante de la ville me parvenait aux oreilles à plus de onze étages au-dessus du sol.

Il m'avait fallu un moment pour convaincre Josh de partir, mais il avait fini par comprendre le message et par s'en aller en précisant que, si j'avais envie d'un colocataire un jour, je pouvais le contacter sur Grindr. Vu que je n'avais aucune intention de faire ça, je m'étais contenté de sourire, de le remercier et d'ajouter avec sincérité que j'étais désolé.

Avant d'entrer dans l'ascenseur, il avait demandé :

— C'est à cause de lui, hein ?

J'avais eu envie de faire comme s'il se trompait, mais je

n'avais pas pu. À la place, je n'avais rien dit, laissant les portes de l'ascenseur se fermer et Josh, disparaître.

C'est à cause de lui, hein ?

Était-ce si évident ?

Bien sûr que oui. Le problème, c'était que je ne savais pas quoi faire.

Je croyais avoir oublié Tate. Mais si ça avait été vrai, je n'aurais pas dû être affecté rien qu'en le voyant ni en apprenant qu'il vivait dans mon immeuble. Alors, de toute évidence, je m'étais trompé.

Peut-être que, si je n'avais pas été aussi amoureux quand il m'avait brisé le cœur, tout aurait été différent.

Mais c'était comme ça. Je ne pouvais pas changer le passé, mais je devais apprendre à affronter le futur. Parce que, tant que Tate n'aurait pas déménagé de River View Heights, je n'aurais pas d'autre choix.

Accaparé par mes pensées, je me dirigeai vers ma pergola préférée du toit et m'installai sur une chaise longue avant de retirer mes chaussures et de me mettre à l'aise. J'ouvris la Macallan, me versai environ deux doigts d'alcool, posai la bouteille au sol à côté de ma chaise et me laissai aller en arrière pour admirer le ciel.

Quand je bus la première gorgée de mon scotch préféré, un léger bruit d'éclaboussure attira mon attention. Quand une tête creva la surface de la piscine éclairée, je relevai vivement la mienne, surpris.

Étais-je plongé à ce point dans mes pensées que je n'avais pas vu que quelqu'un était en train de nager ?

De là où je me trouvais, il m'était difficile de déterminer qui c'était. Mais qui que ce soit, il n'aurait pas dû être dans la piscine aussi tard. Il avait dû sortir sur le toit avant la fermeture automatique des portes. À moins que le minuteur ne soit cassé. Si c'était le cas, j'allais devoir appeler la maintenance pour le faire réparer.

En tant que propriétaire de plusieurs immeubles locatifs, j'avais appris à penser en termes de « responsabilité ». Les fêtes dans la piscine, tard le soir, surtout si elles impliquaient de l'alcool. Quelqu'un nageant seul et se noyant. Le verrou qui cessait de fonctionner, et un enfant qui se noierait. Quelqu'un qui sauterait du toit. Les lumières qui ne marchaient pas. La sécurité.

Les glissades. Les chutes. Les incendies. Les problèmes électriques.

La liste était infinie, et une inquiétude constante. En temps normal, je laissais l'équipe de gestion immobilière se charger de tout ça, mais je vivais ici. Si je repérais un problème, je m'en occupais rapidement. Ou j'essayais, en tout cas.

Que quelqu'un nage après la fermeture *pouvait* représenter un problème. Je pourrais régler cela moi-même sans mal, mais j'allais d'abord laisser la personne finir de nager. Elle n'était plus seule puisque j'étais là, et si elle avait besoin d'aide, je pourrais intervenir.

Oui, il y avait des règles dans cet immeuble, mais je n'étais pas un tyran.

Quand la tête disparut à nouveau sous la surface, je levai légèrement la tête pour voir la silhouette sombre évoluer sans mal dans l'eau bleue et éclairée en direction du côté opposé de la piscine.

Au lieu de faire des longueurs normales à la surface, en nage papillon ou en nage libre, il – c'était un homme, me semblait-il – restait sous l'eau. Pour renforcer ses poumons ? Je n'en avais aucune idée.

Sa tête remonta à nouveau à la surface, du côté opposé de la piscine, puis disparut quand la personne se dirigea vers le côté le plus proche de moi. Je n'étais pas assez près pour distinguer qui c'était, jusqu'à ce qu'il ait terminé ou que je m'approche du bord, parce que les seuls éclairages sur le toit provenaient des guirlandes lumineuses à cette heure. Elles étaient suspendues autour des six pergolas aux auvents rétractables que j'avais fait installer autour de la piscine pour donner une atmosphère de station balnéaire à cet extérieur. Il y en avait aussi certaines enroulées autour de la rambarde qui entourait le toit.

L'ancienne piscine avait dû être totalement rénovée, j'avais donc fait installer un chauffage pour qu'on puisse venir nager plus longtemps dans l'année. L'eau chauffée et l'éclairage sous l'eau qui couraient sur toute la longueur de la piscine d'un mètre vingt de profondeur en faisaient un élément populaire qui attirait les locataires.

En général, ceux qui venaient ici pour faire du sport passaient soit tôt le matin, soit tard le soir. Les résidents qui venaient pour s'amuser ou se rafraîchir lors des étés chauds et humides avaient tendance à nager durant la journée.

Je bus une autre longue gorgée, le scotch vieux de dix-huit ans glissant sans mal dans ma gorge. Mais ce ne fut pas le Macallan qui me réchauffa le ventre.

C'était l'homme qui émergea de l'eau et grimpa les larges marches immergées au bout de la piscine.

Il était mouillé. Glissant. En coulant sur sa peau, l'eau laissait un reflet miroitant grâce aux petites ampoules blanches au-dessus de sa tête. À la fac, Tate était efflanqué, mais en bonne forme physique.

Il n'était plus efflanqué. L'étudiant duquel j'étais tombé amoureux était devenu un homme. Même s'il s'était remplumé, il n'avait quasiment pas de graisse. Ses muscles ondulants étaient visibles sous une couche de chair trop fine, tandis qu'il se dirigeait vers la chaise longue où il avait jeté sa serviette.

Apparemment, j'avais raté cette autre preuve du fait que je n'étais pas seul.

J'avais été distrait. Et je l'étais encore plus maintenant.

Son short de bain mouillé moulait ses cuisses fines et longues, mais musclées, ainsi qu'une autre partie de son anatomie que je ne connaissais que trop bien.

Pendant deux ans, on avait fait du sport ensemble. On avait couru. Soulevé des poids. On se s'était nourris de l'énergie de l'un de l'autre, on s'était encouragés à faire plus d'efforts, à s'améliorer. À la fois sur le plan physique et sur le plan mental.

Quand j'avais obtenu mon diplôme, j'avais pris de la masse, mais pas autant que maintenant. Au fil des années, j'avais beaucoup pris soin de mon physique, tout autant que de ma santé en général. Mais mon apparence était un projet jamais terminé, et j'avais bien conscience de devoir travailler un peu plus le bas du corps.

Juste après la fac, je n'avais pas eu les moyens de me payer un thérapeute. Quand j'avais pu le faire, j'avais cru à tort m'être remis de ma rupture avec Tate.

L'objet de mon attention enroula la grande serviette autour de ses épaules, se servant du coin pour s'essuyer les yeux et le visage, et je le regardai avec fascination quand il secoua la tête comme un chien pour débarrasser ses cheveux de l'excédent d'eau.

Quand il eut terminé, il s'immobilisa, puis se tourna directement vers moi. Je trouvai intéressant le fait qu'il n'ait pas l'air surpris de me voir. Il m'avait sûrement vu à la seconde où j'étais arrivé sur ce toit. Contrairement à moi, qui avais été trop perdu dans mes pensées pour remarquer les signes de sa présence.

Mais le voir quasiment nu engloutit quasiment toute capacité de réflexion. Je luttai pour éviter d'être à nouveau dans le passé, serrant mon verre encore plus fort et enfonçant les doigts de mon autre main dans l'épais coussin du siège.

Je m'obligeai à rester immobile pour le pousser à venir vers moi. Je refusais d'aller vers lui, même si j'en avais très envie.

Je ne le ferais pas.

S'il m'ignorait et partait sans un mot, ça me conviendrait aussi. En fait, je préférerais qu'il fasse ça. Moins on s'adresserait la parole, moins on se croiserait, mieux ce serait. Je supposais qu'il était d'accord.

Une fois de plus, Tate me donna tort et vint se placer juste devant moi. Il prit tout son temps pour se sécher, sans détourner les yeux de moi une seule seconde. Quand il eut essoré le bas de son short de bain, d'un geste lent et méthodique – sûrement à dessein –, il s'assit au bord de la chaise longue à côté de la mienne, tourné dans ma direction. Je fis semblant de l'ignorer, et bus une autre gorgée de scotch pour étancher ma soif soudaine d'une manière moins préjudiciable, les yeux tournés vers la piscine désormais vide.

Ça m'énervait que Tate soit encore si séduisant, même s'il était bien trop maigre pour sa large carrure, et de me rendre compte que j'avais encore envie de lui après toutes ces années malgré ce qu'il avait fait.

C'était une maladie qui n'avait qu'un seul remède. Que je ne pouvais me permettre.

— Qu'est-il arrivé à ton rencard ? Il avait dépassé l'heure du coucher ?

Je vidai ce qu'il restait de mon verre d'une traite, pris la bouteille et le remplis à nouveau. Cette fois, je versai trois doigts. La bouteille m'avait coûté 500 dollars, et je buvais cet or liquide comme de l'eau.

Je jetai un coup d'œil à la raison de ce comportement.

— Toi, tu es arrivé.

Je n'aurais sûrement pas dû l'admettre, mais à cet instant, je n'en avais plus rien à foutre.

Rien du tout.

Pourquoi ? Parce que le destin était une garce cruelle.

J'avalai une autre gorgée du scotch hors de prix.

— Tu bois toujours autant ? demanda-t-il, son regard passant de mon verre à mon visage.

— Ce ne sont pas tes oignons, Tate.

Il hocha la tête, les lèvres plissées. Mais bien sûr, il n'en avait pas terminé.

— Josh avait l'air... sympa. Si ce n'est un peu jeune.

J'aspirai de l'air entre mes dents, ravalant toutes les réponses que j'étais tenté d'offrir.

— Vous êtes ensemble depuis longtemps, tous les deux ?

Je tournai la tête et le dévisageai. S'il ne comprenait pas le message disant que je n'avais pas envie de sa compagnie, je devrais peut-être partir moi-même.

— Encore une fois, ça ne te regarde pas.

Mes yeux furent attirés par sa poitrine et les gouttes d'eau qu'il avait ratées en se séchant. J'étais si tenté de les boire directement sur sa peau.

Je serrai les dents.

— Tu ne connaissais même pas son nom, continua Tate comme si je n'avais rien dit.

Je haussai un sourcil.

— Où tu veux en venir ?

Je baissai les yeux sur le pendentif noir et lisse en forme de cercle qui pendait entre ses pectoraux, accroché à une longue chaîne noire. Je ne me souvenais pas l'avoir jamais vu porter le moindre bijou à la fac.

Tate haussa une épaule nue. J'avais embrassé et goûté

cette épaule de nombreuses fois. J'avais aussi appuyé la tête dessus. Pour chercher du réconfort parce que j'étais épuisé, en sueur et les membres entremêlés dans des draps humides.

— Tu voulais que je pense que vous étiez en couple.

— Je ne me mets pas en couple, l'interrompis-je avant de grimacer.

Je n'arrêtais pas de lui révéler des trucs.

Oui, j'aurais dû poser le scotch et m'éloigner de Tate tant que je le pouvais encore. Sa présence, sa proximité éveillaient des choses en moi que j'aurais voulu éviter.

— Jamais ?

— Juste une fois. Ça ne s'est pas très bien passé. Après ça, j'ai décidé que les attentes collectives des relations de couples n'étaient pas pour moi.

La dure vérité, c'était que je n'avais jamais eu envie de quelqu'un autant que de Tate. Ni avant. Ni depuis. C'était comme s'il s'était infiltré sous ma peau et que, une fois incrusté là, je ne pouvais rien faire pour le faire disparaître.

C'était une malédiction contre laquelle je luttais depuis qu'on s'était mis ensemble. Depuis la première fois qu'on était passés à l'étape supérieure et qu'on était devenus intimes. Quand on s'était mis en couple même si, en réalité, ça n'avait jamais été un couple.

Nous ne l'étions que derrière les portes closes. Au-delà de ça, nous n'étions qu'amis.

— Roe...

Je le détestais pour les petits jeux auxquels il avait joué à l'époque. Les secrets qu'on avait dû garder.

Je me détestais d'avoir accepté en espérant que ça changerait.

Rien n'avait changé, ou pas dans le sens que j'aurais espéré en tout cas.

— Non, lâchai-je d'un ton sec pour interrompre les conneries qu'il s'apprêtait à débiter.

Je n'avais pas envie de les entendre.

Je ne voulais plus écouter une seule de ses excuses. J'en avais entendu assez pour toute une vie.

— Je...

— Non. Ne t'avise pas de dire ça, T.

Je fermai les yeux quand le surnom m'échappa si facilement, comme si les douze dernières années n'étaient jamais arrivées.

— Arrête, murmurai-je.

Quand il me prit le verre des mains, j'ouvris les paupières avec réticence. Il le porta à ses lèvres et attendit que je le regarde. Quand je le fis, bien qu'avec réticence, il vida le reste de mon scotch, puis reposa le verre vide au sol près de ses pieds nus.

Nous ne prononçâmes pas un mot, le regard rivé l'un à l'autre à travers les un mètre vingt qui nous séparaient.

Nous ne prononçâmes pas un mot ; il y avait trop à dire. Même si rien de tout ça ne devrait être dit. Ça ne changerait rien du tout. Ça ne rendrait le passé, l'échec et la déception que plus douloureux encore.

Mais ce qu'il essayait de faire à cet instant – en rivant son regard au mien, en buvant mon scotch et en restant alors qu'il devrait s'en aller –, c'était me priver de tout contrôle. Je refusais de le laisser faire.

Au lieu de ça, j'éprouvai l'envie folle d'imposer ma domination. De lui montrer qu'il était entré sur mon territoire.

Le mien.

Ses yeux bleus, inoubliables, suivirent mes moindres gestes quand je me levai et réduisis la courte distance entre nous, même en sachant que chaque pas pourrait causer ma perte. Je le fis quand même, en me convainquant que je détenais maintenant le pouvoir, et non lui.

Ce mantra tournait dans ma tête, au premier plan de mon esprit, pour me rappeler qui j'étais maintenant, contrairement à celui que j'étais à l'époque.

Je m'arrêtai juste au niveau de ses genoux écartés et baissai les yeux sur lui. Il avait le visage levé et le regard intense. À chaque seconde qui passait, il s'emplissait un peu plus de confusion. Jusqu'à ce que ses yeux passent de mon visage à ma taille et, lentement, d'un geste délibéré, il tendit la main vers ma ceinture qu'il défit en prenant tout son temps. Le tintement de la boucle en métal résonna dans l'espace entre nous.

Une musique familière à nos oreilles, et nous revécûmes toutes ces fois où on s'était frénétiquement arraché nos vêtements, incapables de s'empêcher de se toucher, incapables de résister l'un à l'autre.

Dès que la porte était fermée, tout passait par la fenêtre.

Notre maîtrise de soi. Nos désirs. Nos craintes.

Tout.

Jusqu'à ce qu'il ne reste que nous deux. À se toucher, s'embrasser, sucer et baiser. La bouche et les doigts désespérés.

Nos murmures, grognements et cris nous enveloppaient dans un cocon.

À l'époque, je le reconnaissais rien qu'à son contact, son odeur.

À l'époque, je sentais quand il était près de moi sans le voir.

À l'époque, je savais qu'il avait envie de moi à la seconde où son souffle se coinçait dans sa gorge.

Tout comme je savais ce que signifiait ce son venu du fond de sa gorge à cet instant.

Avec une lenteur insoutenable, je baissai ma braguette, puis je tendis la main et frottai les poils très courts et rêches le long de sa mâchoire crispée, avant de faire glisser mon pouce sur sa lèvre inférieure. Il ouvrit la bouche, et son souffle chaud recouvrit mes doigts.

Il ne put cacher le frisson qui le parcourut, et il n'avait sûrement même pas essayé. Cette réaction me poussa à continuer de faire glisser mes doigts le long de sa joue, de sa tempe, puis dans ses cheveux encore humides. Je frottai une mèche lisse entre mon pouce et mon index, me remémorant la sensation. Pendant les deux années durant lesquelles on avait été amants, j'avais touché ses cheveux un million de fois.

J'avais fourré mon nez dedans un million de plus.

Mais ce soir, j'enfonçai les doigts dedans – une, deux, trois fois – pendant que je suivais ma main des yeux au lieu de croiser son regard.

Je ne pouvais pas. Pas maintenant.

Pas encore.

Bientôt.

Parce que je savais déjà ce que je verrais dedans.

Je le savais, parce que s'il n'avait pas envie de ça, il pouvait se lever et partir. S'il n'avait pas envie de ça, son sexe ne serait pas aussi dur, formant une bosse dans son short de bain mouillé.

S'il n'avait pas envie de ça, son corps ne vibrerait pas comme ça.

S'il n'avait pas envie de ça, sa respiration ne serait pas aussi saccadée.

Mais la vraie question était : est-ce que, *moi,* j'en avais envie ?

Avais-je envie de céder à mes désirs et à mes besoins, au risque de m'exposer à nouveau ?

Je ne devais pas baisser la garde. Je ne pouvais pas le laisser me briser cette fois.

Je recourbai les doigts, empoignai ses cheveux et tirai un peu.

— C'est ta faute si mon rencard a été écourté. Ta faute si je n'ai pas obtenu ce que je voulais ou ce dont j'avais besoin ce soir.

Ses pupilles qui se dilatent. Sa respiration qui accélère.

Ses tétons qui durcissent.

D'autres preuves qu'il avait envie que je le touche.

Et tout ça... chacune de ses réactions me donnait l'eau à la bouche, faisait battre mon cœur plus vite et faisait se tendre ma propre érection.

Je gardai ses cheveux dans mon poing et glissai mon autre main dans mon boxer, sortis mon sexe et abaissai mon sous-vêtement assez pour le coincer sous mes bourses.

Je n'avais pas besoin de regarder pour savoir que du liquide séminal perlait déjà au bout, sur le point de couler et de tomber.

Je le savais parce que Tate regardait désormais mon membre qui pulsait dans ma main.

À la seconde où il se lécha les lèvres et releva les yeux vers moi, une question silencieuse sur le visage, je sus qu'il voulait me prendre dans sa bouche. Nettoyer mon gland avec sa langue. Goûter le fluide salé qu'il ne connaissait que trop bien.

J'imaginai sa bouche chaude et humide engloutir mon sexe pendant que je commencerais mes va-et-vient, sans essuyer le liquide séminal, comme je l'aurais fait d'habitude mais en le laissant suspendu à dessein. Pour l'aguicher. Le tenter.

Mais je ne le laisserais pas l'avoir. Je ne lui donnerais pas cette satisfaction.

— À genoux.

Je tirai sur ses cheveux et fis un pas en arrière, l'entraînant avec moi.

Ses genoux nus heurtèrent brutalement le sol, mais je m'en foutais.

La douleur serait mêlée au plaisir.

Sa douleur. Mon plaisir.

Douze ans plus tard, les rôles s'apprêtaient à être inversés.

— Roe, murmura-t-il, les yeux levés vers moi.

Il déglutit, les yeux sombres et les paupières lourdes. Une rougeur recouvrit sa poitrine et remonta le long de son cou tendu.

— Non, dis-je en tirant à nouveau sur ses cheveux. Garde les yeux ouverts et posés sur moi. Je veux que tu regardes.

Je n'avais même pas encore commencé que j'avais déjà envie de jouir. Rien qu'à voir Tate à genoux, vulnérable et plein de désir. Espérant que je lui donne ce qu'il voulait.

Rien que ça, c'était plus enivrant que tous les partenaires que j'avais eus depuis Tate.

Parce qu'aucun d'eux n'était à la hauteur. Pas un seul.

Et je le détestais pour ça.

Je détestais qu'il soit encore ma faiblesse.

Qu'il ne faille pas grand-chose pour qu'il retourne la situation et prenne les commandes, exigeant que je me mette à genoux à sa place. Pour qu'il reprenne le contrôle.

Je serrai la base de mon sexe assez fort pour le rendre violet, faisant enfler le membre et les veines, ressortir à cause de ma circulation sanguine coupée.

Mais *bordel,* je ne pouvais pas jouir maintenant. Pas encore.

Je devais montrer un peu de retenue. Même si, maintenant, cela ne tenait qu'à un fil.

Je serrai et me caressai en même temps pour faire couler plus de liquide séminal au bout.

Quand il leva la main, mon « non ! » sévère l'obligea à la laisser retomber le long de son flanc.

Ma colère contre lui, que j'abritais en moi depuis si long-temps, s'était embrasée à nouveau quand je l'avais revu dans le lobby. Mais maintenant, elle était alimentée à chaque passage de mon poing sur mon sexe jusqu'à ce qu'elle devienne un brasier hors de contrôle qui brûlerait au fond de moi. Qui m'étoufferait.

Je déplaçai ma main tout en maintenant le rythme, de la base jusqu'au bout, en m'assurant de ne pas faire tomber le long filet de liquide séminal qui pendait du gland de manière précaire.

Sa main tressauta et, cette fois, je baissai la tête et plissai les yeux avant de secouer légèrement la tête.

Il recourba les doigts en poings. Sûrement pour s'empê-cher de recommencer.

S'il n'aimait pas ce qui se passait, Tate pouvait toujours se lever et s'en aller. Il ne le fit pas.

Il resta là, à genoux. À regarder. Les lèvres légèrement entrouvertes et la respiration rapide. Les seules fois où son regard se détournait du mien, c'était quand il baissait les yeux pour me regarder me caresser ou pour observer le filet nacré qui oscillait comme un pendule.

Quand il se lécha à nouveau les lèvres, je faillis craquer.

La pression grandissait, mes muscles se crispèrent. Je contractai les genoux et obligeai mes pieds à rester où ils étaient.

Tant que je gardais la main sur mon sexe, je ne le touche-rais pas.

Tant que je restais où j'étais, je ne le baiserais pas.

Si je me contentais d'aboyer des ordres, je ne lui montrerais pas qu'il m'affectait encore après toutes ces années.

Je n'avais plus été aussi dur depuis longtemps, et ça m'effrayait.

J'avais l'impression que ma période à la fac datait d'hier. Qu'il m'avait brisé il y avait seulement quelques minutes.

Comme s'il y avait une distorsion temporelle entre cette époque et maintenant.

Mais on était dans le présent, et pas le passé.

Tate était à genoux, pas moi.

Malgré ça, c'était moi qui luttais, et pas lui.

Et ça m'énervait encore plus.

Je frottai mon sexe encore plus fort, plus pour me punir qu'autre chose maintenant.

— Ouvre la bouche et sors la langue. J'ai envie de la repeindre avec mon sperme.

Tate tressaillit et oscilla. Quand il tendit la main pour retrouver l'équilibre et qu'il enfonça douloureusement les doigts dans mes cuisses, je n'écartai pas ses mains, je ne lui dis pas non cette fois. Au lieu de ça, je le laissai me toucher. S'accrocher à moi pour me prouver qu'il avait besoin de moi.

Même si c'était juste pour rester debout.

Il ouvrit la bouche, tendit la langue et posa ses yeux brûlants sur mon sexe avant d'attendre, impatient.

La pression au niveau de mon bas-ventre et la contraction de mes bourses m'indiquaient que j'étais tout près.

Si près.

Et puis j'y fus, mon sexe pulsa entre mes doigts pendant que je continuais de le caresser, serrant et tirant, frottant et pressant pour ramener ma semence à la surface.

Mais au lieu de jouir sur sa langue et dans sa bouche, au lieu de lui donner ce qu'il voulait, je me déchargeai sur son visage, le faisant reculer d'un bond, surpris.

Sauf que c'était trop tard.

Des filets blancs et épais lui coulaient sur le menton, les joues et le nez, repeignaient ses lèvres, et quelques gouttes avaient même atterri sur son front plissé.

Je n'oublierais jamais cette vue. Tate, à genoux et le visage couvert de mon sperme. De *moi*.

— Sors la langue.

Ma voix était rauque et râpeuse, même si je m'étais retenu de parler, de grogner ou de crier. Je ne m'étais même pas autorisé un dernier grognement au moment de l'orgasme. J'avais tout refoulé au fond de moi parce que je ne voulais rien partager de tout ça avec lui.

La stupéfaction m'envahit quand il tira à nouveau la langue avec obéissance et me laissa m'en servir comme d'un torchon pour essuyer mon gland dégoulinant. Ce fut si sexy que ça me donna envie de lui arracher son short de bain, d'exposer ses fesses, de le plier en deux contre le dossier de la chaise longue et d'enfoncer mon membre jusqu'à ce que la ville entière entende ses cris et le son de nos peaux cognant l'une contre l'autre.

J'avais envie de lui donner une leçon bien plus grande que celle que je venais de lui offrir.

Je n'étais plus sa chienne.

Je ne serais plus jamais sa chienne.

Je fis un pas en arrière, remontai mon boxer et mon jean tout en gardant les yeux rivés aux siens. Je pris tout mon temps pour boutonner mon jean et boucler ma ceinture. Pour rajuster mon T-shirt.

Quand j'eus terminé, j'attendis quelques secondes de plus, le mettant au défi de m'arrêter. De se plaindre ou de prononcer un seul mot. Puis, je repartis vers mon entrée privée.

Je m'éloignai de lui, et ce fut l'une des choses les plus

dures que j'aie jamais faites. Parce que, lorsque nous étions partis chacun de notre côté, douze ans plus tôt, cela n'avait pas été de mon fait.

Ce soir, si.

D'une voix tendue, Tate lança :

— C'était une punition.

Oui, c'en était une.

Sans un seul regard en arrière pour l'homme toujours à genoux, je laissai la porte en acier se refermer et se verrouiller derrière moi.

Chapitre Six

Tate (aujourd'hui)

JE M'ATTENDAIS à ce qu'il claque la porte, mais il fit tout l'opposé. Même si ce léger cliquetis derrière moi aurait tout aussi bien pu être un coup de feu.

Il me déchira, me transperça et laissa derrière lui un trou béant et sanglant.

Je me vidais de mon sang. Je mourais un peu à l'intérieur.

J'ouvris les yeux, me remis sur mes pieds en tremblant et localisai ma serviette. Assis au bord de la chaise longue la plus proche, je me nettoyai le visage. Je ne fus pas délicat. Je frottai aussi fort que je le pus.

Je me passai la langue sur les lèvres et goûtai les résidus salés.

C'était ce goût qui m'avait manqué, dont je m'étais langui pendant plus d'une décennie. Je me penchai et attrapai le verre sur le sol, avant de tendre la main pour récupérer aussi la bouteille du bout des doigts. Je lus l'étiquette et reconnus le nom. Ce n'était pas donné, c'était du haut de gamme, et un mec lambda ne dépensait pas autant d'argent pour avoir une marque comme celle-là dans sa réserve personnelle.

Et s'il le faisait, il ne l'abandonnait pas ensuite derrière lui.

Je décidai que le verre n'était pas nécessaire et le reposai au sol à côté de la chaise. Puis, je débouchai la bouteille et bus une longue gorgée pour dissiper le goût de Ronan.

Quand je portai à nouveau la bouteille à mes lèvres et l'inclinai une deuxième fois, le scotch coula dans ma gorge et s'accumula dans mon ventre. Je pris une inspiration quand je le sentis me brûler, pas habitué à boire de l'alcool pur comme ça.

Je m'étendis sur la chaise longue, étirai les jambes et regardai le ciel uniquement entaché par la lueur des nombreuses lumières de la ville. Je gardai les doigts serrés autour du goulot de la bouteille et la maintins en équilibre sur mes genoux pendant que je repensais à ce qui venait de se passer entre Ronan et moi.

Je l'avais laissé faire.

Et je devais admettre que j'avais eu *envie* que ça arrive.

Maintenant, je regrettais ce moment de faiblesse.

Ma vulnérabilité.

La vérité criante m'étouffait, me donnait du mal à respirer.

J'étais tombé amoureux de Roe quand on était encore à la fac.

Et *bordel,* je n'avais jamais cessé de l'aimer.

Ronan (avant)

Nouveau week-end. Nouvelle fête.

Je ne comprenais pas bien pourquoi Tate me demandait toujours de venir avec lui, mais je savais pourquoi j'acceptais toujours son invitation.

Je voulais être près de lui.

C'était ridicule parce que je savais qu'il était hétéro. Qu'il avait une petite amie depuis plus d'un an.

Mais nous étions vite devenus amis. En cours et en dehors. Nous riions, plaisantions, nous taquinions et blaguions. Nous n'arrêtions pas d'échanger des histoires marrantes ou idiotes de notre enfance.

Même si je ne pourrais jamais avoir plus que ça, j'étais prêt à m'en contenter. Je me souviendrais de ces moments toute ma vie parce que...

Je l'appréciais.

« Apprécier » n'était pas un mot assez fort, mais je ne voyais pas bien comment appeler ça autrement. C'était plus qu'une simple attirance. Plus que physique. Physique qui était parfait, d'ailleurs.

Alors... étais-je obsédé ? Peut-être. Mais pas dans le sens « harceleur cinglé ».

Avais-je envie de lui ? Bien sûr.

Est-ce que je regrettais le fait qu'il soit hétéro ? Tout à fait.

Tate n'était pas seulement sexy et séduisant, il était malin. Au premier regard, je le croyais un peu éparpillé et désorganisé, mais il s'était avéré qu'il était juste facilement dépassé face aux nouvelles situations. Comme le fait de commencer un nouveau semestre, ce qui avait été le cas la première fois que je l'avais vu.

Mais maintenant que l'année scolaire avait débuté depuis un mois, il s'était ajusté, organisé, et il était clairement plus concentré.

J'avais décidé de me lâcher un peu ce soir parce que, pour une fois, je n'étais pas en service le lendemain matin au Power Center, le centre de loisirs de la fac. La paie était merdique, mais c'était situé sur le campus et je pouvais facilement m'y rendre à pied. Mieux encore, je pouvais faire de l'exercice avant ou après mon service.

Quand j'avais entamé ma première année, j'étais un type maigrichon. Et totalement empoté, en plus. Même si je me développpais encore sur les plans physique et mental, j'avais envie d'accélérer le processus. Quand je travaillais au centre de loisirs, j'observais les athlètes qui venaient effectuer leur entraînement de routine. Je m'étais mis à les imiter, et j'avais fini par trouver le courage d'aller leur parler pour leur poser quelques questions en espérant qu'ils ne penseraient pas que je les draguais. Quand je pouvais, je leur donnais un coup de main en les assistant s'ils soulevaient des poids. Je continuais d'observer leur technique, de poser des questions et de demander des conseils sur la meilleure manière d'améliorer ma silhouette ou sur ce que je devrais travailler.

La plupart adoraient partager leurs connaissances parce qu'ils aimaient qu'on leur porte de l'attention. C'était gratifiant, pour eux, quand j'admirais ouvertement leur physique et leur disais que j'essayais de leur ressembler. La version eurasienne gay, très musclée et très sexy. Même si je gardais mon homosexualité pour moi.

Je n'avais pas honte de ce que j'étais, mais je n'en faisais pas étalage et ne le criais pas sur tous les toits pour autant. Je ne portais pas non plus de vêtements qui m'auraient collé une étiquette « gay ». Mais si quelqu'un m'avait posé la question, je n'aurais rien eu à cacher et n'aurais pas menti.

Par chance, personne ne me demanda rien, et ils supposèrent tous que j'étais hétéro. Je craignais qu'ils ne soient plus aussi enclins à m'aider s'ils savaient la vérité. Je me trompais peut-être, et j'espérais que c'était le cas, mais je n'étais pas prêt à prendre le risque de perdre une précieuse source d'informations.

Seul l'un des types qui s'entraînaient de manière obsessionnelle était un vrai connard. À mon avis, vu sa carrure massive, il devait se doper. J'avais envie de prendre du muscle rapidement, mais je ne voulais pas tricher. Les efforts et le dévouement ne me dérangeaient pas. Et je n'avais vraiment pas envie de ressembler ni de me comporter comme un bourrin, comme ce connard.

Dès que j'avais trouvé ce boulot, j'en avais parlé à Tate pendant le cours qu'on partageait. Quand il n'était pas occupé à faire ce qu'il faisait quand on n'était pas ensemble, il venait soit pour faire passer mes horaires de travail plus vite, soit pour s'entraîner avec moi. On avait fini par élaborer notre propre routine ensemble, en s'aidant et en s'encourageant l'un l'autre. Nous avions transformé nos objectifs en défis. Nous organisions des mini-compétitions entre nous deux pour préserver l'intérêt et l'amusement.

Un jour, j'avais défié Tate de suivre un cours de cyclisme en salle, et on avait tous les deux failli mourir. Après coup, je n'avais plus senti mon périnée pendant plus d'une heure. J'aurais pu jurer avoir perdu dix litres de sueur, et j'étais ressorti avec les jambes arquées.

Tate avait eu envie de m'étrangler pour avoir suggéré qu'on suive ce cours, mais il n'en avait plus eu l'énergie. Pour quelqu'un qui venait sur le campus à vélo presque tous les jours, on aurait pu s'attendre à ce que ce cours soit plus facile. Il pensait pareil.

On s'était trompés tous les deux.

Nous étions sortis du bâtiment en boitillant et avions

traversé la passerelle au niveau du Power Center jusqu'à trouver un coin d'herbe sous un arbre sur lequel nous nous étions tous les deux écroulés. Nous n'avions plus bougé pendant deux heures.

Deux heures, bordel.

Nous étions restés couchés sur le dos et avions parlé de tout et de rien. Je n'oublierais jamais ces deux heures. Parce que c'était tout ce qu'il m'avait fallu pour que je tombe amoureux de Tate.

Un amour que je ne pouvais lui avouer parce que je ne voulais pas l'effrayer ni lui donner une raison de me repousser. J'avais donc fait ce qu'il y avait de mieux pour notre amitié et j'avais refoulé mes émotions.

Nous n'étions plus jamais retournés à ce cours de cyclisme en salle. À la place, nous nous étions mis à la course à pied. Que ce soit dehors, autour du campus ou dans les rues de la ville, ou bien, quand il faisait un temps pourri et qu'on ne pouvait pas sortir, sur la piste couverte. Comme notre amitié, nos séances de course à pied trouvèrent aisément leur rythme. Nos cadences étaient similaires. Nos objectifs aussi, vu qu'on voulait trouver un équilibre entre le cardio et la prise de muscle.

Parfois, on ralentissait le pas pour discuter pendant tout le trajet. D'autres fois, on mettait des écouteurs et on écoutait la même musique tout en remuant. Si la chanson était particulièrement prenante, Tate courait devant, se retournait vers moi et courait en arrière tout en faisant semblant de jouer de la batterie ou en chantant très faux à pleins poumons.

J'attendais à chaque fois qu'il se casse la figure, mais par miracle, il réussissait toujours à rester sur ses pieds.

Quoi qu'il arrive, il me faisait toujours sourire ou rire, presque jusqu'à me faire pisser dans mon pantalon.

Ce soir ne fit pas exception, alors qu'on participait tous les deux à la fête organisée dans une maison de Carson, de l'autre côté de la rivière Monongahela. Je ne savais pas qui l'organisait, ni même à qui appartenait cette maison, mais j'étais si éméché que je n'en avais rien à faire. Au moins, maintenant que j'avais un boulot, je pouvais payer mes gobelets en plastique moi-même, au lieu de laisser Tate s'en charger pour moi. Au bout de la quatrième bière, je perdis le compte. Une chose était sûre, on avait tous les deux bu assez pour en avoir pour notre argent ce soir, et la soirée n'était pas encore terminée. Même si on avait eu envie de partir, on n'aurait pu sans l'aval du colocataire de Tate étant donné que c'était lui, le conducteur. Et la dernière fois que j'avais vu Jack, il grimpait à l'étage avec une fille. Ils arboraient tous les deux un sourire qui laissait entendre clairement leurs intentions. En les regardant grimper au deuxième étage, j'avais aussi pris douloureusement conscience que j'étais célibataire, et pas près de connaître ce dont Jack s'apprêtait à profiter.

Je regardai Tate, qui était plongé dans une grande conversation un peu pâteuse avec un type qui passait lui aussi un diplôme de journalisme et de communication. D'après T, ils avaient quelques cours ensemble.

Ne voulant pas interrompre leur *newsfest,* le nom que j'avais donné à toutes les fois où Tate parlait de quoi que ce soit en rapport avec le journalisme, je trouvai un espace libre contre un mur et m'y adossai, sirotant ma bière tout en observant mon meilleur ami.

Son visage s'illuminait, et il s'animait tellement chaque fois qu'il parlait de journalisme. Il disait que c'était dans son sang, et maintenant que je l'avais écouté en parler non-stop, j'étais d'accord. Il ignorait s'il voulait être derrière ou devant la caméra. Je votais pour devant.

Le beau et saisissant visage de Tate Allan Harris, avec son corps tout aussi sexy, devrait être partagé avec le monde entier. La façon dont ses lèvres remuaient, ses yeux bleus étincelants, capables de vous transpercer le cœur, son sourire contagieux, sa voix douce comme le miel, sa mâchoire bien définie. Sans oublier ses dents droites et parfaites, grâce à l'appareil qu'il avait détesté porter quand il était ado.

Je ne pouvais pas non plus oublier ses larges épaules...

Oui, je n'étais pas très objectif. Mais j'avais remarqué la façon dont les filles tournaient la tête quand il entrait dans une pièce ou quand il les dépassait. Le plus amusant, c'était que Tate ne se rendait absolument pas compte qu'elles le regardaient, sûrement en espérant que ses vêtements disparaîtraient comme par magie.

Oh, une seconde. Ça, c'était juste moi.

Mais vu qu'on faisait souvent du sport ensemble, j'avais vu presque chaque centimètre carré de lui dans les vestiaires. Je tentais d'être discret quand je le regardais à la dérobée, mais je ne pouvais pas m'en empêcher.

Par contre, ce que je faisais de ces brefs aperçus plus tard, quand j'étais seul, était un tout petit peu obscène. Dans le bon sens du terme.

Je devrais vraiment arrêter de fantasmer sur Tate et tenter de me trouver quelqu'un qui aimait les hommes pour plus qu'une amitié. Je n'avais plus eu de relation sexuelle depuis l'été précédant mon départ à la fac. Sans compter toutes ces séances avec mon partenaire à dix doigts. À dire vrai, je ne pouvais même pas les compter parce que je faisais ça si souvent que j'en avais perdu le compte.

J'en étais arrivé au point où j'arrivais à me masturber sous les couvertures sans réveiller mon colocataire. Hélas, Dominic n'avait pas encore acquis ce talent, et je l'entendais parfois s'astiquer à un rythme saccadé.

Je ne lui avais toujours pas dit que j'étais gay, mais si je le faisais, j'étais certain que ces petites sessions de branlette en solitaire se termineraient aussitôt.

Je souris.

Puis, mon cœur fit un petit roulement de tambour quand Tate tourna la tête vers moi et me fit un signe du menton. Dès que je le lui eus rendu, il écarquilla les yeux et haussa les sourcils en un « tire-moi de là » silencieux.

Je m'écartai du mur et approchai pour l'empêcher de se faire casser les oreilles. Il aurait besoin des deux s'il voulait apparaître à la télé pour présenter les infos derrière un bureau.

Je me plaçai à côté de Tate, posai la main au creux de son dos et saluai de la tête le type en train de jacasser d'une voix pâteuse. Je haussai un sourcil et demandai :

— Je peux te l'emprunter un instant ?

Et quand je disais « emprunter », ce que je voulais vraiment dire, c'était que j'aimerais laisser glisser ma main de son dos à ses fesses avant de les palper. Je me retins, vu que Tate penserait sûrement que je ferais ça pour plaisanter plutôt que pour apprécier les miches parfaites qu'il trimballait dans son jean.

— Oh, bien sûr, bien sûr. Je dois aller pisser, de toute façon, répondit le blond en ajustant ses lunettes et en m'adressant un sourire de travers.

Il était bourré.

Tate n'en était pas loin non plus. J'espérais juste que son colocataire ne buvait pas tant que ça et qu'il serait encore capable de nous ramener en voiture. J'avais déjà dû dormir sur leur canapé une ou deux fois quand on avait un peu trop fait la fête. Mais j'espérais pouvoir rentrer au campus ce soir, vu que leur canapé était dégoûtant et que seule une douche brûlante me permettrait de me débarrasser de ma répulsion.

D'un autre côté, leur appartement entier était dégueu, vu que trois étudiants y vivaient. Il était nettoyé de temps en temps, quand Dahlia passait, car elle ne pouvait supporter la crasse et se chargeait du ménage par frustration.

Dès que le blond se fut éloigné en titubant, disparaissant derrière un mur de corps, Tate m'adressa un sourire très éméché, mais aussi très sexy, tout en se frottant l'oreille droite.

— Merci. J'étais à deux doigts de me crever les tympans pour échapper à ça.

— Désolé de te le dire, mais tu aimes parler, toi aussi. C'est sûrement une condition requise quand on fait des études de journaliste.

— Pas du tout, mais c'est un bon entraînement. J'ai besoin d'une autre bière et d'un peu d'air frais.

Je ne pensais pas qu'une autre bière soit une bonne idée, mais puisqu'aucun de nous ne conduisait, on n'avait pas à se limiter ce soir.

— D'abord la bière ou l'air frais ?

— J'ai envie de pisser.

Je levai les yeux au ciel.

— Tu peux pisser dehors dans les buissons pendant que tu prends l'air.

— Bonne idée. Tu es si intelligent, Roooownan.

— Tu peux le dire.

Je tirai sur son bras et il me suivit.

— J'ai trouvé un bon buisson le long de la maison du voisin. On peut l'utiliser tous les deux.

— Bonne idée. Tu es si intelligent, Roooownan.

Pourquoi étirait-il mon prénom comme ça ? Et pourquoi se répétait-il ?

— Tu n'as peut-être pas besoin d'une autre bière, finalement. On devrait trouver Jack et arrêter pour ce soir.

— Non.

— T, il y a des fêtes tout le week-end, tous les week-ends. Ce n'est pas comme si c'était la dernière fête de fac à laquelle tu allais participer. On a tous les deux bu assez pour rembourser l'argent qu'on a payé.

— N'embête pas Jack. Il est sûrement en train de tirer un coup.

C'était une certitude puisque je l'avais vu monter les marches, mais je doutais que Jack ait besoin de plus de quelques minutes. Plutôt beaucoup moins.

Nous parvînmes à nous frayer un chemin à travers l'épaisse masse d'étudiants bourrés et à sortir sans écraser de doigts de pieds ni bousculer personne. Je tenais encore le bras de Tate pour ne pas le perdre en route, et je le guidai à travers la cour jonchée de bouteilles de bière, de gobelets rouges et de Dieu seul savait quoi d'autre – je n'avais pas envie de regarder de trop près – jusqu'à l'espace étroit séparant les deux maisons. C'était l'endroit parfait pour vider notre vessie, vu que c'était plongé dans l'ombre et qu'il y avait un tas de buissons.

— Roe ! hurla-t-il même s'il marchait juste à côté de moi dans l'espace restreint.

— Chut ! le fis-je taire. Il ne faudrait pas que les voisins nous voient arroser leurs buissons.

On avait plus de chances de tuer toute végétation avec notre urine imprégnée d'alcool.

— Les voisins sont sûrement à la fête.

Sûrement, oui. Autrement, les flics seraient venus y mettre fin depuis longtemps. Mais je n'en étais pas sûr.

Je m'arrêtai à mi-chemin entre la cour de devant et celle de derrière, et utilisai le bras de Tate comme un gouvernail pour le tourner vers les buissons. Je les pointai du doigt.

— Vise et tire, mec. Évite juste de pisser sur tes chaussures.

Tate baissa la tête.

— Ce sont des baskets.

— Ne pisse pas sur tes baskets, corrigeai-je, m'efforçant déjà d'ouvrir ma braguette pour sortir mon sexe.

Je visai les buissons, mais avant d'autoriser ma vessie à se vider, je jetai un coup d'œil à Tate. Il m'observait dans le noir, sans faire un geste pour pisser.

— T, tu as besoin d'aide ou quoi ?

Je n'étais pas contre, mais Tate risquait de l'être.

Il secoua la tête et, même dans le noir, je vis une épaisse mèche de cheveux noirs retomber sur son front. Je résistai à la tentation de l'écarter de son visage et me concentrai plutôt sur le fait de soulager ma vessie. Je jetai quelques regards furtifs à Tate pour m'assurer qu'il faisait ce qu'il devait faire. Il s'était remis en mouvement et avait enfin sorti son membre. L'espace d'un bref instant, je fus jaloux de sa main. Je secouai mon membre et le remis dans mon pantalon en prenant garde de ne pas le coincer dans ma braguette. Vous faisiez ça une fois, et vous ne recommenciez plus jamais. C'était garanti.

Une fois mon équipement rangé en sécurité, je me tournai vers Tate et vis qu'il se balançait d'avant en arrière. Il pissait toujours, mais la tête rejetée en arrière.

Il allait perdre l'équilibre, bourré comme il l'était. Il laissa échapper un long grognement bas, sûrement de soulagement, puis secoua plusieurs fois son sexe avec force. Je dus faire un pas en arrière de crainte d'être éclaboussé.

— Tu as fini ? demandai-je alors qu'il se contentait de lâcher son bébé python au lieu de le ranger dans son pantalon.

Il baissa les yeux comme s'il avait oublié ce qu'il faisait, hocha la tête et parvint enfin à remonter sa braguette sans se blesser.

Je me rapprochai d'un pas.

— Tu es sûr que tu ne veux pas qu'on s'en aille ? Si on n'arrive pas à trouver Jack, on peut toujours appeler un taxi.

Je n'avais pas d'argent pour ça, mais j'étais sûr que c'était le cas de Tate. Ces dernières semaines, j'avais appris que, contrairement à moi qui dépendais d'aides financières, des bourses, des prêts étudiants et de mon boulot mal payé, Tate avait des parents assez riches pour payer ses études à 100 %. Ils s'étaient contentés de remplir un chèque pour payer tous les frais de scolarité. Un qui n'était même pas postdaté.

Ils payaient aussi le loyer de son appartement tous les mois et lui donnaient de l'argent de poche pour s'acheter à manger et tout ce dont il avait besoin.

Ils étaient loin de manquer d'argent. Son père était un genre de banquier qui gagnait un gros salaire et, quand Tate m'avait montré une photo de leur maison, j'avais cru que c'était un petit hôtel au début.

Ce n'était pas le cas.

Le truc, c'était que, si Tate ne l'avait pas mentionné de manière détournée, je n'aurais jamais deviné qu'il venait d'une famille aisée. Il n'était pas arrogant. Il ne faisait pas étalage de son statut. Il ne l'utilisait même pas comme une arme, comme d'autres riches étudiants avaient tendance à le faïre. Il ne portait pas de vêtements hors de prix, ni de montre, rien qui le ferait se démarquer. Il se déplaçait à vélo et n'avait pas de voiture.

Il était le riche le plus humble que je connaissais.

J'avais découvert sa situation financière par le biais de conversations normales. En fait, j'avais dû faire beaucoup d'efforts pour le persuader de me montrer une photo de sa maison et de ses parents.

Tate était le portrait craché de son père. Sa sœur tenait plus de sa mère. Mais le portrait de famille encadré qu'il m'avait montré m'avait fait prendre conscience que Tate et moi venions de deux mondes séparés. Il faisait partie du gratin. Je n'étais qu'un roturier ordinaire.

Enfin, peut-être pas si ordinaire. Mais je n'étais pas l'un de ces gays pétillants qui avaient du style. J'étais assez banal.

— Non, je n'ai pas envie de partir tout de suite. Je veux plus de bière.

Ah, oui, j'essayais de le convaincre de partir.

Quand il se tourna vers moi, il s'empêtra dans ses propres pieds et commença à tomber en arrière, moulinant frénétiquement des bras dans un effort pour se redresser.

Je tendis instinctivement la main et le rattrapai par son T-shirt à temps pour l'empêcher de s'écrouler. Il finit par surcompenser et tomber en avant à la place, son corps entrant en collision avec le mien.

Je ne le lâchai pas, mais resserrai les doigts sur son T-shirt et le maintins immobile le temps qu'on ait retrouvé nos esprits tous les deux, haletant sous le coup du soudain afflux d'adrénaline.

Lui, parce qu'il avait perdu l'équilibre et failli tomber.

Moi, parce que j'étais pressé contre Tate.

J'étais assez près pour sentir le léger parfum de son savon ou de son après-rasage. Assez près pour que certaines parties de nous se touchent.

Sans réfléchir, et en gardant la main droite accrochée à son T-shirt, je pris son visage avec la gauche et plaquai mes lèvres sur les siennes.

Il ne me repoussa pas, ne fit pas de pas en arrière. Il ne bougea pas. N'ouvrit pas la bouche, et je gardai la mienne fermée aussi.

Nous étions collés l'un à l'autre, des hanches à la poitrine, bouche contre bouche.

J'étais aussi stupéfait que lui. Je l'avais embrassé par instinct, et je voulais le faire depuis si longtemps. Mais...

Nous restâmes plantés là. Connectés, mais sans l'être vraiment.

Sans bouger. Sans vraiment s'embrasser. Sans même respirer.

Nous étions figés.

L'espace d'un instant, ce ne fut pas un baiser.

Juste deux paires de lèvres qui se touchaient.

Ce n'était rien.

Rien.

Rien.

Puis, comme si quelqu'un avait actionné un interrupteur, cela devint quelque chose.

Quelque chose auquel je ne m'attendais pas du tout.

La lumière s'alluma et devint plus vive quand ses lèvres se mirent à remuer contre les miennes.

Avec prudence, maladresse.

À dire vrai, je m'attendais à ce qu'il exige que je le lâche.

Qu'il se plaigne.

M'injurie.

Parce qu'encore une fois, ça ne pouvait pas être un baiser.

Comme trop souvent, je me trompais.

Il était *bien* en train de m'embrasser.

Tate était en train de m'embrasser.

Par instinct ou par désir ? Je n'aurais su le dire.

Putain, il était peut-être juste plus bourré que je ne l'imaginais et me prenait pour quelqu'un d'autre parce que...

Il ne pouvait pas avoir envie de ça.

Pour moi, c'était un moment de faiblesse. Pour lui, un moment de confusion.

Malgré tout, je savais qui j'étais. Je savais qui il était. Je ne le savais que trop bien.

Il regretterait quand il serait sobre. J'en étais sûr.

C'était pour ça que je devais y mettre fin. Ça vaudrait mieux. Pour lui et pour notre amitié.

Par faiblesse, je le laissai continuer. Je laissai faire quand même.

Même si je savais que c'était mal, j'en avais envie.

J'en avais besoin.

Pendant que ses lèvres remuaient avec hésitation contre les miennes, le disjoncteur sauta.

Je m'emparai de sa bouche.

Elle était à moi. Elle m'appartenait.

Nos bouches s'ouvrirent et nos langues s'affrontèrent.

Je n'aurais su dire qui avait grogné. Ça pouvait tout aussi bien être moi que lui. Ou bien c'était nous deux, tandis que j'approfondissais le baiser et que nos langues continuaient de s'entremêler, pas pour me repousser, mais pour jouer.

J'écartai la sienne pour explorer un peu plus sa bouche. Pour goûter chaque recoin et le consigner dans ma mémoire puisque je savais que ça n'arriverait qu'une seule fois.

C'était peut-être le dernier moment qu'on passait ensemble en tant qu'amis.

Putain, j'espérais que non.

J'espérais vraiment que non, même si c'était mal de l'embrasser. Non seulement parce que Tate était hétéro, mais aussi parce qu'il avait une petite amie.

C'était très mal, mais je ne pouvais pas m'arrêter. Il ne m'y obligea pas non plus. Chaque son qui sortait du fond de sa gorge, chaque mouvement de ses lèvres m'encourageait à continuer.

Son sexe, dur et épais, était pressé contre le mien, m'indiquant qu'il n'était pas dégoûté. Qu'il n'était pas rebuté par notre baiser. Ni par le contact de nos corps. Ses mains m'agrippaient les hanches pour me maintenir contre lui ; il ne me repoussait pas et m'attirait même plus près.

S'il se mettait à frotter son sexe contre le mien, ce serait terminé pour moi. J'avais envie de Tate depuis la seconde où je l'avais vu arriver en retard en cours. Je fantasmais sur lui depuis tout ce temps.

Pire encore, mon désir s'était transformé en amour en cours de route.

Il suffirait de quelques caresses de son érection contre la mienne pour me décharger dans mon boxer.

Mais il était bourré, autrement dit, il était enclin à prendre de mauvaises décisions.

Des décisions qu'il regretterait quand il serait sobre.

Puisque j'étais le seul de nous deux qui n'était pas ivre, je devais me comporter de manière raisonnable.

Même si j'avais désespérément envie de lui.

Quand je rompis le baiser avec réticence et m'écartai lentement, avec regret, je m'attendais à ce qu'il ait un mouvement de recul et me donne un coup de poing. Je fis un pas en arrière pour nous laisser respirer tous les deux et gardai les yeux rivés sur son visage pour déchiffrer sa réaction et me préparer à ce qu'il prenne conscience de la situation.

Bordel, la réalité allait sûrement nous faire l'effet d'un seau d'eau glacée sur la tête, à tous les deux. À lui, parce qu'il venait d'embrasser un homme. À moi, parce que j'avais gâché le baiser le plus torride et le plus désiré de toute ma vie.

Bien sûr, j'avais raison. Pas de croire qu'il allait me frapper, mais qu'il serait accablé en se rendant compte de ce qui venait de se passer. Il avait les yeux écarquillés et, même dans l'ombre, je voyais qu'ils étaient emplis de stupeur mêlée de confusion.

Mais le plus fou, c'était qu'ils n'exprimaient aucun dégoût.

Je m'attendais à voir cette émotion recouvrir son visage pâle comme un linge quand il pressa les doigts sur sa bouche.

Il resta planté là, paralysé sur place.

J'avais besoin de plus que ça. De *quelque chose*. Même si c'était de la fureur ou de la répulsion.

Mon cœur cognait dans mes oreilles. Nous étions toujours dans l'ombre, dans un recoin isolé, entourés des sons distants de la fête.

Personne en vue.

Sauf nous deux.

Merde. Je ne pouvais pas attendre plus longtemps. Je devais arranger ça avant que ça ne nous brise.

— Je suis désolé. Je ne... je suis désolé. C'était une erreur. Je n'aurais pas dû faire ça. Je me suis laissé...

Merde, merde, merde.

— Je me suis laissé emporter. J'ai perdu la tête... Je...

— La ferme, grommela-t-il. Juste... ferme... la.

J'hésitai un instant, mais je ne pouvais pas laisser tomber. Pas tant qu'il ne m'aurait pas pardonné.

— Je n'ai pas envie que ça détruise notre amitié. S'il te plaît, ne laisse pas mon erreur stupide faire ça. Tu comptes trop pour moi, T. Tu es mon meilleur ami. Tu es...

Tu es tout pour moi.

Mais je ne peux pas te le dire, même si j'en ai envie.

— Tu... aimes les hommes ?

Il avait prononcé le dernier mot d'une voix plus haut perchée que d'habitude.

Il avait beaucoup bu, et il aurait peut-être tout oublié d'ici demain matin. Ensuite, on pourrait faire comme si ça n'était jamais arrivé.

— J'aime beaucoup de gens.

— Je veux dire... comme *ça,* précisa-t-il avec un geste de la main vers l'espace entre nous.

— Je croyais que tu le savais. Je veux dire, je n'en fais pas un secret. Je ne te l'ai jamais caché.

— Mais tu n'as jamais rien dit non plus.

Il voulait quoi, un avertissement ?

— Bien sûr que non. Qui se présente et annonce ses préférences sexuelles dans la foulée ? Tu le fais, toi ?

Pourquoi serais-je censé prévenir les gens que j'étais gay, alors que les hétéros n'avaient pas besoin de préciser leur sexualité ? Ce n'était pas comme si les autres pouvaient l'attraper et devenir homo contre leur volonté. Ce n'était pas un virus.

Je n'avais aucune obligation morale d'indiquer aux gens que je préférais les hommes aux femmes. Ça ne regardait que moi.

Jusqu'à maintenant, en tout cas.

— Non. Je veux dire... je suppose que tu as raison.

Il se gratta l'oreille, le front plissé.

— Pourquoi un homme gay devrait-il annoncer qu'il n'est pas hétéro ?

Je hochai la tête. Sans déconner. Il n'avait pas l'air en colère, juste surpris, et peut-être un peu offensé que je ne lui aie pas dit que j'étais gay. Mais était-ce parce qu'il était homophobe, ou parce qu'il pensait que je ne lui faisais pas assez confiance pour le lui dire ? Je doutais qu'il s'agisse de la première option, fort heureusement. Je ne l'avais jamais entendu dire quoi que ce soit d'offensant sur la communauté LGBTQ.

On pourrait discuter de tout ça plus tard, quand on serait tous les deux sobres, et pas alors qu'on était imbibés de bière et debout dans le noir, entre deux maisons.

— Encore une fois... je suis désolé. C'était la bière,

mentis-je. Je sais que tu es hétéro et que tu n'es pas du tout intéressé par moi de cette manière. Sérieux, ne laisse pas ça... je n'ai pas envie que ça gâche notre amitié, T. Est-ce qu'on peut oublier ce qui est arrivé ?

Il pressa à nouveau ses doigts contre ses lèvres.

— Je ne suis pas sûr de pouvoir l'oublier.

— Dans ce cas, est-ce que tu veux bien me pardonner de t'avoir embrassé sans ton consentement ? J'aurais dû demander. J'ai eu tort. Je me suis laissé emporter...

OK, assez d'excuses. Soit il les acceptait, soit il les refusait. Les débiter en boucle ne servirait à rien.

Nos téléphones vibrèrent en même temps, détournant notre attention. Tate sortit le sien de sa poche arrière, et je sortis le mien avant de jeter un coup d'œil au message apparu sur l'écran. C'était Jack qui nous annonçait qu'il était prêt à y aller. *Dieu merci.*

Je lui renvoyai un SMS rapide pour lui dire qu'on le retrouverait devant sa voiture, garée à un pâté de maisons vu que, du coin de l'œil, je remarquai que Tate avait du mal à taper un message.

— On retrouve Jack à la voiture, annonçai-je.

Tate leva les yeux de son téléphone et hocha la tête.

— OK.

— Tu vas réussir à marcher jusque là-bas ?

— Elle n'est qu'à un pâté de maisons.

— Mais tu as failli tomber rien qu'en te retournant, T.

— Dans ce cas, je m'accrocherai à toi, si j'ai besoin d'aide.

Un soulagement soudain me submergea quand je vis qu'il ne me hurlait pas dessus ni ne m'abreuvait pas d'injures. Qu'il ne me demandait pas de trouver un autre moyen de rentrer. Qu'il serait prêt à s'appuyer sur moi s'il en avait besoin.

— Allons-y, dis-je. Je suis là si tu as besoin de moi.

Il m'observa quelques secondes de plus, hocha à nouveau légèrement la tête et se dirigea vers l'avant de la maison.

Je le vis vaciller un peu et vins me placer à côté de lui.

Je faillis trébucher aussi quand il passa un bras autour de mon cou.

Je pinçai les lèvres pour me retenir de sourire comme un idiot, et nous marchâmes comme ça jusqu'à la voiture de Jack.

Chapitre Sept

Tate (avant)

UNE FOIS ARRIVÉ à la voiture, j'envoyai deux messages à Jack, sans réponse. Ronan et moi attendîmes un moment, mais mon colocataire n'arriva jamais. Je supposai qu'il avait trop bu.

— Tu crois qu'on devrait repartir à sa recherche ?

Ronan secoua la tête.

— On peut partager un taxi.

C'était sûrement plus judicieux. Jack s'était peut-être roulé en boule dans un coin pour cuver. Et puis, il avait un tas d'autres amis à la fête qui pourraient le ramener chez lui s'il en avait besoin. Dans le noir, nous attendîmes encore une demi-heure que le taxi arrive. Je n'avais aucune intention de partager la note avec Ronan, par contre. Je paierais, puisque c'était moi qui l'avais invité. C'était ma responsabilité, de le ramener sur le campus en toute sécurité.

Ou du moins, c'était ce que je me répétais dans mon cerveau embrouillé.

Pendant qu'on attendait, aucun de nous ne dit grand-chose. En grande partie parce que j'avais la tête qui tournait à cause de la bière et de ce qui s'était passé dans l'espace étroit entre les maisons. Nous étions tous deux adossés à la voiture de Jack, nos épaules se touchaient, et c'était étrangement réconfortant, en plus de me maintenir droit.

Je n'étais pas en colère pour le baiser, mais j'étais vraiment confus. Toute cette histoire avec Ronan... je n'y comprenais rien, pour être honnête. Et je ne parlais pas que du baiser.

Je ne le connaissais que depuis quelques semaines. On avait un cours en commun. On allait à des fêtes ensemble. On faisait du sport et on étudiait ensemble.

On était vite devenus amis parce qu'on s'entendait bien. Quand je n'étais pas avec Dahlia – qui était accaparée par ses cours, son boulot et ses amies quand elle ne participait pas à l'un des événements des clubs desquels elle faisait partie –, je voulais passer tout mon temps avec Ronan. Je n'avais jamais ressenti ça avec aucun de mes amis. Pas même avec Todd, mon meilleur ami depuis la maternelle, en Virginie.

Même si j'aimais passer du temps avec celle qui était ma petite amie depuis plus d'un an, je commençais même à préférer la compagnie de Ronan. Ça me rappelait une addiction, vu que cette drôle d'attraction envers lui se renforçait chaque jour qui passait.

Chaque fois qu'il se laissait tomber sur le siège à côté de moi en cours.

Chaque fois qu'il tentait de détourner mon attention du cours du Pr Louden.

Chaque fois qu'il faisait tout son possible pour qu'on se fasse griller et qu'on soit virés de cours.

C'était devenu un jeu pour Ronan.

Un jeu troublant. Que je ne comprenais pas tout à fait.

Je ressentais des émotions que je n'avais encore jamais éprouvées, et je ne savais comment réagir.

Mais je savais une chose...

J'aimais ça.

Même si c'était mal. Très mal.

Ça l'était forcément, parce que je n'étais pas gay. Pas même bisexuel. Ça ne pouvait donc pas être une attirance sexuelle. En plus, j'avais une petite amie que j'aimais.

Mais cette attraction inexplicable était continue.

J'attendais avec impatience qu'on se retrouve en cours.

De le retrouver pour étudier.

D'aller prendre un café avec lui après les cours.

Ou qu'on aille courir ensemble. Ou qu'on se retrouve à la salle de sport.

On avait trouvé un rythme naturel. Ce que je considérais jusqu'alors comme une amitié.

Mais maintenant...

Ce baiser...

Ce baiser.

Après ce baiser, je craignais que mon obsession pour Ronan n'empire.

Mon désir puissant d'être avec lui était déjà si troublant que je ne pouvais m'en libérer.

Ni de Ronan.

Ni de mes pensées le concernant.

Ni de mes fantasmes inattendus avec lui.

Je ne lui en avais pas parlé parce que je n'étais pas sûr de devoir l'admettre. En partie parce que je ne savais vraiment pas qu'il était gay. Il ne me l'avait jamais confié, alors que je pensais qu'on était proches.

La première fois que j'avais rêvé de lui, de moi, de nous deux ensemble, ça m'avait surpris.

Choqué.

Effrayé, même.

Je m'étais redressé d'un bond dans le lit, des gouttes de sueur perlant à mon front. J'étais haletant, et j'avais eu du mal à reprendre mon souffle. Mon cœur cognait à toute vitesse, à la fois d'excitation et de peur. Une réaction très similaire à un cauchemar ou à une crise de panique.

Mais la différence entre ce rêve et un cauchemar ordinaire, c'étaient les répercussions différentes et...

À mon réveil, j'étais dur comme la pierre. Tout ça parce que, dans ce rêve, je touchais, embrassais et baisais Ronan.

Cette nuit-là, j'avais retourné Dahlia sur le dos et l'avais réveillée avec le même genre de baisers et de caresses. Je lui avais dit que j'avais envie d'elle. Que je l'aimais.

Tout ça parce que j'avais rêvé de *lui*.

Je n'arrêtais pas de me répéter que ce n'était que ça. Un rêve insensé. Rien de plus.

Je devais me le prouver.

Que je n'étais pas attiré par les hommes.

Et je ne l'étais peut-être pas. Pas vraiment, pas comme les gays étaient attirés par les hommes.

Peut-être que, pour une raison étrange, je n'éprouvais ce genre de choses que pour Ronan. Comment un type rencontré en cours la première semaine du semestre pouvait-il me faire tout remettre en question ?

Tout mon être.

Ma sexualité.

Ma relation avec la petite amie qui était restée avec moi pendant un an.

Ça n'avait aucun sens.

Rien de tout ça n'avait de sens.

Alors, j'avais supposé que ce devait être mal.

Tout.

Mon cerveau était cassé, ou un truc comme ça.

J'étais cassé.

Je ne voyais pas d'autre explication.

Quoi qu'il arrive, je devais arranger ça. Me prouver que ce rêve n'était qu'un drôle de hasard.

C'était dans ce but que je m'étais glissé entre les douces cuisses de Dahlia, si différentes de celles de Ronan, et que j'avais embrassé ses lèvres souples. Si différentes de celles de Ronan.

Je lui avais fait l'amour en prenant mon temps, repoussant mes pensées concernant Ronan au fond de ma tête et claquant la porte.

Quand je m'étais enfin glissé en Dahlia, j'avais espéré trouver le soulagement. Ou des réponses. Ou la confirmation que je n'étais attiré que par les femmes.

Je n'avais rien trouvé. Aucune réponse. Aucun soulagement.

Pire encore, j'avais été plus confus que jamais. Parce que, cette fois, je ne m'étais pas senti satisfait après coup.

Je m'étais senti...

Vide.

Et ça m'avait foutu la trouille.

J'avais besoin de réponses, et je n'en avais aucune. Je ne savais pas non plus où les trouver. À qui demander.

J'avais peut-être besoin de voir un psy. Mais mes parents voudraient savoir ce qui n'allait pas, pourquoi je voulais en voir un, et je ne pouvais pas leur expliquer. Je n'arrivais déjà pas à me l'expliquer à moi-même.

Quand nous eûmes grimpé dans le taxi et que le chauffeur leur eut demandé l'adresse, je regardai Ronan, assis à côté de moi, sur le siège arrière plongé dans la pénombre.

— Mon appartement est plus proche, si tu veux y dormir cette nuit.

Cette nuit. C'était plutôt le matin, vu qu'il était environ 2 heures.

— Ça ne te dérange pas ? demanda-t-il, surpris.

Il avait déjà passé plusieurs nuits sur notre canapé. Pourquoi le baiser de ce soir changerait-il quoi que ce soit ? Ou rendrait la situation embarrassante ?

En plus, pour être honnête avec moi-même...

Non, je n'étais pas prêt à être honnête avec moi-même. Oubliez ça.

Il nous fallut moins de dix minutes avant d'arriver devant mon immeuble, les rues étaient quasiment désertes à cette heure. J'avais un peu dessaoulé en attendant Jack, puis le taxi, mais je fus encore un peu titubant quand je montai les marches jusqu'à notre appartement au premier étage, Ronan dut donc me soutenir.

Une fois rentré, je repérai aussitôt un problème.

Quelqu'un dormait déjà sur le canapé. Ce devait être l'un des potes de Thom. Sans surprise, ils avaient dû faire la fête aussi ce soir. Et Thom devait avoir eu la même idée pour son ami que moi pour Ronan.

J'étais certain que les similitudes s'arrêtaient là. Je doutais que Thom ait embrassé son ami ce soir, lui.

— Désolé, murmurai-je pendant qu'on regardait l'inconnu endormi sur le vieux canapé usé qu'on avait trouvé dans un vide-grenier. Je ne savais pas.

— Je peux repartir jusqu'à mon dortoir.

— Non, reste. Je ne peux pas te laisser repartir à pied à cette heure de la nuit, Roe. On va trouver une solution.

— Tu veux que je dorme par terre ?

Il n'avait pas l'air emballé par cette idée. Le lit de Jack était vide en ce moment, mais je ne savais pas quand il rentrerait. Sans oublier qu'il ne serait sûrement pas ravi à l'idée que quelqu'un d'autre dorme dedans. Et puis, Dieu seul savait quand il avait lavé ou changé ses draps la dernière fois.

S'il lui arrivait de le faire, en tout cas.

Je grimaçai.

Les visites de Dahlia certains soirs m'obligeaient à mettre de l'ordre dans ma chambre de temps en temps ; je m'assurais de mettre mes habits sales dans le panier à linge et que mes draps et mes serviettes soient à peu près propres.

Autrement, elle ne me lâcherait pas avec ça. Non pas que je puisse lui en vouloir. Je fis un signe de tête vers le couloir.

— J'ai un lit double, assez grand pour nous deux.

Sourcils froncés, Ronan riva ses yeux marron foncé aux miens.

— Tu veux que je dorme dans ton lit. Avec toi ? Ça ne va pas te déranger après...

Le baiser ?

— On va partager un lit, rien de plus, lui assurai-je.

Les plis sur son front se lissèrent, mais il continua de me dévisager comme s'il m'était poussé une deuxième tête.

— Je devrais réussir à éviter d'avoir les mains baladeuses si tu y arrives aussi, ajoutai-je avec un sourire de travers.

Il me sourit d'un air amusé.

— J'accorde beaucoup d'importance au consentement, T.

Raison pour laquelle il s'était excusé plusieurs fois après le baiser, même si je ne lui avais pas demandé d'arrêter et ne m'étais pas écarté. J'avais donné mon consentement à travers ma réaction. Je l'aurais repoussé si je n'en avais pas eu envie aussi.

La confusion m'envahit à nouveau, parce que pourquoi en avais-je eu envie ? Ça n'avait aucun sens.

— Et on n'est pas obligés de se faire des câlins, ajouta-t-il avec son sourire si caractéristique.

Ce grand sourire qui illuminait tout son visage et qui m'attirait comme un aimant.

— Et si j'ai envie de câlins, moi ? demandai-je d'un ton taquin.

Je fis un autre signe de tête vers le couloir et partis dans cette direction.

— J'adore les câlins.

— Tu as des références ? murmurai-je, m'efforçant de ne pas faire de bruit quand nous dépassâmes la chambre de Thom.

Même si sa porte était fermée, j'entendais des bruits de trompettes derrière. Quand on avait commencé à vivre dans le même appartement, ses ronflements sonores m'avaient tenu éveillé la nuit. Maintenant que j'y étais habitué, c'était devenu comme du bruit blanc, et je me demandais comment je pourrais dormir sans.

— Je peux t'offrir un échantillon gratuit, si tu veux en juger par toi-même.

J'émis un rire étouffé et secouai la tête tout en ouvrant la porte de ma chambre. Je l'invitai à entrer d'un geste de la main.

Je restai dans le couloir pendant qu'il entrait dans mon espace personnel, et me remémorai soudain le premier soir que j'avais invité Dahlia à la fois dans ma chambre et dans mon lit.

Nos ébats avaient été explosifs, vu que ça avait été notre première fois ensemble, et je ne l'avais pas laissé sortir de mon lit de tout le week-end, sauf pour de courtes pauses.

Une question me titillait. Serait-ce la même chose, si Ronan et moi couchions ensemble ?

Une minute. Étais-je *capable* de coucher avec un homme ?

Je l'avais fait dans mon rêve.

Mais pouvais-je vraiment aller jusqu'au bout dans le monde réel, en étant réveillé ? Quand c'était pour de vrai ?

Je n'en étais pas sûr, et ce n'était pas le moment de le découvrir. Pas alors que j'étais éméché et incapable de prendre de bonnes décisions. Je le suivis dans la chambre et fermai la porte derrière nous. Sans hésiter, Roe s'assit au bord du lit pour retirer ses chaussures et ses chaussettes. Ensuite, il se leva et, sans même me regarder, il se mit en boxer. Il replia ses vêtements avec soin et les déposa sur ma commode pendant que je faisais mon possible pour garder les yeux au-dessus de sa taille. Je n'avais *vraiment* pas envie qu'il me surprenne en train de regarder la bosse dans son boxer. Je l'avais déjà vue plusieurs fois, dans les vestiaires du Power Center, avant ou après nos entraînements.

Mais ce serait différent, cette fois. J'envisagerais les possibilités. Et je me demanderais si j'étais vraiment attiré par un autre homme. Si c'était seulement possible. Pour moi, en tout cas.

Maintenant que je savais que Ronan était gay, je craignais que ça change toute la dynamique de notre relation.

Pas parce qu'il était gay, ça ne me dérangeait pas du tout, mais à cause de ce que signifiait cette découverte pour moi, compte tenu des pensées que j'avais eues le concernant et qui éveillaient bien trop de questions.

— Tu préfères quel côté ? demanda Ronan, les yeux posés sur le lit plutôt que sur moi.

Il me fallut plusieurs secondes pour comprendre la question. Mais mon cerveau était un peu vaseux, après tout.

— Le... euh... côté droit.

C'était celui que je prenais toujours quand Dahlia passait la nuit ici.

Putain !

— Non, le gauche. Laisse-moi le côté gauche.

Il tourna la tête vers moi et plissa à nouveau le front.

— OK. Je vais pisser, et ensuite, je prendrai le côté droit.

J'avais ce qui était considéré comme la chambre principale de l'appartement, vu que c'était la seule disposant de sa propre salle de bains. Je payais une plus grosse part du loyer que mes deux colocataires pour ça. Ou mes parents, plutôt, puisqu'ils couvraient généreusement mes dépenses le temps que je passe mon diplôme.

Une fois que la porte de la salle de bains se fut refermée derrière lui, je me décollai de l'endroit où j'étais resté planté, près de la porte, et m'empressai de me débarrasser de mes chaussures et de mes vêtements avant de me glisser sous les draps, du côté gauche. Je grimaçai quand je me rendis compte que j'aurais dû nous prendre des bouteilles d'eau, vu qu'on en aurait besoin. Comme Ronan, j'aurais aussi dû vider ma vessie, vu qu'elle s'était déjà remplie depuis que j'avais pissé dans les buissons, à Carson. Mais je ne voulais pas qu'il voie que j'avais une demi-molle après l'avoir vu se déshabiller devant moi.

Ça ne m'était encore jamais arrivé. Pas une seule fois dans les vestiaires. Ni après les joggings, quand on prenait une douche à la salle de sport.

Pas une seule fois.

La seule chose qui avait changé entre nous, entre-temps, c'était ce foutu baiser. Un seul baiser suffirait-il à entraîner un effet domino qui changerait tout entre nous ?

Dès que Ronan sortit de la salle de bains, il se glissa sous les draps du côté droit du lit, et la pièce fut plongée dans le noir complet quand il éteignit la lampe de chevet à côté de lui.

Je regardai le plafond, m'efforçant désespérément de ne pas toucher ma semi-érection. En faisant d'encore plus gros efforts pour ne pas toucher Ronan. Sa chaleur transformait l'espace entre nous en four, et j'écoutai sa respiration lente et régulière.

En restant du côté droit du lit tandis que j'étais du côté gauche, Ronan s'assurait qu'aucune partie de nos corps ne se touche.

Je lui en étais reconnaissant parce que mes résistances étaient faibles ce soir, et même si je faisais totalement confiance à l'homme couché à côté de moi, je me méfiais de moi-même.

Je sentis le moment exact où il s'endormit, quand sa respiration changea et se transforma en très légers ronflements. C'était presque réconfortant, et je me mis à les compter comme des moutons.

Au bout d'un moment, mes paupières s'alourdirent, et je perdis le compte.

Peu de temps après, tout le reste disparaissait.

Tate (avant)

Mes paupières étaient collées et ma bouche, aussi sèche qu'un désert.

Mes tempes palpitaient au rythme de mon cœur. Un *boum, boum, boum* lent.

Je grognai et gardai les yeux clos, vu que je ne me souvenais pas avoir fermé les rideaux avant de m'écrouler au lit hier soir – ou tôt ce matin, plus probablement –, après mon retour de...

Je fronçai les sourcils.

De...

La fête à laquelle Jack voulait qu'on l'accompagne.

On.

Pas Dahlia et moi.

Ronan et moi.

Ce « on ».

Ce qui voulait dire que ce n'était pas elle qui était recourbée en cuillère autour de moi. Qui me donnait aussi chaud. En plus, Dahlia avait toujours la peau froide. Je répugnais toujours à sentir ses mains et ses pieds blottis contre moi à cause de ça.

Mais ce n'étaient pas des doigts ni des orteils glacés que je sentais nichés entre mes fesses. Je pris peu à peu conscience que ce n'était pas non plus Dahlia. À moins qu'elle m'ait habilement caché le fait d'avoir une verge.

J'entrouvris mes yeux vitreux, assez pour voir que le drap était repoussé jusqu'à mes hanches et qu'un bras musclé était passé sur ma taille.

Un bras plus poilu que celui de Dahlia.

À la peau plus sombre que celle de ma petite amie.

Et dénué de la moindre douceur féminine.

La chose pressée entre mes fesses était épaisse, dure et très, très chaude. La poitrine collée contre mon dos était très ferme et très plate.

Tous les muscles de mon corps se transformèrent en pierre quand je tentai de me remémorer ce qui s'était passé cette nuit.

C'était en grande partie très flou.

Jusqu'à ce moment précis, significatif...

Ensuite, tout redevenait flou...

Comment nous étions-nous retrouvés au lit ensemble ?

Je m'en souviendrais si on avait fait autre chose que dormir, hein ?

J'en ressentirais les effets... si on... n'est-ce pas ?

Sans bouger, je m'inspectai mentalement des pieds à la tête. Ainsi que tous mes orifices, à la recherche du moindre indice m'indiquant que Ronan ait fait plus que m'embrasser une fois, inopinément, dans le noir.

La réalité me heurta comme une vague dans un ouragan.

J'avais embrassé un homme hier soir.

J'avais embrassé *Ronan*.

Maintenant, il était la « grosse cuillère » autour de moi et son bras me serrait fermement contre lui. Son nez était pressé contre ma nuque et ses souffles chauds se déployaient sur mon épaule nue.

Je retins mon souffle quand le lit remua légèrement, tout comme Ronan derrière moi. À ce mouvement, son érection glissa un peu plus entre mes fesses. Seuls nos sous-vêtements nous séparaient. Par chance, on en portait un tous les deux.

Je devais sortir de ce lit et rétablir les frontières entre nous.

Nous étions juste amis.

Des amis et des camarades de classe, rien d'autre.

Mais je n'avais pas envie de perdre cet ami. Je ne voulais pas que ça devienne gênant ni embarrassant entre nous. C'était déjà assez grave qu'on se soit embrassés hier soir, et maintenant, ça ?

Ce...

Oh merde... Ce...

Qu'est-ce qu'il faisait ? Avait-il conscience d'être en train de donner des coups de reins contre moi ? Comme si son sexe était un hot-dog et mes fesses, le pain ?

Je devais y mettre fin. Sortir du lit. M'éloigner de...

La tentation.

Qu'est-ce qui clochait, chez moi ?

Bouge, Tate. Bouge !

Je commençai à bouger, mais pas pour quitter le lit. Au lieu de ça, je me balançai avec hésitation contre lui. Pas beaucoup, mais juste assez pour l'encourager, apparemment.

Faisait-il ça dans son sommeil, ou était-il réveillé et conscient de ses actes ?

Il avait dit accorder beaucoup d'importance au consentement, hier soir.

Je devrais le réveiller, lui faire prendre conscience de ce qu'il faisait. Il devait faire un rêve érotique, comme j'avais rêvé de lui.

— Roe, murmurai-je, à nouveau dépassé par les événements.

Pas à cause de ce qu'il faisait, mais de ce que ça me faisait ressentir.

Je voulais qu'il arrête.

Mais en même temps, je n'en avais pas envie.

— Roe, chuchotai-je à nouveau.

— Hmm ? fit-il d'une voix étouffée dans ma nuque contre laquelle ses lèvres étaient désormais pressées.

Il planta une main sur mon ventre, doigts écartés, et me maintint immobile tout en continuant de se balancer légèrement contre moi.

— Dis-moi de m'arrêter, T, grogna-t-il.

J'ouvris la bouche pour le faire, mais seul un souffle d'air s'en échappa. *Bordel de merde.* Je n'avais pas envie qu'il s'arrête. Je voulais qu'il continue, qu'il fasse plus, qu'il aille plus loin. Qu'il repousse mes limites. Qu'il me permette de connaître quelque chose dont je n'avais encore jamais fait l'expérience.

J'étais en sécurité avec lui.

Il ne me jugerait pas.

Et je lui faisais confiance pour s'arrêter si je lui disais non, si ça devenait trop pour moi. Si je n'étais pas prêt.

— Je ne peux pas.

Avais-je vraiment dit ça ? Lui avais-je vraiment demandé de continuer ?

Je fermai les yeux et pressai mon dos contre sa poitrine, mes fesses contre son sexe, tout en m'accordant au rythme de ses coups de reins qui devinrent plus audacieux, plus rapides.

Mon sexe était si dur que c'en était inconfortable. J'avais besoin qu'il me touche. D'être soulagé. Mais sa main était encore collée à mon ventre. Sa voix basse emplit mon oreille.

— Tu ne peux pas parce que tu ne veux pas que je m'arrête ?

Ce devait être l'un de mes rêves, hein ?

Je rêvais, et j'allais me réveiller d'un instant à l'autre. Quand je me réveillerais, je me masturberais un bon coup et j'oublierais tout ça. Je pourrais emporter ce rêve jusqu'à la tombe, comme l'autre. Et tous ceux qui suivraient.

Mais si ce n'était qu'un rêve, quel mal y aurait-il à le laisser faire ce qu'il voulait de moi ? À savourer ses caresses et son contact ?

Personne n'avait besoin de le savoir.

Je posai la main sur la sienne et l'abaissai sous mon nombril, jusqu'à ce que ses doigts effleurent l'élastique de mon boxer.

Mon sexe se tendit, désireux de sentir sa main s'enrouler autour de lui et de le caresser en rythme avec ses hanches qui se frottaient contre mes fesses.

C'était un rêve. Juste un rêve.

Laisse faire, et vois ce que ça fait. Quand tu te réveilleras, tu te rendras compte que tu n'es ni gay ni bi, parce que tu es hétéro. Tu aimes les femmes. Tu aimes Dahlia.

Les rêves étaient faits pour nous permettre de faire des trucs que nous ne ferions jamais en étant éveillés.

C'était toute la beauté du concept. Aucune attente, aucune gêne, aucun doute.

On se contentait de profiter du fantasme. De ce qu'on ne se permettrait jamais dans la réalité.

J'abaissai sa main plus bas, sous l'élastique, jusqu'à ce que le bout de ses doigts effleure mon gland.

Je grognai.

Et quand ses doigts chauds et forts se refermèrent sur mon membre, mes hanches bondirent en avant.

— Je vais considérer ça comme ta réponse, murmura-t-il contre ma nuque.

Ses lèvres frottaient ma peau d'avant en arrière, provoquant de la chair de poule partout.

Même s'il m'empoignait avec force, je gardai la main posée sur la sienne. J'avais peur de jouir aussitôt, s'il se mettait à me caresser. Je m'autorisai quelques secondes pour m'habituer à sa poigne ferme, si différente de celle de Dahlia. Aux aspérités de sa paume, si différentes de celles de Dahlia.

Si différente, et pourtant… tellement mieux. À moins que je ne fasse que souhaiter que ce soit le cas, l'espérer, pour ne pas me sentir si coupable d'apprécier les caresses d'un homme ? Ou d'en avoir si désespérément envie.

Avec prudence, j'écartai ma main de la sienne.

— Tu aimes quand je te touche, T ?

Je hochai la tête, incapable d'articuler des mots. J'avais cette folle impression que, si je parlais à voix haute, je me réveillerais et tout ça disparaîtrait.

— Tu veux que j'aille plus loin ?

Je hochai de nouveau la tête.

Ses doigts me serrèrent plus fort pendant une seconde, puis se relâchèrent assez pour commencer à me caresser. D'un geste lent et régulier. De haut en bas. Il faisait la même chose avec son propre membre dans la raie de mes fesses. Sauf que ce mouvement-là n'était pas aussi doux, vu que la double couche de tissu entre nous créait une friction.

L'espace d'une seconde, je regrettai qu'elle soit là. J'avais envie de le sentir, peau contre peau.

Je voulais qu'on soit nus tous les deux. Que ses lèvres soient pressées contre les miennes. Que ses mains m'explorent partout.

Je ne savais pas pourquoi.

Je ne savais pas pourquoi je voulais tout ça.

Ce n'était pas moi.

Pas du tout.

Je ne savais plus qui j'étais.

Je n'étais plus Tate Harris, parce que Tate n'aurait jamais eu envie de ça.

Une personne que je ne connaissais pas avait envie de ça. De Ronan.

Mon cœur fit un bond dans ma poitrine quand il referma son autre main dans mes cheveux et tira ma tête en arrière, juste assez pour pouvoir s'emparer de ma bouche.

Pour me donner ses lèvres.

Sa langue.

Pour me voler tout mon air.

Pour me voler mon âme.

Le poing dans mes cheveux me maintenait là où il le voulait, pendant que son autre main continuait de caresser mon sexe.

Mes hanches se balançaient en avant pour baiser sa main, puis en arrière pour sentir son érection glisser contre mes fesses.

D'avant en arrière.

De haut en bas.

Puis, il me rejeta encore plus la tête en arrière, me tordant le cou. Il me fit me retourner sans cesser de m'embrasser. En continuant d'explorer ma bouche comme hier soir.

Nos langues se goûtaient furieusement l'une l'autre, s'entremêlaient. Il continua de tirer sur mes cheveux jusqu'à ce que je me retrouve sur le dos, son poids me clouant au matelas et nos érections parfaitement alignées. Je me retins de protester quand il lâcha mon membre, mais sa main fut rapidement remplacée par la pression de son sexe.

Il enfonça les doigts dans les cheveux au-dessus de mes oreilles, de chaque côté de ma tête, pour m'immobiliser pendant qu'il approfondissait le baiser.

Je n'avais encore jamais été embrassé avec autant de soin, de minutie. Les baisers des femmes me semblaient si timides maintenant que je savais comment un homme embrassait.

Ou comment embrassait l'homme actuellement dans mon lit, en tout cas.

Ce n'était ni mieux ni pire, c'était... différent.

Agréable.

Satisfaisant.

Addictif.

Je ne m'en lassais pas. Plus le baiser gagnait en intensité, plus le mouvement de ses hanches contre moi accélérait, jusqu'à me tirer un grognement.

Ronan, qu'est-ce que tu es en train de me faire ?

Qu'est-ce que ça veut dire ?

Pourquoi est-ce que j'aime ça ? Pourquoi est-ce que j'ai envie de ça avec toi ?

Aide-moi à comprendre, s'il te plaît.

S'il te plaît. Parce que, moi, je ne comprends pas. Je n'y comprends rien du tout.

Plus il donnait des coups de reins, plus je les lui rendais, le coton de mon boxer frottant contre la peau sensible de mon sexe et me rapprochant encore plus vite du précipice.

Quand le mouvement de ses hanches devint saccadé, Ronan fourra son visage dans mon cou et laissa échapper un long grognement bas. Il se frotta une dernière fois contre moi avec une lenteur insoutenable et arqua le dos. Quelques secondes plus tard, il tressaillit et s'immobilisa.

À travers les deux couches de sous-vêtements, je sentis son membre pulser contre le mien pendant qu'il déversait un liquide chaud entre nous.

Je faillis jouir à mon tour rien qu'à l'idée que Ronan se soit déchargé sur moi, en utilisant nos sexes pressés l'un contre l'autre.

Comme avec le baiser, j'avais envie d'être dégoûté, parce qu'encore une fois, ce n'était pas moi. Je n'étais pas intéressé par ce genre de trucs. Par les hommes.

Je ne l'étais pas.

C'était un hasard. Un rêve.

Ça n'avait rien à voir avec la réalité.

Mon pouls cognait dans ma gorge, et nous restâmes comme ça, immobiles. Les seuls sons dans la pièce étaient ceux de nos respirations rapides et irrégulières.

Ce fut à ce moment-là que je me rendis compte que j'étais accroché à lui, les doigts enfoncés dans ses hanches.

Comme si quelqu'un avait appuyé sur un interrupteur, Roe se mit soudain en mouvement. Mais il ne s'écarta pas de moi, ne sauta pas du lit. À la place, il se laissa glisser le long de mon corps, nos peaux brûlantes, l'une contre l'autre, embrassant ma poitrine et mon ventre au passage. Quand il atteignit le haut de mon boxer, il continua, emportant le coton – rendu humide par son éjaculation et mon liquide séminal – avec lui et exposant mon sexe palpitant à l'air libre, devant lui.

Mais il ne resta exposé que pendant une seconde parce qu'il l'avala aussitôt presque en entier. J'enfonçai mon poing entre mes dents pour étouffer mon gémissement.

Je rejetai la tête en arrière et pris une brusque inspiration en sentant le mouvement de succion de sa bouche.

C'était comme s'il mourait de faim et que mon sexe était la seule nourriture qu'il ait trouvée.

Il suça et lécha, goûta et me parcourut du bout de sa langue. Sa salive et mon liquide séminal servaient de lubrifiant pendant qu'il me caressait avec ses doigts, encore et encore.

Mes yeux roulèrent dans leurs orbites, et mes hanches se soulevaient à chaque fois qu'il me dévorait. Je ne savais pas comment il faisait pour ne pas hoqueter après m'avoir avalé aussi profondément. Dahlia avait des haut-le-cœur à seulement la moitié.

J'arrachai cette pensée de ma tête et la rejetai.

Ce n'était pas Dahlia.

C'était Ronan.

C'était *Roe.*

Qui faisait courir sa langue sur l'arête épaisse. Qui la faisait glisser sur ma fente pour lécher le liquide séminal. Qui déposait des baisers le long de la jointure de mes bourses, puis...

Plus loin.

Il suça l'endroit où mon périnée rejoignait mon scrotum, puis remonta pour prendre mes bourses dans sa bouche chaude et humide.

— Putain, soufflai-je en serrant le drap dans mes poings. Putain. Putain, Roe. *Putain.*

Je perdais l'esprit. Je voyais des points noirs derrière mes paupières closes. Je les ouvris et inclinai la tête pour voir ce que j'avais peur de regarder. La tête de Ronan qui allait et venait sur mon sexe, qui me suçait avec expertise.

Qui m'entraînait jusqu'au bord de l'inconscience.

Jusqu'au bord de la folie.

Jusqu'au bord de...

Jusqu'au bord.

Jusqu'au...

Mes hanches bondirent en avant, et puisqu'il tenait mes

bourses, sa poigne forte me conserva sur le lit, m'empêchant de m'envoler. Tout se crispa dans mon entrejambe. Une pression grandit dans mes bourses.

Et puis... comme un geyser, je lâchai prise.

Je refermai les poings dans ses cheveux, à moitié conscient du fait que je devais lui faire mal, en tirant ainsi sur son cuir chevelu tout en enfonçant mon sexe plus loin dans sa gorge.

Mais je...

Je...

Je ne pouvais pas tenir plus.

Un cri étranglé m'échappa quand je me déchargeai au fond de sa gorge.

La pression disparut, la crispation s'envola.

Il ne tenta pas de se dégager ni de s'écarter. Il avala chaque goutte que je lui donnai. Il resserra les doigts autour de mon sexe pendant que je continuais à jouir. Il s'assura de me vider jusqu'à la dernière goutte avec sa bouche et sa main.

Quand je finis par m'écrouler à nouveau sur le lit, j'eus l'impression de ne plus avoir un seul os dans le corps. Ils s'étaient tous dissous. Il ne restait plus un seul neurone dans mon cerveau. Je n'en avais plus rien à faire qu'un homme, mon ami, vienne de me faire la meilleure fellation, de me donner l'orgasme le plus intense de toute ma vie.

Une seule pensée passa dans mon cerveau embrouillé et fatigué... même si je m'en moquais maintenant, ça ne durerait pas. Ça changerait quand le fantasme serait écrasé par la réalité. Quand je m'autoriserais enfin à reconnaître que Ronan *était* un homme et que j'avais eu une relation intime avec lui.

La tête sur l'oreiller, je gardai les yeux rivés sur la petite fissure dans mon plafond.

Je me concentrai là-dessus en attendant que mes pensées et ma santé mentale reviennent.

Je ne regardai pas Ronan quand il me relâcha de sa bouche. Quand il relâcha son étreinte et me lâcha.

Quand il s'extirpa d'entre mes jambes.

Quand il s'assit sur le lit à côté de moi et que, du coin de l'œil, je le vis se passer une main sur la bouche.

Il attendait.

Que je dise quelque chose ?

Que je réagisse avec dégoût ? Honte ? Gêne ?

Que je panique parce que mon meilleur ami venait de me tailler une pipe ?

Ou à l'idée que Dahlia le découvre ? Que *n'importe qui* le découvre ?

Craignait-il que je m'apprête à ruiner notre amitié ? Ou ma relation avec Dahlia ?

Que je me mette en colère contre lui ? Contre moi-même ?

Ou tout à la fois ?

Je m'efforçai d'avaler la boule qui s'était formée dans ma gorge tandis que le sang refluait peu à peu de mon érection.

La pièce était silencieuse, excepté le bruit de nos respirations, et le lit remua quand il se leva du matelas.

Je m'attendais à ce qu'il parle de ce qui venait de se passer entre nous, mais il se contenta de demander :

— Je peux t'emprunter un sous-vêtement ? Je dois me nettoyer et...

J'imaginais sans mal l'état dans lequel devait être son boxer. Ce serait affreux de remettre son jean par-dessus et de rentrer au campus comme ça.

— La commode, répondis-je sans le regarder. Tiroir du haut.

Je l'écoutai se déplacer dans ma chambre. Rassembler ses

vêtements, prendre un boxer propre dans mon tiroir, puis s'enfermer dans la salle de bains.

J'entendis de l'eau couler. Un bruit de chasse d'eau.

Pendant qu'il était là-dedans, je m'obligeai à me redresser en position assise.

Je devais me lever. Je ne pouvais pas passer la journée au lit, même si j'étais épuisé. À la fois émotionnellement et physiquement.

Je devais faire comme si c'était une journée ordinaire, même si je n'en avais pas envie.

Je parvins tout juste à m'asseoir au bord du matelas avant de laisser tomber ma tête dans mes mains et d'enfoncer douloureusement les coudes dans mes cuisses pour la soutenir. Ma tête était lourde et palpitait. Peut-être à cause de la gueule de bois, plus probablement à cause de ce qu'on venait de faire.

Et parce que j'avais aimé ça.

J'avais *vraiment* aimé ça.

Rien de tout ça n'avait de sens.

Dès que la porte de la salle de bains s'ouvrit, un léger « Tate. » me parvint aux oreilles.

Je secouai la tête. Je ne pouvais pas le regarder. Pas encore.

Je ne voulais pas que ma réaction le blesse. Ça n'avait rien à voir avec lui, et tout à voir avec moi.

On était allés bien plus loin qu'un baiser.

Ce qui s'était passé ce matin ne pouvait être mis sur le compte d'une erreur provoquée par l'alcool, parce que j'étais sobre. Je n'avais aucune excuse mis à part que, comme pour le baiser d'hier soir, j'avais eu *envie* que ça arrive.

L'essentiel, c'était que je ne voulais pas gâcher notre amitié. Ronan comptait trop pour moi pour que je le perde par égoïsme.

C'était peut-être la réponse dont j'avais besoin. Mais que faire ensuite ?

Mieux valait qu'on oublie tout ça. Qu'on passe à autre chose comme si ça n'était jamais arrivé.

Oui, c'était un bon plan. Le seul plan possible.

— On ne reparlera jamais de ça, dis-je d'une voix rauque et râpeuse.

Même si j'avais fait de mon mieux pour le cacher, elle tremblait légèrement.

Pendant au moins deux minutes, il n'y eut aucune réponse.

Mais je sentais ses yeux posés sur moi. Scrutateurs. Interrogateurs. Il espérait peut-être que notre amitié n'était pas gâchée, lui aussi.

— Ouais, d'accord.

Deux simples mots, mais lourdement teintés de déception.

Au bout de quelques secondes supplémentaires, je finis par l'entendre se diriger vers la porte. Une fois de plus, il eut une hésitation, mais je ne pouvais toujours pas me résoudre à le regarder.

— Je trouverai la sortie tout seul.

J'ouvris la bouche pour l'arrêter, mais tous mes mots se désintégrèrent avant que je n'aie pu les exprimer.

Quand la porte se ferma derrière lui, le léger cliquetis aurait tout aussi bien pu être une explosion.

Chapitre Huit

Ronan (aujourd'hui)

J'avais grandi financièrement désavantagé.

Je ne serais jamais allé à la fac sans les bourses, les subventions et beaucoup d'efforts.

Mon père s'était donné beaucoup de mal pour subvenir aux besoins de sa famille, pour mettre à manger sur la table et un toit au-dessus de nos têtes. Surtout en tant qu'immigrant de Corée du Sud. Il était venu aux États-Unis pour trouver une vie meilleure, et s'était lancé avec enthousiasme pour nous procurer tout ce dont on avait besoin, mon frère et moi.

Il était le genre d'homme qui n'abandonnait jamais avant d'obtenir ce qu'il cherchait.

Ça avait été pareil pour ma mère. Il l'avait vue, était venu et l'avait conquise. Il l'avait séduite, et en retour, elle l'avait aidé à améliorer son anglais. Ensemble, ils avaient construit un foyer et une famille.

Mais finalement, il s'était tué au travail.

Une crise cardiaque l'avait emporté alors qu'il n'avait que

quarante et un ans, durant un double service à l'usine où il avait réussi à gravir les échelons jusqu'au poste de directeur.

Même si sa vie avait été écourtée, je n'en serais pas là où j'en étais si je n'avais pas tout appris de lui. Je voulais satisfaire son objectif de vivre le rêve américain. Mon frère et moi voulions le rendre fier, même s'il n'était plus là pour le voir.

Nous voulions aussi rendre notre mère fière. Nous lui avions acheté une maison neuve dans une collectivité réservée aux plus de cinquante-cinq ans, où le climat était bien plus chaud qu'en Pennsylvanie, pour lui permettre de quitter la maison étriquée où nous avions grandi. Declan et moi continuions de nous assurer qu'elle ne manque de rien.

Mon frère lui avait donné des petits-enfants. Pas moi. Mon frère s'était assuré que le nom de famille perdure. Pas moi.

Mon père ne savait pas que j'étais gay, à sa mort. Ma mère ne l'avait découvert qu'une fois que j'avais quitté le lycée. Par accident. Un lapsus de ma part. Par chance, elle m'avait soutenu. Tout comme mon frère et sa famille.

C'était toujours le cas.

Je les aimais et ils me manquaient. J'avais plusieurs fois envisagé de déménager plus près d'eux, en Caroline du Sud.

Même après la fac, j'avais fait beaucoup d'efforts pour en arriver là où j'étais aujourd'hui. J'avais fait des sacrifices, je m'étais privé, j'avais économisé. J'avais étudié de près les investisseurs à succès. J'avais appris, imité ; je m'étais projeté.

Grâce à ça, je n'étais plus pauvre. Je m'étais bâti un empire qui grandissait vite et qui prospérait. J'avais été bien aidé par les gens talentueux et dignes de confiance desquels je m'étais entouré.

Mais c'était ma vie professionnelle.

Dans ma vie personnelle, j'étais seul.

L'argent ne pouvait m'acheter ni de l'amour ni de la compagnie.

Enfin, il pouvait m'acheter le deuxième, mais c'était globalement illégal.

De toute façon, je préférais que les gens passent du temps avec moi par choix, pas par obligation ni parce que je les paierais avec de l'argent ou des cadeaux.

C'était à cause de ça que j'étais seul devant la baie vitrée, une bouteille de Penn Pilsner pendant entre deux doigts, et que je regardais une ville remplie de monde. Aucun de ces gens ne m'appartenait.

C'était plus dur que d'habitude, ce soir. La solitude me rongeait. En temps normal, je ne laissais pas ça me déranger, mais en ce moment, j'avais du mal à repousser la sensation de vide. En fait, ce n'était pas que ce soir : ça avait commencé dès que j'avais vu Tate regarder devant sa boîte aux lettres, dans le vestibule. Le fait qu'il vive deux étages plus bas n'arrangeait rien non plus.

Parce que, maintenant, il était toujours dans mes pensées.

Je devais faire quelque chose pour combler ce vide en moi. Le remplir d'alcool jusqu'à m'endormir n'était pas une solution acceptable.

Je portai la bouteille à mes lèvres, et la bière pâle et onctueuse glissa aisément dans ma gorge. Elle s'accumula dans mon ventre, rejoignant l'alcool que j'avais déjà bu plus tôt en mangeant un reste de *bibimbap* au bœuf livré par un restaurant local.

Mon repas coréen préféré pesait comme une brique au fond de mon estomac.

Je devais trouver quelque chose, ou quelqu'un à même de détourner mes pensées de la proximité de Tate. De son accessibilité.

Je me laissai tomber sur le canapé modulable, face à la

vue nocturne de la ville, posai ma bière en équilibre sur ma cuisse et récupérai mon téléphone sur la table basse en marbre noir devant moi. Je soupirai de dégoût, posai mes pieds nus sur la table et croisai les chevilles avant de regarder mon téléphone pendant quelques secondes.

Je le déverrouillai et le regardai pendant quelques secondes supplémentaires, me demandant si c'était une erreur, en sachant déjà très bien que c'en était une.

Mais bien sûr, j'ouvris quand même l'application et me mis à parcourir Grindr et le vaste menu d'hommes disponibles.

Je passai rapidement le minet que j'avais ramené à la maison l'autre soir et continuai de chercher avec un mécontentement grandissant.

Personne n'attirait mon regard, ce soir.

Je continuai de faire défiler les pages des photos de profil, des hommes disponibles tous situés dans un rayon proche, et trouvai chaque fois une raison de les rejeter. Certaines étaient pas mal, d'autres moins. Certaines photos de profil montraient des visages, d'autres non.

Je continuai de faire défiler les profils d'un geste distrait, d'explorer les photos diverses, incapable d'en trouver une seule qui me fasse m'arrêter dessus. Le mouvement de mon doigt était constant et répétitif.

Passe. Passe. Passe.

Je m'arrêtai.

Qu'est-ce que...

Je revins en arrière, croyant l'avoir imaginé.

Non.

Je regardai fixement la photo, avant de plisser les yeux et de baisser la tête pour l'examiner de plus près. Je vérifiai si l'homme vivait dans le coin. D'après l'application, il ne se trouvait qu'à une trentaine de mètres d'ici.

Si près que je n'avais presque qu'à tendre la main pour le toucher.

Mon cœur cognait contre ma poitrine, tentant de s'échapper. Je posai ma bière sur le sol à côté du canapé et pressai une main sur mon cœur pour l'en empêcher. Je la gardai ici tout en cliquant sur le profil pour faire défiler la biographie et vérifier que je ne me trompais pas. Hélas, il n'y avait pas assez d'infos pour confirmer ce que je pensais.

Mais... je *savais*.

Même sans son visage, je reconnaissais ce corps. J'en connaissais chaque centimètre carré. Je ne l'oublierais jamais, même si ça faisait douze ans et qu'il avait mûri au fil du temps.

Et puis, je l'avais revu récemment, quand il était sorti de la piscine. Et quand il avait été à genoux à mes pieds.

Le prénom indiqué sur le profil était Harris. Rien d'étonnant, sachant que sur l'application de rencontres, je me faisais appeler Ron plutôt que Roe ou Ronan pour garder ma véritable identité secrète.

Je décidai d'envoyer un message à cet homme, bref et droit au but. Si je me trompais et que ce n'était pas lui, la personne devrait me demander une adresse. Si c'était bien lui... il saurait exactement où je voulais qu'il me rejoigne.

Mes doigts tremblèrent légèrement quand j'écrivis le message. Quand j'eus terminé, je me relus. Une fois. Deux fois. Puis, avant de changer d'avis, je l'envoyai.

Le toit. La porte se ferme automatiquement à 22 heures. Sois là-haut avant. À 22 heures, laisse-toi tomber à genoux. Je veux que tu sois prêt et disposé. Autrement, ne viens pas du tout.

Mon cœur continuait de battre la chamade pendant que j'attendais une réponse. Elle pouvait arriver dans quelques minutes ou dans plusieurs heures. Plusieurs jours. Ou pas du tout. Je ne savais même pas s'il était actif sur cette application. J'étais surpris de le voir là-dessus, pour tout dire. S'était-il inscrit aussitôt après avoir rompu avec Dahlia, ou l'était-il depuis bien plus longtemps que ça ?

J'étais presque sûr de déjà connaître la réponse. Tate n'était pas un novice des applications de rencontres gays.

Cela me rendit plus furieux que ça n'aurait dû.

Ce n'était même pas de la colère.

Si je tremblais, ce n'était pas de nervosité, c'était de rage.

Il m'avait laissé tomber pour Dahlia. Puis, il avait trompé sa femme avec d'autres hommes.

J'espérais me tromper.

J'étais certain que ce n'était pas le cas.

Je regardai l'heure sur mon téléphone. Il n'était même pas encore 21 heures. Il restait plus d'une heure à attendre. Même s'il ne répondait pas au message, je monterais après 22 heures pour vérifier qu'il ne m'attendrait pas.

Ou bien je devrais le laisser attendre et ne jamais venir.

Quoi qu'il en soit, que je monte et qu'il ne vienne pas ou que je ne monte pas et le laisse en plan, l'application disposait de milliers d'autres hommes disponibles aux alentours de Pittsburgh.

J'avais déjà couché avec des dizaines d'entre eux. Et je coucherais sûrement avec des dizaines d'autres. Avec un grognement, je jetai mon téléphone sur le canapé à côté de moi et récupérai ma bière par terre. J'en bus la moitié d'une traite tout en attendant que mon téléphone sonne.

Il ne le fit pas.

Il resta silencieux. Éteint.

Et je restai seul.

Ronan (aujourd'hui)

À CHAQUE pas que je faisais dans l'escalier en colimaçon en métal, j'avais l'impression de remonter un peu plus dans le temps. Jusqu'à ce premier baiser dans le noir, à Carson. Puis, tout accéléra jusqu'au lendemain matin, dans le lit de Tate. Quand je l'avais laissé ce matin-là, il était encore troublé, et j'avais parfaitement compris pourquoi. Il était hétéro. Ou c'était ce qu'il croyait. Il aurait toujours pu mettre ça sur le compte d'une envie d'expérimenter.

Ou bien il aurait pu considérer ça comme une erreur.

Quoi qu'il en soit, quand j'avais quitté son appartement, j'avais pensé que notre amitié était anéantie. En une seule soirée – et une seule matinée – nous l'avions détruite.

À l'époque, je m'en étais voulu de ne pas avoir eu la force de combattre mon envie de le toucher. Mais je l'avais fait dans mon sommeil, sans avoir conscience du fait que j'étais blotti contre l'homme que je considérais comme mon meilleur ami.

Pour ne rien arranger, il ne m'avait pas repoussé, ne m'avait pas demandé d'arrêter, ne m'avait pas donné de coup de poing. Au lieu de ça, il n'avait fait que m'encourager à continuer, quand je m'étais réveillé et que j'avais compris ce qui se passait.

Même s'il ne m'avait pas arrêté, j'aurais dû me restreindre.

Mais ce matin-là, pendant un bref instant, j'avais eu un semblant d'espoir. L'espoir qu'il ressente la même chose que moi.

Quoi qu'il en soit, il fallait qu'on en parle, et à l'époque, je n'avais pas été sûr que ça arrive, vu que je ne l'avais plus revu pendant des jours après ça. C'était inhabituel. D'habitude, on se voyait tous les jours, ou on se parlait au moins par SMS ou par téléphone.

Avec réticence, mais en le comprenant aussi, je lui avais laissé l'espace dont il avait eu besoin. Malgré tout, je craignais qu'il se retrouve à nouveau sur la liste noire du Pr Louden, s'il ne venait pas à notre cours d'écriture créative le mardi suivant la fête.

Mes craintes s'étaient renforcées quand j'étais arrivé et que j'avais découvert qu'il n'était nulle part en vue. Juste au moment où le professeur s'apprêtait à commencer son cours, Tate avait passé la porte avec son foutu sac à dos trop rempli. Avec une grimace, il avait articulé un « désolé » à l'attention du Pr Louden, puis avait baissé la tête et s'était empressé de grimper les marches.

Je m'attendais à ce qu'il s'assoie aussi loin de moi que possible, et j'étais resté sans voix quand il s'était laissé tomber à côté de moi, un peu essoufflé. Après avoir abaissé le bureau pliable, il avait fouillé dans le sac à dos désormais posé à ses pieds et en avait sorti ce dont il avait besoin pour le cours.

Il ne m'avait pas lancé un seul regard. N'avait pas du tout pris en compte ma présence.

Il n'avait rien dit. Comme si j'avais été invisible.

Alors, je n'avais rien dit non plus. Le Pr Louden avait été le seul à parler durant les soixante-quinze minutes suivantes. Mais quand la longue aiguille de l'horloge analogique ronde accrochée au mur au-dessus de la tête du Pr Louden eut cliqueté dix fois, j'avais senti que Tate s'était calmé. Sa respiration était revenue à la normale, ses genoux étaient écartés et ses épaules, baissées, tandis qu'il frottait ses deux paumes sur ses cuisses recouvertes d'un jean.

Le voir se détendre m'avait aidé à me détendre aussi. J'avais été soulagé qu'il ne me déteste pas.

De ne pas le dégoûter.

Cette petite bribe d'espoir était réapparue.

La longue aiguille avait cliqueté deux fois de plus, puis quelque chose avait effleuré ma main gauche, posée sur ma cuisse. Cela avait recommencé. Un contact léger.

Et encore.

La dernière fois avait été moins subtile. Tate avait recourbé son petit doigt autour du mien, sous mon bureau, où personne ne pouvait le voir.

Je m'étais mis à respirer un peu mieux, mon esprit s'était éclairci et j'avais pincé les lèvres pour me retenir de sourire comme un idiot et d'attirer l'attention.

Nous étions restés dans cette position pendant tout le restant du cours.

Connectés.

Nous ne nous étions pas tenu la main, mais presque.

Et comme la présence de Tate était devenue une habitude, ce petit geste en était devenu un aussi, et on avait continué jusqu'à ce que le semestre se termine et qu'on ne suive plus de cours ensemble.

Après ça, ce petit secret m'avait manqué. Ça ne me dérangeait pas de le garder, contrairement à tous les autres qui s'étaient accumulés ensuite. Ce que je n'avais pas compris, cette première fois, ni durant les semaines restantes de notre cours d'écriture créative, c'était que cette façon de se tenir par le petit doigt n'était pas que le début ; cela nous menait aussi à la fin.

Debout devant la porte en haut des marches, je m'extirpai du passé et levai la tête. Je recourbai les doigts autour de la poignée, raidis le dos pour raffermir ma résolution et poussai la porte.

Une fois dehors, je m'arrêtai une seconde le temps de parcourir le toit des yeux et de m'assurer qu'il n'y avait personne d'autre dans le coin. Une fois que j'en eus la confirmation, je reportai mon attention sur l'homme qui m'attendait.

Tate était à genoux, comme je lui avais demandé, mais pas au même endroit que l'autre soir. Cette fois, il était agenouillé sous l'une des pergolas couvertes de tissus. Les guirlandes blanches projetaient une douce lueur sur sa peau. Il n'était pas totalement nu, mais il portait un short de bain et, de là où je me tenais, j'avais l'impression que ses cheveux étaient mouillés. Il avait dû d'abord monter ici pour nager.

Mais ce qui attira mon attention, ce fut que, non seulement il se tenait face à la porte de laquelle j'étais sorti, mais qu'en plus, il avait la tête baissée. En signe de soumission ?

On n'avait jamais été intéressés par ça. Notre relation avait été basique, à l'époque. Deux types qui appréciaient de s'explorer et d'en apprendre plus l'un sur l'autre.

À moins qu'il n'incline la tête pour demander pardon ?

Si c'était le cas, je n'étais pas prêt à lui pardonner. Je n'étais pas sûr de l'être un jour.

Tout était silencieux sur le toit. Les seuls sons qui me parvenaient aux oreilles étaient le bourdonnement du système de filtrage de la piscine et les bruits distants et étouffés de la ville en contrebas.

Ainsi que les battements effrénés de mon cœur.

— Pourquoi personne ne monte jamais ici ? murmura Tate quand j'approchai en prenant mon temps.

Je n'avais pas prévu de parler, mais même si j'étais en colère, je pouvais bien répondre à ça.

— La piscine ferme après 22 heures. Ce qui veut dire que personne ne devrait être ici. C'est pour ça que je viens à ce moment-là. C'est aussi pour ça que je t'ai demandé de monter avant que la porte ne soit verrouillée.

Je me plaçai devant lui et baissai les yeux sur ses cheveux

noirs. Je le regardai pendant quelques secondes, puis fis glisser mes doigts de son front jusqu'au côté de son visage.

Un contact léger. Une simple caresse.

Je les recourbai sous son menton et lui fis lever la tête d'un geste brusque.

Un rappel puissant.

Il ne résista pas. Au lieu de ça, il leva ses yeux bleus vers moi.

Je vis ce qu'ils contenaient et faillis faire un pas en arrière.

Une soumission totale.

Je pourrais lui faire tout ce que je voulais, et il ne protesterait pas.

Ce n'était pas le Tate de mes souvenirs. Ni celui dont j'étais tombé amoureux.

— Depuis combien de temps tu attends ?

Ses narines se dilatèrent légèrement.

— Douze ans.

Mon souffle se coinça dans ma gorge et mon cœur rata un battement.

— Qu'est-ce que tu fais là, Tate ? Dans mon immeuble ? Dans ma vie ?

— Je te l'ai dit, je ne savais pas que tu vivais ici.

— Tu aurais emménagé ici quand même si tu l'avais su ?

— Je ne sais pas.

— Tu as pris une mauvaise décision, conclus-je.

— En emménageant ici ?

— Ça en fait partie, mais ce n'est pas la plus grave.

Il baissa les yeux sur mes pieds.

— Je reconnais que j'ai commis beaucoup d'erreurs dans ma vie, Roe. Mais j'aimerais en réparer autant que possible.

— Je ne suis pas sûr que ce soit possible, murmurai-je.

Il ne parlait pas seulement de m'avoir quitté ou d'avoir

épousé Dahlia. Une seule erreur avait fait boule de neige pour en déclencher d'autres.

C'était un peu comme quand on mentait. Vous le faisiez une fois, et puis vous deviez recommencer. Encore et encore. Jusqu'à oublier soit la vérité, soit le mensonge de départ.

Tate avait commis une erreur, puis une autre, jusqu'à ce que tout devienne hors de contrôle.

Et il avait été incapable de reprendre les rênes avant que toute sa vie n'implose.

Notre relation.

Son mariage.

Peut-être même sa carrière. Je ne lui avais pas posé la question, et à cet instant, je n'étais pas sûr d'avoir envie de savoir.

Mieux valait que je m'en moque. Je ne voulais pas refaire la même erreur. En m'attachant à quelqu'un qui pourrait si facilement me détruire.

Je lui avais tout donné. Il m'avait tourné le dos et m'avait laissé sans rien.

Je ravalai les questions que je me posais concernant sa présence sur Grindr. Je n'étais pas sûr d'avoir envie de savoir non plus. Et même si c'était le cas, la réponse ne ferait sûrement que me mettre encore plus en colère.

À cet instant précis, sur ce toit, je ne comptais me concentrer que sur l'instant présent. Sur ce qu'il y avait devant moi. Sur la personne à genoux. Prête et disposée.

J'avais encore la main serrée autour de son menton mal rasé.

— Qu'est-ce que tu attends ?

— Je t'attendais, toi.

— Je suis là. Maintenant, qu'est-ce que tu attends ?

Une émotion impossible à identifier passa dans son regard.

— Que tu...

J'inclinai la tête.

— Que je fasse quoi ?

— Tout ce que tu voudras, Roe. Si tu veux continuer à me punir pour ce que je t'ai fait, je l'accepterai. Si tu veux tourner la page et me donner du plaisir à la place, je l'accepterai aussi. Encore une fois, je sais que j'ai fait un tas d'erreurs, et je suis prêt à payer pour elles.

Il secoua légèrement la tête, pas assez pour se dégager d'entre mes doigts.

— J'ai *déjà* payé pour elles. Je continue de le faire. Et si ça peut réparer ce qui est brisé entre nous...

Il marqua une pause, et sa poitrine enfla lentement quand il emplit ses poumons.

— Alors, je suis prêt à faire tout ce qu'il faudra.

Je lui lâchai le menton et le regardai.

— Tout ce qu'il faudra, répétai-je dans un murmure.

Il leva un peu plus la tête, et je lus une audace dans son regard, qui était absente depuis que je l'avais revu dans le vestibule.

— Tout ce qu'il faudra.

Pourquoi ? eus-je envie de lui hurler au visage. *Pourquoi maintenant ? C'est juste parce que tu as emménagé dans mon immeuble ? Aurais-tu fait l'effort d'essayer d'arranger les choses sans ça ?*

Je ravalai toute cette rage et la laissai bouillir dans mes tripes. Parce que je connaissais la réponse. L'entendre de la bouche de Tate ne ferait qu'alimenter ce feu qui brûlait en moi, et je ne comptais pas lui donner l'occasion de réparer ce qu'il avait brisé entre nous.

J'avais envie qu'il le fasse. Vraiment. Mais je n'étais pas prêt. Pas encore. Surtout après l'avoir découvert sur l'application.

— Ce soir, tu n'es qu'un mec rencontré sur Grindr. Rien de plus.

Il ferma les yeux et se lécha les lèvres.

— D'accord. Rien de plus.

Je fis courir mon pouce sur sa lèvre inférieure, et son souffle chaud se déploya sur mes doigts.

— Laisse-moi te dire une chose qui a changé depuis l'époque de la fac. J'étais en dessous et toi, au-dessus. Je ne fais plus ça pour personne.

Je glissai mon pouce dans sa bouche pour l'ouvrir davantage.

— Je ne me mets plus non plus à genoux devant personne.

J'inclinai un peu plus la tête et murmurai :

— Pas même devant toi.

— Je comprends.

Je secouai la tête.

— Non, je ne crois pas. Mais ça va venir.

— Je ne m'excuserai jamais assez.

— Je ne veux pas entendre tes excuses, *Harris*, l'interrompis-je. Je ne veux pas t'entendre du tout. Ce n'est pas pour rien si tu es à genoux en ce moment, et ce n'est pas pour me supplier de te pardonner.

Il hocha la tête.

— Je comprends.

— Tant mieux. Alors, tu sais quoi faire.

Je retirai mon pouce de sa bouche et attendis.

Il y avait une bosse dans son short de bain, et j'étais aussi dur que lui.

Je me retenais de faire ce dont j'avais vraiment envie : le remettre sur ses pieds, l'embrasser longuement, puis l'emmener en bas, dans mon lit, pour qu'on puisse se redécouvrir.

Pour qu'on puisse repartir à zéro et faire les choses bien, cette fois.

Mais j'étais encore trop en colère pour m'autoriser à faire ça, ou même à lui offrir ça. J'étais trop aigri pour lui manifester la moindre douceur ou latitude. Pour l'instant, j'avais besoin de réclamer mon dû, avant d'être prêt à lui rendre la pareille. Avant de le laisser remettre un seul doigt de pied dans ma vie.

Il n'avait peut-être pas envie de ça, mais je devais fortifier mon cœur derrière des murs d'acier juste au cas où ce serait le cas. Cette fois, je devais me protéger parce que j'avais déjà encaissé trop de dégâts.

Si j'en subissais plus, je n'y survivrais peut-être pas.

— J'attends, *Harris,* grognai-je, bien décidé à ne rien lui céder.

Il se lécha à nouveau les lèvres, les yeux fixés sur la bosse dans mon jean, puis il le déboutonna et baissa la braguette.

Mon sang bouillonnait d'impatience à l'idée de sentir sa bouche autour de mon sexe.

À l'époque, c'était plus souvent moi qui lui taillais des pipes que le contraire. Il lui avait fallu un peu de temps, mais il avait fini par exceller. Il aimait tout autant donner que recevoir. Mais il était intuitif, et il avait rapidement découvert ce qui fonctionnait et ce qui ne marchait pas. Ce que je préférais et ce qui me faisait jouir vite. Et j'avais appris la même chose de lui.

Je lui avais aussi appris ce qui me rendait dingue. Comment manipuler la prostate pour rendre les orgasmes plus intenses. Ma meilleure leçon avait été le soir où je lui avais fait une démonstration pour la première fois. Il avait appris combien c'était époustouflant.

Ça avait été peut-être la première fois, mais ça n'avait pas été la dernière, loin de là.

Je ne lui demanderais pas de faire ça ce soir, j'allais attendre de voir s'il prendrait l'initiative de lui-même. À mon avis, s'il avait couché avec d'autres hommes au cours de ces douze années, il n'avait pas dû oublier, et il avait peut-être même eu beaucoup d'occasions de s'entraîner.

La colère afflua à nouveau du plus profond de moi quand j'imaginai Tate avec d'autres hommes, après m'avoir quitté.

Je l'avais gardé pendant presque deux ans. J'avais rêvé de lui pendant douze de plus.

Massage de la prostate ou pas, pour être tout à fait honnête, ce soir, il n'aurait pas besoin de faire grand-chose à part me prendre dans sa bouche pour que je la remplisse de mon sperme.

Je voulais que ce soit rapide et sale de toute façon. Pas question de s'attarder. Pas de connexion. Parce que, plus je passais de temps avec lui, plus il y avait de risque pour que ces murs que j'avais dressés s'effritent, et si ça arrivait, je craignais de finir par lui pardonner.

De toute évidence, c'était ce qu'il voulait.

Et encore une fois, je n'étais pas prêt à lui accorder ça.

Peut-être un jour, mais pas aujourd'hui.

Je ravalai mon grognement quand il me prit dans sa main et me caressa légèrement, étalant la goutte nacrée de liquide séminal sur mon gland avec son pouce.

Je ne le regardai pas, gardant plutôt les yeux rivés sur un point invisible au loin. Sur n'importe quoi pour éviter d'établir à nouveau une connexion avec lui.

Mais quand sa bouche chaude et humide se referma au bout de mon sexe, mes yeux se baissèrent sur lui contre mon gré.

Une erreur de plus sur une longue liste.

Ses yeux n'étaient pas fermés, il n'était pas concentré sur ce qu'il faisait, il me regardait.

À cette vue, je pinçai les lèvres et crispai les genoux. Je ne lui donnerais pas cette satisfaction. Pas même celle de voir mes réactions pendant qu'il m'aspirerait dans sa bouche. Ou qu'il ferait tournoyer sa langue autour du gland. Ou quand il aplatirait sa langue sur la fente. Ou quand il sucerait mon scrotum. Quand il appuierait sur mon périnée ou tirerait doucement sur mes bourses.

Quand je regarderais mon sexe glissant entrer et sortir de sa bouche. La sensation de succion. Le cercle de ses doigts autour de la base. Il était encore doué pour ça. Mieux que dans mes souvenirs.

Cette dernière prise de conscience suffit à réveiller ma colère, et je l'enveloppai autour de moi comme une cape protectrice.

Je me retins de craquer et restai dressé au-dessus de lui alors qu'il était à genoux à mes pieds.

C'était mal, la satisfaction de j'éprouvais à l'observer en participant au minimum. Mais comme quand j'avais joui sur son visage l'autre soir, le voir à genoux était un jeu de puissance dont j'avais besoin sans le savoir. Ça me permettait de rester fort, de garder tous ces murs dressés.

Ça me protégeait.

Ça m'empêchait de m'effondrer, de me ramollir. De lui pardonner trop facilement.

Ou même de me donner de l'espoir qu'il pourrait y avoir un avenir entre nous.

Pour l'instant, il n'y en avait pas.

Et je n'étais pas sûr qu'on en arriverait là un jour.

Je me remémorai que cette soirée n'avait rien à voir avec le pardon. Ni avec l'avenir.

Il n'était qu'un mec trouvé sur Grindr.

Rien. De. Plus.

J'étais ici pour obtenir ce que je voulais de lui et laisser tout le reste derrière.

Mes paupières s'alourdirent quand il me prit si profondément qu'il hoqueta un peu. Et il recommença.

Et encore.

Même s'il faisait tout ce qu'il fallait ; au fond de ma tête, je n'arrêtais pas de me dire que c'était mal.

À cet instant, je devais oublier le passé. Oublier qu'il y avait eu un *nous*.

Et ne garder en tête que la raison pour laquelle je l'avais contacté.

Reste en surface, Ronan. Ne creuse pas trop. Tu risquerais de dégringoler dans cet abysse et de ne jamais réussir à remonter.

Tu as réussi à t'extirper de ce gouffre une fois, ne te laisse pas à nouveau prendre au piège.

Il relâcha la pression au niveau de mon périnée, avec ma prostate juste de l'autre côté de ses doigts, et plongea la main dans son maillot de bain.

Il se mit à caresser sa propre érection.

Je m'empressai de l'attraper par les cheveux, tirai et aboyai :

— Non ! Rien de cette soirée n'est pour toi.

Il leva les yeux de mon sexe à mon visage. Je soutins son regard pendant qu'il se lâchait lentement et remontait son short.

Il avait toujours été doué pour suivre les directives. Apparemment, ça n'avait pas changé.

Plus il me suçait, me léchait, m'aguichait, plus il m'était difficile de m'empêcher de fermer les yeux et de laisser aller ma tête en arrière pour savourer. De me perdre dans ce qu'il faisait avec sa bouche et ses mains.

Je refusais de lui montrer à quel point j'avais envie de ça.

La main droite toujours refermée dans ses cheveux, je resserrai les doigts pour lui faire sentir la pression. Ça ne le ralentit pas, au contraire, il redoubla ses efforts pour m'amener jusqu'à la ligne d'arrivée.

Il me massa délicatement les bourses, m'avala sur toute la longueur et créa un anneau avec deux de ses doigts autour de la base palpitante de mon sexe. Étranglées ainsi, les veines ressortirent sur mon membre qui avait pris une teinte légèrement violette. Mon liquide séminal s'écoulait aussi à un flux rapide.

J'emmêlai les doigts de ma main gauche dans ses cheveux. Je m'y accrochai à deux mains, si fort qu'il ne pouvait plus bouger.

Puis, j'oscillai des hanches et donnai le rythme, l'obligeant à prendre ce que j'étais prêt à lui donner.

Je le maintins immobile et me balançai de plus en plus fort, de plus en plus vite, jusqu'au fond de sa gorge. Me moquant de savoir si je lui faisais mal. Ou s'il ne pouvait plus respirer. Ou s'il était en train de s'étouffer avec mon sexe.

Je n'en avais rien à foutre.

Je le punissais. Pour le passé. Pour maintenant.

Pour toutes ces années entre deux.

Je fis comme si sa bouche était son anus, et je le pilonnai jusqu'à ce que son visage devienne écarlate, légèrement violet.

Mais il ne se déroba pas. Ne tenta pas de s'écarter. Il ne se débattit pas du tout.

Il ne montra aucun signe m'indiquant que je devrais ralentir, ou même m'arrêter.

Il prit tout ce que je lui donnai.

Je comprenais ce qu'il faisait. Il essayait de me prouver qu'il était prêt à tout pour que je lui pardonne.

Je devais m'arrêter. Lui accorder une pause. Mais je ne

pouvais pas. Je continuai. L'espace d'un instant, je me noyai dans ma colère, englouti par mon désir, mes besoins.

Et finalement, par mon amour pour cet homme à genoux à mes pieds.

Par ma haine pour ce même homme.

J'aimais tout chez lui.

Je détestais tout chez lui.

Je détestais ce qu'il m'avait fait.

Ce qu'il s'était fait à lui-même.

Ce qu'il nous avait fait.

Et la haine était une émotion tout aussi forte que l'amour. Il ne fallait pas grand-chose pour basculer de l'un à l'autre.

Il ne fallut pas non plus grand-chose pour que je jouisse enfin.

Je serrai les dents pour étouffer mon grognement tout en enfonçant mon sexe tout au fond de sa gorge. Je l'y maintins tout en déversant mon sperme dedans. Je lui fis avaler la moindre goutte, jusqu'à ce qu'il ne reste plus rien.

Quand il vacilla et que ses yeux lui sortirent des orbites, je m'écartai enfin et relâchai ses cheveux.

Et j'envisageai enfin de lui pardonner.

Mais à la place, je fortifiai ces murs autour de mon cœur et me retirai vivement, lâchant ses cheveux et le laissant aspirer une goulée d'air.

Je regardai son visage reprendre une couleur normale.

Je vis qu'un filet de sperme reliait encore le bout de mon sexe à ses lèvres.

Haletant, il le lécha, puis s'essuya la bouche avec la paume de sa main.

Je me détournai tout en rajustant mon boxer et en boutonnant mon jean, parce que l'envie de tomber à genoux pour le réconforter était trop forte. Trop tentante.

Trop risquée.

Beaucoup trop risquée.

Sans un autre regard pour lui, je l'abandonnai là, à genoux, et me dirigeai vers ma porte d'accès personnelle.

— Tu laisses tous tes rencards sur Grindr insatisfaits ? lança-t-il, la voix râpeuse après avoir eu la gorge malmenée.

La colère dans ses mots me fit me figer net, mais je ne pris pas la peine de me retourner. Je n'aurais pas dû répondre, mais dans un moment de faiblesse, je le fis :

— Non. Juste toi.

Je continuai ma route vers mon échappatoire.

— Ronan ! hurla-t-il.

Je pris une brusque inspiration, mais m'arrêtai à nouveau, à quelques centimètres de la sortie cette fois.

— Je sais que ça m'a pris trop longtemps, mais je voulais que tu saches... il faut que tu saches que j'ai fini par comprendre...

J'attendis, même si je n'aurais pas dû. Mais je ne lui demanderais pas ce qu'il avait compris parce que je n'étais pas sûr de pouvoir supporter ce qu'il s'apprêtait à dire.

— Je n'étais pas attiré par les hommes, finit-il par confesser d'une voix épaisse, teintée d'une souffrance qui m'écorcha les entrailles. Juste par toi. Ça a toujours été toi.

Ma mâchoire se crispa violemment. Je crispai les poings. C'était soit ça, soit serrer les dents jusqu'à les briser. Ou, *pour l'amour du Ciel,* faire demi-tour et l'assommer.

Je dus mobiliser toute ma volonté pour m'assurer que ma voix ne tremble pas quand je répondis :

— Dommage que tu n'aies pas compris ça il y a douze ans.

Je ne savais pas s'il m'avait entendu, et je m'en moquais. Mon message était clair et net. Pour l'instant, la seule chose que j'étais prêt à lui offrir recouvrait déjà sa gorge et son ventre.

J'ouvris la porte et la laissai claquer derrière moi, mais

avant de descendre, je vérifiai que mon entrée privée était sécurisée et qu'il ne pourrait pas me suivre.

Parce que, s'il le faisait...

S'il le faisait, j'aurais du mal à trouver la force de le repousser.

Chapitre Neuf

Je bondis de ma chaise devant mon bureau quand on frappa à la porte, et me précipitai pour aller ouvrir. Elle n'était pas verrouillée d'habitude, surtout quand Dominic était sorti, mais mon colocataire était rentré chez lui pour le week-end pour un truc de famille.

Pendant que j'étudiais, je préférais verrouiller ma porte pour m'assurer de ne pas être dérangé. Je devais conserver de bonnes notes pour ne pas perdre ma bourse. C'était très bien, de faire la fête, du sport et de passer du temps avec Tate, mais mes notes devaient être mieux que bien. Elles devaient être parfaites.

Avec un peu de chance, une bonne éducation et un diplôme constitueraient des bases solides pour le restant de ma vie. Si je ne réussissais pas, je ne voudrais pas que ce soit faute d'avoir essayé, ou parce que j'aurais lambiné. Alors, je faisais tous mes devoirs, je saisissais l'occasion de gagner quelques crédits supplémentaires quand on me le proposait et j'étudiais. Beaucoup.

Parfois, Tate m'aidait. Mais à mon avis, ce n'était pas tant parce que ses connaissances étaient plus grandes que les miennes que parce qu'il voulait passer du temps avec moi.

C'était ce que j'espérais, en tout cas, et ce que je m'autorisais à croire.

On n'avait pas prévu d'étudier ensemble ce soir, je n'avais donc aucune idée de qui pouvait être de l'autre côté de la porte. Dès que je l'ouvris, je retins mon souffle. C'était *bien* Tate, son sac à dos prêt à exploser passé sur l'épaule. Quelques mèches de ses cheveux noirs étaient retombées sur son front, ses yeux bleus étaient brillants et ses joues, rouges.

Mais c'était une journée venteuse d'automne, et il avait sûrement fait le chemin depuis son appartement à pied ou à vélo.

— Qu'est-ce que tu fais ici ? m'étonnai-je.

— Dom est absent pour le week-end, hein ?

Il me donna un petit coup d'épaule pour m'écarter du passage et pour passer le seuil. Dès qu'il fut entré, je fermai la porte et la verrouillai de nouveau.

— Ouais. Il est rentré chez lui. Il revient lundi matin.

Il se tourna à nouveau vers moi et sourit.

— Quoi ? demandai-je avec suspicion en plissant les yeux.

Il me dépassa, posa son sac à dos sur le lit de Dom, l'ouvrit et en sortit un ordinateur portable.

Il avait l'air tout neuf. Il possédait déjà un modèle récent qui n'avait pas besoin d'être remplacé.

— Tu as cassé l'autre ?

— Non, répondit-il en me le tendant. Ce n'est pas le mien.

Je fronçai les sourcils.

— Tu l'as volé ? Il est à qui ?

— À toi.

Je fronçai un peu plus les sourcils et regardai l'Apple MacBook toujours dans ses mains. L'appréhension emplit ma poitrine.

— Je ne peux pas me le permettre.

— Moi, si.

Cet ordinateur coûtait plus de 1 000 dollars. C'était bien pour ça que je n'en avais pas. Je ne pouvais même pas m'offrir un ordinateur Windows neuf, sans parler d'un Apple. C'était pour ça que je me servais de mon vieux dinosaure en priant les dieux des ordinateurs pour qu'il marche encore chaque fois que je l'ouvrais.

— Je ne pourrais pas te rembourser.

Il haussa les épaules.

— Pas grave.

Quoi ? Il m'avait acheté un nouvel ordinateur comme si ça n'était rien ?

— Tate...

Il le pressa contre mon ventre, m'obligeant à le prendre. Dès que ce fut fait, il le lâcha, et je me retrouvai coincé avec un objet que j'avais toujours voulu mais que je n'avais jamais pu m'offrir.

Je le lui tendis et il secoua la tête.

— Je ne peux pas accepter ça.

— Ce n'est rien du tout. N'en fais pas toute une histoire.

C'était toute une histoire.

— Ce n'est pas rien.

— Roe...

— Tate, c'est de la folie. Je ne peux pas accepter ça.

— Si, tu peux. Tu auras besoin d'un bon ordinateur durant les quatre prochaines années. En plus, j'avais envie de te faire ce cadeau.

— Ça coûte trop cher.

Et même si ce n'était pas le cas, je ne pouvais pas le laisser m'acheter un ordinateur. Comme s'il était mon *sugar daddy*, ou un truc comme ça. J'aimais Tate pour ce qu'il était, et pas parce que sa famille avait de l'argent. Je me moquais de tout ça.

— Vraiment pas.

— Pour toi peut-être...

Tate haussa à nouveau les épaules, faisant comme si ce n'était rien d'important.

— Je l'ai acheté avec notre remise étudiant. Je veux que tu le prennes parce que je veux que tu t'en sortes, ici. Je ne veux pas que quoi que ce soit te freine. Pas même ton vieux presse-papier. Il ne va plus durer très longtemps.

Il me prit le MacBook des mains et le posa sur mon bureau. Quand il se retourna, son beau visage était plissé.

— Et si tu me remerciais, au lieu de protester ?

— Mais...

— Pas de « mais ». Je ne veux plus en parler. Ce n'est pas pour ça si je suis venu.

Je plissai le front. Je m'occuperais de cette histoire d'ordinateur plus tard.

— Alors, pourquoi tu es venu ?

Il retourna vers son sac à dos et fouilla dedans jusqu'à avoir trouvé ce qu'il cherchait. Je ne savais pas comment il arrivait à retrouver quoi que ce soit dans tout ce foutoir.

Mais je ne m'attendais pas à ce qu'il en sorte ça. Quand il se tourna de nouveau vers moi, il tenait le goulot d'une bouteille de Jim Beam et souriait.

Les étudiants résidant sur le campus n'étaient pas autorisés à apporter de l'alcool dans les dortoirs, et la politique de l'université à ce sujet était très stricte. Je risquerais de perdre mon logement si je me faisais prendre.

Je pourrais peut-être même perdre ma bourse.

Puisqu'on allait à des fêtes presque tous les week-ends, je n'avais aucune raison de boire dans ma chambre. En plus, Tate avait son appartement en dehors du campus. Ça n'avait aucun sens.

— Pourquoi avoir apporté ça ici ?

Il se lécha les lèvres, l'air nerveux. Quand il se mit à se remuer d'un pied sur l'autre, je compris peu à peu pourquoi il avait apporté l'alcool. Je ne savais trop quoi en penser, alors je devais l'entendre de sa bouche. Je ne pouvais rien supposer.

Il y avait une grande différence entre nous tenir par le petit doigt en classe cette semaine et le sexe anal. Ou même une fellation. Ou le *frotting*, comme on l'avait fait le week-end dernier en frottant nos sexes l'un contre l'autre jusqu'à causer cette explosion désordonnée dans mon boxer.

Et de toute façon, on n'était même pas sûrs qu'il soit gay, ou bi, ou... je ne savais quoi. L'étiquette n'était pas le plus important. On n'avait pas du tout parlé de ce qui s'était passé le week-end dernier, alors que j'avais eu l'intention de le faire. Je lui accordais de l'espace et du temps parce que j'essayais d'éviter qu'il panique encore une fois.

Je me disais que la façon dont il avait recourbé son petit doigt autour du mien en classe – même si c'était un tout petit geste – était un bon début et que, s'il voulait construire quelque chose entre nous à partir de là, on pourrait.

Mais avait-il l'intention de faire le grand saut, de plonger directement dans le vif du sujet pour voir si le sexe avec les autres hommes était pour lui ?

Étais-je censé lui servir de cobaye ? Je n'étais pas totalement opposé à l'idée qu'il se serve de moi, mais quand même...

Voulait-il vraiment qu'on aille plus loin que se masturber l'un l'autre, ce soir ?

— Je...

Il prit une inspiration, puis le reste des mots s'échappèrent de sa bouche.

— Je veux explorer ça, dit-il avec un geste de la main entre nous. J'ai apporté du renfort.

Je baissai les yeux sur la bouteille de Jim Beam dans sa main quand il la leva.

— Tu aurais mieux fait d'apporter du lubrifiant et des préservatifs, rétorquai-je d'un ton sec, pas du tout sûr que ce soit une bonne idée.

— Eh bien, j'ai pensé que tu devais en avoir. Mais si ce n'est pas le cas, j'en ai aussi apporté, juste au cas où. Par contre...

Il leva à nouveau la bouteille.

— J'ai d'abord besoin de ça.

Il avait besoin d'alcool pour se donner du courage avant de coucher avec moi ? Ce n'était pas très rassurant.

Et avait-il vraiment envie de *baiser* ? Ou voulait-il juste qu'on s'amuse un peu, comme le week-end dernier dans son lit ? Il avait paniqué après coup, et ça avait été pourtant bien moins intrusif.

Le sexe anal l'était. C'était *très* intrusif.

Pire encore, je ne m'attendais pas du tout à ça, je ne m'étais donc pas préparé comme je l'aurais fait normalement. Ça ne me dérangeait pas d'être en dessous pour sa première fois et, bien sûr, ce serait plus facile que s'il était...

Je me secouai mentalement. Non, c'était trop. Je n'arrivais pas à digérer l'idée qu'il veuille qu'on passe à l'étape suivante, qu'on *explore,* comme il l'avait dit.

J'étais ravi, mais aussi inquiet.

Même si je l'aimais, je n'avais pas envie de le perdre, et j'étais prêt à courir le risque de le conserver dans la case des amis. Ce qui ne risquerait pas d'arriver si on continuait de coucher ensemble, même si on n'allait pas jusqu'à passer à l'acte. Le sexe ne nécessitait pas de pénétration pour être satisfaisant, ni pour être considéré comme du sexe.

Se masturber l'un l'autre, se tailler des pipes, le *frotting*, le *docking*... La liste des possibilités était infinie.

Il posa la bouteille sur mon bureau, puis revint vers le lit de Dom et sortit deux gobelets de son sac à dos. Les petits gobelets en carton avaient été écrabouillés après avoir été entassés dans son sac, alors il leur redonna leur forme. Difficile de ne pas remarquer le tremblement de ses doigts pendant qu'il faisait ça.

Il était agité.

Vu que je savais qu'il ne se droguait pas, c'était forcément de la nervosité. Moi aussi, j'avais été nerveux, la première fois. Ça avait été embarrassant, bordélique et un échec presque total, mais je n'avais pas été le seul à n'avoir aucune idée de ce qu'il fallait faire lors de cette expérience.

Ça ne m'avait pas non plus empêché de réessayer et de trouver d'autres partenaires avec plus d'expérience et qui m'avaient appris quelques tours et méthodes pour rendre ça plus agréable et satisfaisant. J'avais aussi effectué beaucoup de « recherches » de mon côté.

Je regardai Tate apporter les deux gobelets déformés jusqu'au bureau, déboucher la bouteille et les remplir presque à ras bord d'alcool ambré.

Quand il se retourna avec les deux gobelets à la main, je baissai les yeux sur le whisky, puis les relevai vers son visage. Comme je ne prenais pas celui qu'il me tendait, il vida l'autre d'une traite. Puis, il but celui qui m'était destiné.

Il se retourna, remplit à nouveau les gobelets et m'en tendit un une fois de plus. Cette fois, je le pris avec réticence.

— Je suis surpris que tu ne boives pas à la bouteille.

— Il est encore tôt.

— Tate... Si tu as besoin d'alcool pour...

— Je veux juste me détendre un peu. C'est tout. J'ai l'impression d'être à deux doigts d'exploser.

— Ça se voit.

Il se passa une main dans les cheveux pour les écarter de son front. Bien sûr, comme d'habitude, ils retombèrent.

— Ce n'est pas toi, c'est moi.

— Sans déconner, marmonnai-je en buvant une gorgée de Jim Beam.

Je plissai le nez, avalai le reste et écrasai le gobelet dans ma main avant de le jeter dans ma poubelle.

L'un de nous devait rester sobre pour ce qui s'apprêtait à se passer. En fait, nous devions tous les deux rester sobres. Je lui autoriserai un dernier verre avant de l'arrêter. S'il lui en fallait plus que ça, il ne se passerait rien ce soir.

Je comprenais qu'il veuille calmer sa nervosité, mais il devait aussi rester conscient de ce qui se passait.

Si j'avais été hétéro, jamais je n'aurais baisé une fille bourrée. Puisque j'étais gay, j'appliquais ce même principe aux hommes. Sauf si on était en couple et qu'on s'était mis d'accord pour passer du bon temps ensemble. Mais quelqu'un de bourré ? Non. Qui que ce soit.

— Tate, si tu te saoules, je ne te toucherai pas, le prévins-je. Je ne te laisserai pas me toucher non plus. Pas comme ça.

Il baissa les yeux sur le gobelet plein dans sa main, puis les releva vers moi.

Je haussai les sourcils.

— C'est le dernier.

Ce soir, j'avais l'impression d'être plus âgé que lui plutôt que le contraire.

Il hocha la tête, porta le gobelet à sa bouche et le vida, avant de reboucher la bouteille et de poser le gobelet vide à côté.

Je poussai un petit soupir soulagé.

— Tu es sûr de ça ?

Il acquiesça du menton.

Je secouai la tête et me plaçai juste devant lui, le regardant dans les yeux. Il ne faisait que deux centimètres de plus que moi, alors on était presque face à face. S'il détournait les yeux, je saurais qu'il n'était pas prêt.

Il ne le fit pas. Il me regarda droit dans les yeux, le regard bien plus assuré que quelques minutes plus tôt.

— Si ce n'est pas fait pour moi ou que je dois m'arrêter, Roe, ne m'en veut pas, s'il te plaît. Je te fais confiance. Si je suis gay, bi ou... je ne sais pas quoi... je te fais confiance pour me laisser prendre le temps de le découvrir.

Aux dépens de qui ? De moi ?

Il voulait se servir de moi pour découvrir s'il était sexuellement attiré par les hommes, mais quelque chose m'inquiétait là-dedans. Il ne savait pas que j'étais déjà amoureux de lui. Mais c'était mon problème, pas le sien. De la même manière, sa confusion concernant son identité sexuelle était son problème, pas le mien.

Mais le *hic*, c'était que je l'avais embrassé en premier. Je me sentais responsable de la confusion qu'il ressentait. Est-ce que je lui devais de l'aider à comprendre, maintenant ?

La réponse aurait été bien plus facile si je n'avais pas été amoureux de lui. Si je n'avais pas eu envie de l'avoir dans mon lit ni dans ma vie.

La vérité, c'était que j'en avais envie. Je le voulais en entier, mais seulement si c'était aussi ce qu'il voulait.

Pour ça, j'étais prêt à sacrifier une partie de moi-même, pour voir si j'en ressortirais vainqueur à la fin.

J'avais bien conscience que, si ça ne tournait pas comme je l'espérais, je serais le perdant.

C'était un pari. Pour nous deux.

Ronan (aujourd'hui)

Je faisais les cent pas dans mon salon comme un tigre en cage, la mâchoire contractée, serrant le verre de Johnny Walker Blue si fort entre mes doigts que je fus surpris qu'il ne se soit pas brisé.

Toute cette histoire de Grindr m'avait vraiment énervé, mais ce qui m'avait enragé encore plus, c'était le fait que j'avais passé des années à repousser les souvenirs, à repenser à cette époque où j'avais été trop jeune et trop bête pour voir ce que j'avais sous les yeux.

L'amour m'avait empêché de voir la vérité.

Maintenant, tout était remonté à la surface. Chaque minute de chaque jour qu'on avait passé ensemble, Tate et moi.

Après avoir laissé Tate sur le toit pour descendre les marches, j'avais à nouveau plongé dans le passé.

Ce soir, je repensais à notre premier week-end ensemble. Quand mon amitié avec Tate avait commencé à basculer vers autre chose...

Comme ma première fois, celle de Tate avec moi avait été embarrassante, inconfortable, et n'aurait pas été très intéressante à raconter. Ce que je ne comptais pas faire. Ma famille m'acceptait comme j'étais, mais ils n'avaient pas envie de m'entendre raconter mes escapades sexuelles.

Je ne pouvais pas leur en vouloir. Je ne voulais pas que mon frère, Declan, me raconte en détail comment il avait conçu mes nièces et mes neveux avec ma belle-sœur.

Je grimaçai.

Je repensai très souvent à notre premier week-end ensemble, durant les semaines qui suivirent, me repassant chaque détail pour déterminer ce que j'aurais pu faire différemment pour faciliter les choses à Tate.

Les préliminaires avaient été géniaux. On s'était embrassés, sucés et touchés, un fantasme devenu réalité pour moi. J'avais pris mon temps pour découvrir le corps de Tate de près. Je m'étais familiarisé avec chaque centimètre carré de son dos, et il avait fait pareil avec moi, puis il m'avait retourné sur le ventre. J'avais réussi à garder patience pendant qu'il explorait tout mon corps de la tête aux pieds, en me goûtant et en me touchant.

Quand il eut terminé, j'avais été excité comme jamais, aussi dur qu'un roc et prêt à exploser. Mais je m'étais obligé à aller plus lentement que d'ordinaire.

Avec le sexe, la patience n'était pas mon fort.

J'avais tout expliqué au fur et à mesure. J'avais répondu du mieux que j'avais pu à toutes ses questions. Avais-je beaucoup pratiqué le sexe anal ? Non. Je n'avais que dix-neuf ans, et étant gay, je n'avais pas souvent eu l'occasion d'avoir des relations sexuelles quand j'étais ado. C'était difficile, vu que je n'avais pas encore fait mon *coming-out* à l'époque, craignant de devenir la cible de harcèlements. De la part des autres élèves, des parents ou même des professeurs. En plus, ma famille ne le savait pas encore non plus, et je ne voulais pas qu'elle l'apprenne de la bouche de quelqu'un d'autre.

Comme Tate, je voulais être absolument sûr de ma sexualité avant de l'annoncer au monde entier.

OK, je n'avais peut-être pas voulu l'annoncer à proprement parler, mais au moins, ne pas le cacher.

Mais pour être sûr de ce que je voulais et ne voulais pas, j'avais dû chercher hors de l'école. Au bout d'un moment, j'avais trouvé un autre jeune d'environ mon âge et de bien plus courageux que moi qui avait déjà fait son *coming-out*. Une fois qu'on s'était trouvés, on avait pas mal expérimenté ensemble. Et on était « passé à l'acte » ensemble pour la première fois. Hélas, ça avait été bien plus embarrassant et chaotique que lorsque Tate m'avait pris pour la première fois parce que je connaissais bien plus de choses.

Même si coucher avec un homme était tout nouveau pour Tate, il s'était montré prêt à apprendre. Sans surprise, il n'avait pas tenu longtemps, mais nous avions eu tous deux un orgasme très intense grâce à tous les préliminaires et aux préparations. Rien que l'attente nous avait tous les deux amenés jusqu'au point de rupture.

Il n'avait pas été rebuté par l'idée de coucher avec moi, mais j'avais senti que ses émotions faisaient le yo-yo. Quand ça arrivait et qu'il se demandait s'il avait vraiment envie de coucher avec moi – ou avec n'importe quel homme –, on ralentissait. Durant ces moments-là, j'avais dû faire un gros effort pour me montrer patient parce que je n'avais pas voulu lui mettre la pression. Je n'avais pas voulu gâcher cette expérience pour lui.

Je voulais qu'il en ait envie tout autant que moi. J'espérais aussi qu'il aurait envie de recommencer, si sa première fois se passait bien.

Avec moi, bien sûr. C'était évident. Hors de question que je fasse tout ça pour qu'il aille voir d'autres hommes.

Ce premier soir dans ma chambre s'était transformé en un week-end entier. On n'avait quitté la chambre que le temps d'aller chercher à manger. Si quelqu'un nous posait la question, on répondait qu'on travaillait ensemble sur une dissertation pour le cours d'écriture créative.

Le dimanche soir, quand il avait quitté enfin mon lit, j'avais été prêt à faire une pause. Plus on batifolait, plus Tate voulait essayer de nouvelles choses.

En temps normal, j'aurais été plus que partant. Mais je n'étais pas habitué à être en dessous, et je commençais à en sentir les effets. Il était trop tôt pour que je demande à Tate d'échanger les rôles. J'aurais fini par le faire *si* ça avait perduré, vu que je préférais être au-dessus, mais en attendant, j'avais dû rester patient et laisser Tate prendre ses marques.

Il avait encore bu plusieurs verres de Jim Beam, ce week-end-là, mais pas autant que je m'y attendais. Il n'en prenait qu'un ou deux, de temps en temps, pour repousser sa nervosité et se détendre un peu.

Même si le whisky ne fut finalement pas un problème, l'une des difficultés majeures, inoubliables, avait été ce qu'on avait fait. Tate sortait toujours officiellement avec Dahlia. Et j'ignorais l'excuse qu'il lui avait donnée pour justifier son absence durant tout le week-end.

Il devait soit mettre fin à sa relation avec elle, soit arrêter de m'utiliser pour explorer sa curiosité sexuelle.

Étions-nous dans une relation exclusive ? Non. On n'était toujours que des amis. Des amis avec bénéfices, avais-je supposé. Mais j'avais voulu qu'on se dirige vers quelque chose de plus sérieux, et j'avais espéré que lui aussi.

Si oui, il aurait dû tout arrêter avec Dahlia. Et vite. Sinon, j'aurais dû lui demander d'arrêter de venir me voir dans ma chambre chaque fois que Dom n'était pas là. Ou d'arrêter de m'inviter dans son appartement quand ses colocataires étaient sortis.

Qu'il ne veuille pas de témoin indiquait clairement qu'il préférait qu'on garde ce qu'on faisait secret.

Il voulait peut-être que son attirance pour les hommes – ou pour moi, du moins – reste secrète aussi.

Je n'étais pas fan des secrets. Surtout quand ils pouvaient blesser des gens. En général, ils finissaient par infecter tout ce qu'ils touchaient, comme une blessure purulente.

En attendant, on avait dû faire semblant de n'être que des

amis, et rien de plus. Même si, à chaque fois qu'on se retrouvait, non pas en tant qu'amis mais en tant qu'amant, je sentais notre relation évoluer. On se rapprochait. On devenait plus audacieux au lit. Et pendant les temps de récupération, on restait couchés l'un à côté de l'autre et on parlait de tout et de rien.

C'étaient les moments que je chérissais le plus. On n'avait pas été juste attirés sexuellement l'un par l'autre. Ça avait été plus profond que ça. Même quand on était assis l'un à côté de l'autre en cours d'écriture créative, on écartait assez les cuisses pour qu'elles se touchent. Son petit doigt venait toujours trouver le mien, et on les gardait accrochés pendant l'heure et quart de cours.

Très souvent, on essayait de se concentrer sur le cours du Pr Louden alors qu'on était tous les deux en érection, et on comptait les minutes avant qu'on ne puisse se retrouver tous les deux en privé. Je n'avais jamais autant fixé une horloge de ma vie.

Quand ça devenait critique, je soufflais parfois « Tate ». Quand je n'étais plus sûr de pouvoir rester assis sur cette chaise une seconde de plus sans l'entraîner au bas des marches, puis dans le placard le plus proche pour pouvoir faire plus que lui toucher le petit doigt ou effleurer sa cuisse.

Il avait plus de volonté que moi. Il restait assis, les yeux tournés vers notre professeur, et il se contentait de secouer légèrement la tête. J'essayais de me ressaisir en me concentrant sur le Pr Louden, qui griffonnait sur le tableau blanc, parlant de manière ininterrompue de sa voix monocorde pendant que la grande aiguille de cette foutue horloge bougeait au ralenti.

Je ne pensais qu'à Tate. Chaque seconde de chaque jour.
Son contact.
Son odeur.

La façon dont son petit doigt se recourbait autour du mien sous nos bureaux.

La sensation de nos peaux chaudes et nues, l'une contre l'autre. La façon dont nos lèvres se rejoignaient. Dont nos souffles se mêlaient et nos gémissements se mélangeaient. La façon dont il m'étirait et m'emplissait. Dont on prenait notre temps pour découvrir de nouvelles choses sur nous-mêmes et sur l'autre.

Mais avant la fin du semestre, j'avais décidé de ne plus rien « explorer » avec Tate tant qu'il n'avait pas rompu avec Dahlia.

Ce n'était pas juste pour elle. Et ça ne l'était pas non plus pour moi.

Il devait s'en charger, même s'il ne voulait pas encore que les gens apprennent pour nous.

— Je vais lui parler, m'avait-il assuré quand j'avais fini par taper du poing sur la table.

— Tate...

— C'est promis.

Je m'extirpai du passé et regardai mon verre encore rempli de whisky. Une marque bien plus chère que le Jim Beam qu'on buvait à la fac.

Je commençai à le porter à mes lèvres, avant de m'arrêter à mi-chemin quand le passé afflua à la surface comme la lave d'un volcan en éruption.

— Putain ! hurlai-je en jetant le verre à travers la pièce de toutes mes forces.

L'impact contre la fenêtre résonna comme une explosion, laissant derrière lui une vue fracturée de la ville assombrie.

Chapitre Dix

Tate (aujourd'hui)

JE REGARDAI la bouteille de Macallan que Ronan avait oubliée derrière lui la première fois qu'il m'avait trouvé sur le toit. Depuis lors, elle était posée sur le comptoir de ma petite cuisine. Un rappel de plusieurs choses.

Je voulais la lui rendre. J'aurais dû l'emporter avec moi l'autre soir parce qu'elle ne m'appartenait pas. Comme beaucoup de choses, au fond.

J'avais perdu tout ce que j'avais jamais eu.

Ronan.

Ma femme.

Même mes enfants.

Pour être honnête, j'étais le seul à blâmer.

Ce qui voulait aussi dire que c'était à moi de tout arranger.

Ou d'essayer, en tout cas.

Je ne pouvais pas tout réparer. Certaines erreurs étaient irréparables.

Même si je n'étais pas satisfait de moi-même ni de ma situation, ce n'était pas une excuse pour tous les dégâts que j'avais causés aux gens qui faisaient partie de ma vie.

Tout s'était effondré autour de moi. Maintenant, il était temps de reconstruire.

À commencer par moi-même.

C'était dans ce but que je m'étais enfin montré honnête avec Dahlia.

Je ne l'avais pas fait à la fac. Quand j'avais rompu avec elle, j'avais inventé une fausse excuse pour amortir le choc. Si elle avait senti que je lui mentais, elle ne l'avait pas dit.

Je l'aimais et je ne voulais pas la blesser, mais je l'avais fait quand même. Et j'avais continué de lui faire du mal durant notre mariage, même si ça n'avait pas été mon intention. C'était une excellente mère et une bonne femme. Comme disait le vieil adage : *Ce n'est pas toi, c'est moi.*

J'avais tenté de combattre ces envies, celles que j'avais enfouies au plus profond de moi et que j'avais voulu oublier. Mais je n'avais pas pu. Ça n'avait fait que me ronger et me rendre malheureux. Et mon malheur avait affecté toute la famille.

Quand j'avais vu que ça affectait mes enfants, j'avais compris que quelque chose devait changer. À commencer par moi.

Je ne détruirais pas leurs vies parce que j'avais détruit la mienne.

Je leur devais bien ça. Je savais qu'ils seraient en colère contre moi – qu'ils me détesteraient, même – pour être parti, et évidemment, ça avait été le cas. C'était ma faute, et je l'acceptais.

Ça avait commencé un peu plus d'un an après notre mariage. Un peu plus d'un an après avoir terminé mes études à Duquesne.

Un peu plus d'un an après avoir quitté Ronan. Après avoir tourné le dos à qui j'étais et avoir tenté de me convaincre que je m'étais trompé, alors qu'au fond de moi, je savais que ce n'était pas le cas.

J'avais ignoré la sensation jusqu'à ne plus pouvoir continuer plus longtemps.

Ça m'avait mené à des coups d'un soir hasardeux avec des inconnus.

Dans des motels louches, des parcs sombres ou des cabines de toilettes crasseuses.

Rapide, sordide et anonyme.

Mais je m'en étais voulu à chaque fois. Est-ce que ça m'avait convaincu d'arrêter ? Non. C'était comme une démangeaison inatteignable que je n'arrêtais pas d'essayer de gratter.

Pire encore, pas une fois je n'avais vraiment pu soulager ce besoin. C'étaient des tentatives désespérées pour me remémorer celui que j'avais perdu. Ce que j'avais perdu.

Celui que j'avais quitté.

Des tentatives désespérées pour retrouver ce que j'avais perdu.

Et ça avait échoué à chaque fois.

Mais j'avais continué d'essayer. Au moins pour me punir. Pour prouver que j'avais commis une erreur, choisi la mauvaise voie.

Je m'étais convaincu que ces rencontres avec des inconnus, dans des endroits hasardeux, ne signifiaient rien. Qu'ils ne blessaient personne sauf moi-même.

Je me trompais.

J'avais blessé Dahlia.

Mes enfants.

J'avais détruit ma famille en n'étant pas honnête avec eux ni avec moi-même.

Quoi qu'il arrive, j'aimais mes enfants. Ils étaient mon cœur et mon âme, et je ne regretterais jamais de les avoir eus.

Par contre, je regrettais ce que je leur avais fait. À nous. À ma famille.

À la femme qui avait porté mes enfants. Qui était restée à mes côtés pendant des années alors qu'elle sentait bien que quelque chose clochait.

Était arrivé un moment où j'avais dû jouer franc jeu avec elle.

C'était soit ça, soit sauter d'un pont et emporter mon secret dans la tombe.

Mais mes enfants méritaient mieux que ça. Même s'il leur faudrait un moment pour me pardonner. Ils finiraient par le faire, quand ils seraient plus grands, quand je pourrais leur expliquer et qu'ils seraient assez matures pour comprendre. Ça avait été dur, de rompre avec Dahlia à la fac. Ça l'avait été encore plus plus de douze ans plus tard, quand j'avais alors tellement plus à perdre.

On avait envoyé les enfants chez ses parents, et je m'étais mis à nu devant elle.

Je l'avais vu sur son visage : elle savait déjà.

Bien sûr que oui. Elle le savait quand on était à Duquesne. Elle l'avait ignoré, avait fait comme si la vérité était un mensonge.

Mais je ne l'aurais pas laissé l'ignorer plus longtemps. Quoi qu'elle dise. Quoi qu'elle fasse.

— Tate, ne fais pas ça.

C'était la première chose qu'elle avait dite quand je l'avais fait asseoir. Son visage était pâle, sa gorge avait remué quand elle avait dégluti.

— Je crois... Non, je sais... que je suis gay. J'ai toujours été gay. Je n'ai jamais voulu l'admettre à voix haute. J'ai vu comment les autres étaient traités. Je ne voulais pas de ça. J'ai cru que ces sentiments finiraient par passer, ces envies. Je me suis convaincu que je ne faisais qu'expérimenter, même si je savais que je me mentais à moi-même. À toi. Aux enfants. À...

J'avais pris une inspiration, ne sachant trop quoi dire, comment amortir le choc. Un choc qu'elle voyait venir depuis des années.

Un silence s'était déployé dans tout le salon. Elle était assise sur un canapé et moi, sur l'autre.

Finalement, elle avait secoué la tête, ignorant une fois de plus ce qu'elle avait juste sous les yeux. C'était la raison précise pour laquelle il m'avait été si facile de continuer de vivre dans le mensonge.

— Tu n'es pas gay.

— Dahlia...

— Non, Tate ! Les gays ne couchent pas avec des femmes.

Elle se trompait tellement.

— Au pire, tu es bi. Tu as toujours eu l'air d'apprécier de coucher avec moi.

J'avais eu l'air, oui, ça avait été exactement ça.

Mais j'en avais eu marre de faire semblant. J'en avais eu marre de cette comédie. Des mensonges. Du déni.

De cacher celui que j'étais à l'intérieur, de faire de ce à quoi ressemblait à l'extérieur l'intégralité de ma personnalité.

De vivre dans la peau d'un autre. Qui n'avait jamais été moi.

J'avais joué le rôle qu'on m'avait donné. Mes parents, Dahlia, même mon employeur.

Comment pourrais-je apprendre à mes enfants à être fidèles à eux-mêmes si je ne l'étais pas moi-même ?

Je ne pourrais pas. Et je ne voulais pas les trahir. J'avais déjà trahi Ronan. Dahlia. Je m'étais trahi moi-même.

Très souvent, je me demandais souvent à quel moment

j'aurais découvert la vérité par moi-même si Ronan n'avait jamais fait partie de ma vie, s'il n'avait pas éveillé ce qu'il y avait au fond de moi.

Aurais-je été malheureux sans savoir pourquoi ? Aurais-je été incapable de déterminer le problème ?

Ce jour-là, dans le salon, Dahlia m'avait aussi dit que j'avais besoin de voir un psy. J'étais d'accord. Vraiment. Pour l'instant, avec le divorce, la pension alimentaire, le retour à Pittsburgh et le nouveau boulot, je ne pouvais pas me le permettre. Peut-être quand j'aurais reçu mes premières allocations.

Mais elle avait mentionné le psy parce qu'elle pensait que ça me convaincrait du fait que je n'étais pas gay. Que ça prouverait que j'étais juste amoureux de Ronan et que je n'étais pas attiré par les hommes de manière générale.

Elle avait peut-être raison. Je ne voulais peut-être pas n'importe quel homme. Juste un.

Celui dont j'étais tombé amoureux. Celui que je n'avais jamais pu oublier.

Celui que j'avais gardé avec moi dans ma tête et mon cœur ces douze dernières années.

Le fait d'emménager dans le même immeuble que Ronan m'avait offert l'opportunité inattendue de réparer ce que j'avais brisé. Mais il devait être disposé. Je n'étais pas sûr que ce soit le cas.

Il ne le serait peut-être jamais.

Ça valait le coup d'essayer. Si ça échouait, comme tout le reste, je pourrais me dire que j'avais tenté le coup au lieu de me cacher.

Au lieu d'ignorer.

J'allais saisir cette occasion. Même si ça me blessait de manière irréparable. Je n'avais pas son numéro. Je ne savais même pas dans quel appartement il vivait. Je n'avais qu'un moyen de le contacter.

Mon regard se posa sur mon téléphone.

Je m'obligeai à me diriger lentement vers l'endroit où il était posé, sur la table à côté du canapé. Sinon, j'aurais couru. J'en profitai pour réfléchir à ce que je faisais. Pour m'assurer que je prenais la bonne décision. Je changeais d'avis à chaque pas que je faisais.

Devrais-je le faire ? Ou pas ?

Était-ce trop tôt pour nous ? Ou trop tard ?

Je me concentrai sur ce téléphone et, une fois devant lui, je le regardai au lieu de le prendre.

Je comptai jusqu'à dix dans ma tête. Puis, jusqu'à vingt à voix haute.

Je pris une grande inspiration. Deux.

Et puis, merde.

Je le pris avant de changer d'avis, le sortis du mode veille et vérifiai l'heure.

Puis, j'ouvris l'application Grindr et fis défiler mes messages jusqu'à trouver le fil de discussion avec Ronan. J'appuyai sur « répondre » et écrivis un bref message.

Tu peux me retrouver sur le toit à 22 heures ?

Je faillis ajouter « s'il te plaît », mais je ne voulais pas avoir l'air plus désespéré que je ne l'étais.

Et puis, je voulais de l'intimité, je devais donc attendre que la porte du toit soit verrouillée pour être sûr qu'on ne serait pas dérangés.

Si je finissais par m'excuser en rampant devant lui, je ne voudrais pas qu'il y ait de témoins. Ce serait déjà assez grave qu'on assiste tous les deux à ça.

Le temps passait lentement dans ma tête pendant que j'attendais sa réponse.

Même s'il avait vu le message tout de suite – et c'était

sûrement le cas, parce qu'à en croire son « rencard » de la semaine dernière, il était très actif sur l'appli –, il me faisait peut-être à attendre volontairement.

Il avait peut-être l'intention de me faire attendre jusqu'à ce qu'on soit à quelques minutes de 22 heures. C'était dans presque deux heures.

J'étais si tendu que je n'étais pas sûr de pouvoir tenir jusque-là.

Par chance, je n'eus pas besoin d'attendre. Il répondit presque aussitôt.

Tu sais ce que tu auras à faire quand tu monteras là-haut.

Un autre message apparut avant que je n'aie pu répondre au premier.

Autrement, trouve quelqu'un d'autre.

C'était bien le problème. Il n'y avait personne d'autre. Je pouvais tout aussi bien désinstaller l'application parce que, quoi qu'il arrive entre nous ce soir, demain, dans des mois ou des années, maintenant que j'avais trouvé Ronan, je ne m'en servirais sûrement plus jamais.

Je ne l'avais téléchargée et utilisée que par désespoir.

J'espérais ne plus jamais avoir de raison de m'en servir parce que, quoi qu'il attende de moi, je le lui donnerais.

Quoi qu'il attende de moi, je le voulais aussi.

Même s'il voulait m'humilier, je le laisserais faire.

Je le méritais, et je lui devais bien ça.

Tout ce qu'il voudrait.

J'ouvris les yeux dès que je me rendis compte que je les avais fermés, et j'envoyai une réponse.

Je t'attendrai.

— Mais ne me fais pas attendre trop longtemps, s'il te plaît, murmurai-je dans mon appartement vide.

Tate (*aujourd'hui*)

Comme les deux autres fois que j'avais retrouvé Roe sur le toit – une fois de manière planifiée, l'autre non – je me laissai tomber à genoux et attendis.

Encore et encore.

J'avais pris l'un des coussins de chaise longue, cette fois, pour le placer sous mes genoux. Oui, je n'avais eu vingt-cinq ans que récemment, mais mes genoux et la piscine étaient deux des raisons pour lesquelles j'avais sous-loué un appartement de cet immeuble. J'avais cessé de courir depuis plusieurs années à cause d'eux. La natation ménageait plus les articulations que la course à pied, et pour l'instant, je n'avais pas les moyens de payer un abonnement à la salle de sport en plus de mon loyer.

Ronan et moi courions tout le temps ensemble, à la fac. J'avais continué un peu pour rester en forme, après, jusqu'à ce que ça commence à me faire souffrir. Les deux dernières fois que je m'étais retrouvé à genoux, à ses pieds, j'avais dû dissimuler mon inconfort.

C'était aussi pour ça que, la dernière fois, j'avais préféré m'agenouiller sous l'une des pergolas. Le bois était un peu moins douloureux que le ciment.

Mais si Ronan me le demandait, je serais prêt à m'agenouiller sur le béton jusqu'à ce que mes genoux saignent. Et à rester comme ça aussi longtemps qu'il le faudrait.

Tout ce que je lui demanderais en retour, ce serait de me pardonner.

J'aurais aimé que Dahlia me pardonne aussi. Mais c'était un tout autre problème, tout aussi douloureux.

J'avais beaucoup à faire. Je devais travailler non seulement sur moi-même, mais aussi sur mes relations. Mais j'étais déterminé à y arriver.

Cette fois, je refusai de baisser la tête quand la porte latérale s'ouvrit. Je me demandais pourquoi Ronan empruntait une entrée différente. Y avait-il un autre accès au toit ? Une entrée de service peut-être ?

Pour l'instant, ça n'avait pas d'importance. Tout ce qui comptait, c'était l'homme qui venait de passer cette porte et qui traversait le toit vers l'endroit où je l'attendais, ses yeux marron foncé rivés sur moi.

Je n'aurais pas pu détourner les yeux même si j'avais voulu. Comme toujours, il me coupait le souffle tout autant qu'il avait volé mon cœur.

Il était tellement plus large d'épaules qu'à la fac. Musclé. Mature. Il avait bien vieilli.

Je ne savais pas jusqu'où s'étendaient ses tatouages, mais je me doutais qu'il en avait bien plus que ce que je voyais. De ce que je pouvais en voir, son bras gauche en était complètement recouvert. Et parfois, quand il marchait et que la manche de son T-shirt se relevait, j'apercevais un peu plus son biceps droit. Le tatouage de ce côté-là recouvrait peut-être un quart de son bras.

Combien d'autres cachait-il ?

Je réalisai soudain, à cause de cette encre sur son corps, combien il avait changé depuis l'époque de la faculté. Ronan était un homme, maintenant.

Même sa démarche était déterminée, tandis qu'il réduisait la distance entre nous en prenant son temps.

À l'école, on travaillait notre physique ensemble. Mais il était allé plus loin qu'une personne moyenne. Chaque centimètre carré de son corps était sculpté et massif. Puissant. Sa taille était mince et ses biceps, saillants. Son cou, noueux. Il avait même de la barbe, maintenant. Un genre de bouc. À la fac, il avait tenté, et les poils avaient été clairsemés et marbrés, alors il avait tout rasé. Surtout quand je l'avais taquiné et que je m'étais vanté d'avoir réussi à me laisser pousser une barbe épaisse en dernière année de lycée pour lui casser les pieds.

L'espace d'un instant, le souvenir de son rire, ce jour-là, emplit mes oreilles. Il ne riait pas, ce soir. Il ne souriait même pas.

J'aurais tout donné pour revoir ça.

Tout.

J'étais tombé amoureux de ce sourire avant de me rendre compte que j'étais amoureux de l'homme à qui il appartenait.

Il s'arrêta devant moi, le visage réduit à un masque indéchiffrable.

— Roe...

Il m'examina de la tête à mes genoux pliés.

— Tu es tout habillé.

— Je ne suis pas venu ici pour du sexe.

Il fronça ses sourcils sombres.

— Alors, pourquoi m'avoir envoyé un message ?

— J'espérais qu'on pourrait parler.

— De quoi ?

Il faisait exprès de se montrer obtus. Je n'étais pas surpris qu'il me donne du fil à retordre.

Mais il était loin de se douter que j'étais prêt à l'encaisser. J'étais prêt à faire plus que ça. J'étais prêt à me battre pour nous.

Quoi qu'il m'en coûte, je voulais une deuxième chance.

Une chance de réparer la fissure.

Même si le chemin serait lent et douloureux.

Même si je devrais me mettre à genoux tous les soirs.

Même si je devrais le supplier de me pardonner.

La première fois que je l'avais vu, au rez-de-chaussée, ça avait rouvert toutes les vieilles blessures. Je savais que ça avait été la même chose pour lui, alors j'espérais qu'il me donnerait l'occasion de réparer cette fêlure. Peut-être même de faire en sorte que notre relation devienne incassable.

Mais je n'étais pas assez bête pour croire que ça arriverait ce soir.

Ni demain.

Ni même la semaine prochaine.

Ça demanderait du temps et de la patience. Ça serait peut-être aussi douloureux.

Quelqu'un d'autre penserait peut-être que ce combat n'en valait pas la peine.

Moi, si.

J'espérais juste que c'était aussi le cas de Ronan.

S'il le permettait, ce soir marquerait le début de ce combat. De cette guerre.

J'étais prêt, et j'avais enfilé mon armure en préparation. Quoi qu'il arrive, je ne me coucherais pas pour accepter la défaite.

— Je veux qu'on discute, Roe.

Il inclina la tête sur le côté, les coins de la bouche plissés.

— Et à quoi ça servirait, *Harris* ?

Je pris une inspiration pour me calmer et murmurai :

— Ne m'appelle pas comme ça.

— C'est le nom que tu utilises sur ton profil de baise. Tu m'as envoyé un message sur Grindr, et j'avais l'intention de te traiter comme un rencard de Grindr.

Je voulais faire mon possible pour ne pas me disputer avec lui. Je continuai comme s'il ne m'avait pas provoqué :

— Je pense que ça nous fera beaucoup de bien, de parler. Pas seulement à moi, mais aussi à toi, et si tu dis le contraire, je sais que ce sera un mensonge.

Je visualisai une plaque d'acier recouvrant mon dos.

— Je vais me lever maintenant, et je vais m'asseoir sur

cette chaise longue, dis-je avec un signe du menton vers celle à ma gauche. Tu vas t'asseoir sur celle-là et...

— Ce n'est pas pour ça que je suis venu ici.

— Je sais.

Je me levai lentement et grimaçai légèrement en sentant la douleur dans mes genoux. Je pris la Macallan que j'avais posée au sol à côté de moi et la lui tendit.

— Je t'ai aussi ramené ça. Tu l'as oubliée l'autre soir.

Il regarda la bouteille.

— Tu peux la garder.

— Je n'en veux pas. Elle est à toi.

Ses narines se dilatèrent, et il me la prit des doigts.

— Tu étais à moi aussi. Tu te souviens ?

Je ne m'en souvenais que trop bien.

— Roe, s'il te plaît... Assieds-toi. Je ne te demande que quelques minutes de ton temps. C'est tout. J'aimerais que tu m'écoutes. En échange, je suis prêt à écouter tout ce que tu as à me dire. De bon ou de mauvais.

— J'ai déjà tout entendu. Pire que ça, je l'ai entendu tourner en boucle ici, répliqua-t-il en se tapotant la tempe.

Je fis un signe de la main vers la chaise longue à côté de la mienne.

— Assieds-toi. S'il te plaît.

Il baissa la tête et regarda ses pieds.

Il était pieds nus, ce qui me surprit. Il ne portait qu'un jean bien ajusté et un T-shirt Linkin Park moulant. Il devait être serré, parce que je me souvenais l'avoir déjà vu le porter à la fac, et sa poitrine et ses bras étaient bien plus larges maintenant.

Je continuai de le regarder, de m'abreuver de lui. Au bout d'un moment, il soupira et s'assit, mais l'expression de son visage indiquait clairement qu'il n'était pas ravi de ce changement de plan. Il était sûrement monté dans l'espoir que je le laisse prendre du plaisir avec ma bouche une fois de plus.

Je n'étais pas contre, mais seulement si on parlait d'abord. Je voulais obtenir quelque chose de lui d'abord, s'il attendait quelque chose de moi.

Nous ne nous allongeâmes pas sur les chaises longues, et nous nous assîmes plutôt sur le côté, l'un en face de l'autre, à environ un mètre de distance.

Proches, mais toujours si loin.

J'espérais réduire cette distance. Et pas juste physiquement.

— Vas-y, parle. Je n'ai pas toute la nuit.

— Tu vas vraiment m'écouter ? demandai-je. Ou rejeter tout ce que je dirai ? Tu es sûrement déjà en train de faire ça, avant même que je n'aie eu le temps de parler.

— Tu peux m'en vouloir ?

Son visage se tordit un peu, mais il le lissa bien vite.

— Tu m'as brisé le cœur, T, ajouta-t-il.

— Tu crois que le mien ne s'est pas brisé aussi ?

Mes mots étaient teintés de regret et de tristesse. Il devait comprendre que j'avais souffert autant que lui à l'époque. Je souffrais encore. Contrairement à lui, je ne comptais pas le cacher.

— Tu m'as *anéanti*.

Je fermai les yeux une seconde parce que, même s'il y avait du regret dans ma voix, la sienne était emplie de tourment à l'état pur. Et ça me faisait mal aussi, de le voir souffrir comme ça. Puisque j'étais la cause de cette souffrance, j'aurais aimé pouvoir l'effacer.

— Pour ce que ça vaut, je suis désolé. Je ne peux pas revenir en arrière. Même si j'aimerais pouvoir. J'aurais aimé savoir à l'époque ce que je sais aujourd'hui. Mais je suis sûr que la plupart des gens souhaiteraient la même chose. Quoi qu'on fasse, on ne peut pas retourner en arrière. On ne peut qu'aller de l'avant. Ou passer à autre chose.

— Je suis déjà passé à autre chose, Taté. Tu ne m'as pas laissé le choix.

— Encore une fois, je suis désolé, Roe. C'était la plus grosse erreur de ma vie. La seule lumière dans tout ça, ce sont mes enfants. Sans Dahlia, je ne les aurais pas eus.

Un son se coinça dans sa gorge. Ses yeux devinrent affûtés comme des couteaux.

— Tu aurais pu avoir des enfants avec moi. Je n'ai jamais dit que c'était inenvisageable. Pas une fois je ne t'ai dit que je ne voulais pas d'enfants.

— Le problème, c'est que je ne savais pas ce que, *moi*, je voulais, Roe. Tout était embrouillé dans ma tête parce que je n'avais jamais été en couple avec un homme. Comme tu le sais, je n'avais jamais eu de relation intime avec un homme. Le sexe mis à part, je n'étais jamais tombé amoureux d'un homme non plus. J'étais perturbé. Effrayé. Je doutais de mes choix. Un instant, je croyais savoir, et le suivant, je remettais tout en question. J'étais aussi certain que ma famille ne prendrait pas ça bien... je... la vérité, c'est que tous les complexes que j'éprouvais à l'époque m'ont fait me sentir submergé. Comme si j'allais me noyer.

— Tu m'as caché tout ça.

— Pas tout.

J'avais caché beaucoup de choses, c'était vrai, dans l'espoir que ça s'arrangerait tout seul. Même si j'avais essayé d'être aussi honnête que possible avec lui, ça n'avait pas suffi.

Encore une fois, c'était ma faute, pas la sienne.

— La plupart, corrigea-t-il. Mais malgré tout ça, ce que tu as fait...

Il secoua la tête.

— Ce que tu as fait à la fin était impardonnable.

— Je sais. J'ai empiré les choses en me convainquant que ce n'était que du sexe entre nous. De l'exploration. Deux garçons qui se découvraient dans un environnement sûr.

— Des garçons ? Pas vraiment. Et que du sexe ?

Il secoua de nouveau la tête.

— Non, ce n'était pas ça. Tu peux essayer de te persuader de ça maintenant pour apaiser ta culpabilité, mais c'est un mensonge, et tu n'y crois pas, Tate. Tu le sais, et moi aussi. On a été ensemble pendant deux ans, putain. Ou c'était ce que je croyais. Maintenant que j'y repense, j'ai des doutes.

— On l'était.

— Alors, dis-moi... Comment Dahlia est-elle tombée enceinte, Tate ?

— Je t'ai expliqué ce qui s'était passé.

— Ouais, souffla-t-il. Tu m'as expliqué, c'est sûr. Ce qui ne change rien à ce que tu as fait. Tu nous as baisés tous les eux, Tate. Dahlia et moi. Et je ne parle pas de sexe.

J'ouvris la bouche pour m'excuser pour la centième fois, avant de m'interrompre. J'avais dit à Roe et à Dahlia que j'étais désolé, plus de fois que je n'aurais pu le dire. Ça ne suffisait pas. Seuls les actes comptaient.

C'était pour ça que j'étais assis en face de Ronan et que j'affrontais mon passé... *notre* passé.

Au minimum, j'espérais dissiper sa rancœur envers moi. Celle que j'éprouvais pour moi-même. Pour nous permettre à tous les deux de guérir.

— À l'époque, j'ai essayé de me convaincre que je prenais la bonne décision. Même si, au fond de moi, je savais...

Je poussai un soupir, tentant de soulager l'énorme nœud dans ma poitrine.

— Je *savais* que ce n'était pas vrai. Mais j'avais le senti-ment d'être lancé dans une voie sur laquelle je n'avais aucun contrôle, dont je ne savais pas comment sortir. Mon erreur a été de choisir la voie la plus facile.

— Tu aurais pu être là pour Dahlia sans me quitter.

— J'aurais pu, mais j'avais déjà été assez égoïste. J'ai essayé d'arranger ça.

— Et maintenant, tu es là, à essayer d'arranger les choses.

— Oui. Je n'ai pas envie que tu me détestes.

Il passa ses doigts dans ses cheveux courts et sombres.

— C'est trop tard pour ça, Tate. C'est trop tard depuis longtemps.

— J'aimerais aussi arrêter de me détester. Ce n'est pas bon pour mes enfants.

Il me dévisagea.

— En parlant de ça. Où est ton autre enfant ?

Merde. Je ne pouvais pas esquiver ça non plus. Même si j'en avais envie.

— Le plus âgé, continua-t-il pendant que je m'efforçais de préparer ma réponse pour ne pas me refermer complètement. Il ou elle devrait avoir environ douze ans maintenant, non ?

— Onze.

— C'était une fille ou un garçon ?

— Un garçon.

Un poids enveloppa soudain l'air autour de nous, assez pour comprimer ma poitrine et me donner l'impression qu'on me maintenait sous l'eau sans m'avoir laissé le temps d'inspirer de l'air. C'était peut-être une mauvaise idée. J'aurais dû laisser tomber. On aurait pu s'ignorer l'un l'autre et continuer nos vies. Je commençais à craindre d'avoir merdé à nouveau.

Mais ça n'avait rien de nouveau.

Chapitre Onze

Tate (maintenant)

— ALORS, où est passé ce gosse ? Ton excuse pour épouser
Dahlia parce qu'elle était tombée enceinte *après* ta rupture
avec elle ? Aucun des deux enfants que j'ai vus avec toi
n'avait onze ans, Tate. La raison pour laquelle tu m'as quitté
était-elle un mensonge aussi ?

C'était la dernière chose à laquelle je m'attendais devoir
discuter ce soir. Je savais qu'à l'avenir, il faudrait qu'on parle
de ce qui s'était passé, mais pas ce soir. Je m'attendais à tout,
sauf à ça.

— Ce n'était pas un mensonge.

— Donc ?

Je fis un effort pour prendre ma prochaine inspiration.

— Le bébé est mort-né.

Il enfonça les coudes dans ses cuisses pour se pencher en
avant, réduisant un peu la distance entre nous.

— Quoi ?

Bien sûr qu'il ne m'avait pas entendu. Les mots que j'avais prononcés étaient à la fois silencieux et assourdissants.

Je raclai ma gorge rauque et réessayai.

— Il est mort-né.

J'en parlais rarement, parce que ça me dévastait encore comme si c'était arrivé hier. Je n'oublierais jamais ce jour.

Je pressai mes pouces contre mes yeux pour apaiser la brûlure.

— Tate...

Je secouai la tête et levai la main pour qu'il m'accorde le moment dont j'avais besoin pour me ressaisir. Parce que, sinon, j'allais m'effondrer et je serais incapable de continuer.

Même si c'était une discussion importante, je n'avais pas envie de la faire dérailler de la raison pour laquelle j'avais voulu retrouver Ronan sur le toit.

De manière surprenante, il garda le silence et attendit, mais j'avais peur de le regarder. Je ne voulais pas lire de la pitié dans ses yeux.

Ou bien, j'avais peur de ne lire aucune empathie chez lui. Je craignais de découvrir que Ronan Pak était froid et sans cœur, que je ne l'avais jamais vraiment connu.

Au lieu de ça, je glissai les doigts autour de la chaîne noire que je portais toujours et sortis le pendentif de sous mon T-shirt. Je pressai le médaillon noir entre mes doigts et le serrai avec force pendant quelques secondes avant de le lever entre nous.

— C'est mon fils...

Je risquai un coup d'œil vers Ronan.

Il regarda ce que je tenais en fronçant les sourcils.

— Je ne comprends pas.

Je retournai le symbole du cercle de la vie, le posai sur ma paume et tendis la main aussi loin que me le permettait la longue chaîne.

— On l'a appelé Connor.

Ronan souleva le pendentif rond de ma paume, et se pencha pour lire le nom de Connor et sa date de naissance gravés au dos. L'inscription était petite, mais personne n'avait besoin de la voir à part moi.

Et Ronan, maintenant.

— C'est une urne qui contient un peu des cendres de mon fils. Je ne la retire jamais.

Ses yeux sombres passèrent du pendentif entre ses doigts à mon visage.

— Jamais ?

— Je n'ai jamais eu de raison de le faire. Pas encore. Je le porte pour qu'il soit toujours avec moi.

Ronan frotta son pouce sur les petites lettres et les chiffres gravés, les yeux fixés dessus. Son visage était indéchiffrable.

Mais quand je vis ce geste...

Je fus bien content d'être déjà assis parce que j'aurais pu en tomber à genoux.

Quand il eut terminé, au lieu de lâcher le pendentif et de le laisser retomber contre ma poitrine, il se pencha pour le reposer à sa place. Près de mon cœur.

J'avais envie de le toucher quand il était aussi près, mais je me réfrénai et j'attendis qu'il se redresse.

Le pendentif était encore réchauffé par ses doigts quand je le pris et le remis sous mon T-shirt. Les résidus de sa chaleur touchèrent ma poitrine.

— Toutes mes condoléances, Tate. Vraiment. Ça a dû être terrible, et je ne suis pas sûr qu'on puisse jamais vraiment se remettre de ce genre de deuil, mais...

Il s'arrêta, comme s'il choisissait ses prochains mots avec soin.

— Tu m'as demandé de monter ici pour qu'on mette les choses à plat, hein ?

C'était vrai.

— Oui, c'était ce que j'espérais.

— Dans ce cas, je vais être parfaitement honnête. Même après ce que tu viens de me dire.

— C'est tout ce que je veux.

Il hocha la tête.

— Je vais te donner ce que tu veux. Une franchise totale.

Je déglutis avec difficulté.

Ronan était sorti de ma vie depuis douze ans. Je ne savais pas ce qui lui était arrivé entre-temps, alors je ne savais pas à quoi m'attendre. Mais j'étais prêt à faire tout ce qu'il faudrait.

Même s'il me détruisait.

Je me préparai mentalement à prendre une longue inspiration, posai les deux mains sur les cuisses et m'assurai que mes pieds étaient à plat sur le sol. Je hochai la tête pour lui indiquer que j'étais prêt.

— Si tu ne l'as épousée que parce qu'elle était tombée enceinte *par accident*... je comprends que tu sois resté un peu après une perte aussi grande, mais... et c'est là que je ne comprends pas... après vous être soutenus et aidés à faire le deuil... tu es *resté*. Tu es resté assez longtemps pour avoir deux autres enfants. *Deux,* Tate. Qui étaient voulus, je suppose. Je me trompe peut-être, mais je parie que non.

— Je sais que tu ne peux pas comprendre, Roe...

— Tu as raison, je ne comprends pas.

— Comment aurais-je pu partir après ça ? On était tous les deux dévastés. C'était une perte immense qui nous a anéantis tous les deux. Le pire, c'est qu'elle a porté notre bébé jusqu'à terme. Tout ça pour... tout ça pour...

— Encore une fois, si je regarde au-delà de la raison pour laquelle tu l'as épousée, la raison pour laquelle tu es resté, après la perte de votre fils, c'est là que j'ai du mal à comprendre.

— La culpabilité. L'espoir. La liste est infinie, Roe. Pourquoi les gens restent ? Est-ce que je l'aimais ? Oui. Est-ce que je t'aimais ? Bien sûr. Est-ce que je l'aimais plus que toi ? Non. Mais je lui ai prêté serment, et je voulais vraiment le respecter. Pour être honnête, je ne suis pas resté uniquement par culpabilité, je l'ai fait parce que je n'étais pas convaincu d'être gay. Je me suis persuadé que je pouvais vivre en tant qu'hétéro et être heureux. J'avais tort.

J'avais essayé de mener ma vie en accord avec les attentes des personnes qui m'entouraient. Ma famille. Dahlia et sa famille. Mon boulot.

J'avais désespérément eu envie de bien faire, et je n'avais fait qu'empirer les choses.

— Oui, tu avais tort, parce qu'au bout du compte, tu n'as pas respecté ton serment, hein ?

Cette lame qu'il maniait était aiguisée, et elle me transperça.

— Tu as raison. Je n'ai pas respecté mon serment.

— Un serment que tu n'aurais jamais dû faire au départ. Oui, je suis dur. Et je ne vais pas m'excuser pour ça… Parce que, Tate… pour être parfaitement franc une fois encore… pendant des années, j'ai soupçonné sa grossesse de ne pas avoir été un accident. Ça n'a fait qu'empirer les choses pour moi.

Tout le sang quitta mon visage. Bien sûr, je connaissais la vérité. Mais je n'en avais jamais voulu à Dehlia, même si j'aurais dû. Peu importait qu'elle m'ait piégé, le bébé qu'elle portait en elle était le mien. J'en étais responsable. Et en retour, je m'étais senti responsable d'elle aussi.

— Je n'avais pas prévu ça.

— Pas toi.

Je le dévisageai. Au bout de quelques secondes, je hochai la tête.

— Malheureusement, tes soupçons sont corrects.

— Tu n'avais pas à l'épouser, Tate.

— À l'époque, j'ai fait ce que je croyais juste, Roe.

— Juste pour qui ?

— Pour moi, pour Dahlia et pour le bébé.

Roe hocha la tête.

— Ouais, murmura-t-il.

Ce léger « ouais » aurait tout aussi bien pu être un coup de poing en pleine poitrine. Il se sentait rejeté. Ma décision de faire « ce que je croyais juste » s'était avérée une erreur. Je l'avais profondément blessé. Je le comprenais.

J'avais rompu avec Dahlia pour être avec lui. Puis, j'avais changé d'avis moins de deux ans plus tard et j'avais rompu avec lui pour retourner avec Dahlia.

Je nous avais donné un torticolis à tous les deux.

Mais je n'avais jamais cessé de l'aimer.

Jamais.

Et je voulais le lui prouver. Me racheter pour ce que je lui avais fait. Il n'avait pas mérité ça.

— Tu aimais Dahlia assez pour l'épouser. Pour avoir d'autres enfants avec elle. Volontairement, Tate. Tu n'as pas été piégé, la deuxième et la troisième fois qu'elle est tombée enceinte.

— Tu as raison.

— Bien sûr que oui. Alors, tu devrais comprendre pourquoi c'est encore pire pour moi. Après avoir pleuré la perte de votre fils, quand tu as commencé à t'en remettre, tu n'es pas venu me retrouver. Tu es resté où tu étais. Pourquoi ? Parce que c'était plus facile. D'avoir une femme, de correspondre aux attentes de ta famille et aux standards de la société.

C'était tellement plus facile que d'être gay et d'avoir un mari, hein ?

Il leva la main.

— Pas la peine de répondre à ça. Je connais déjà la réponse. Tu sais pourquoi ? Parce que quand j'ai eu dix-huit ans, j'ai décidé que je ne laisserais personne m'empêcher d'être celui que j'étais. J'ai été honnête avec moi-même. Pas toi. C'est bien le pire... j'aurais été là pour toi. Je t'aurais aidé. Est-ce que ça aurait été plus facile ? Non. Est-ce que ça l'est maintenant ? Non. Mais tu sais quoi ?

Il bondit sur ses pieds et je m'empressai de l'imiter.

— Au moins, je ne me mens pas à moi-même ni à personne d'autre. Je t'aimais, dit-il, sa voix se brisant. Tu ne peux pas dire que tu ne le savais pas parce que je te l'ai dit tant de fois. Mais pour moi, ce n'étaient pas que des mots, je les pensais. Tu m'as renvoyé ces mots un nombre incalculable de fois, et je t'ai cru, Tate. Je t'ai *cru*, putain. Je croyais qu'on resterait ensemble pour toujours. J'ai eu tort de croire ça, et j'ai eu tort de croire en toi.

Il secoua la tête et s'éloigna, ses longues enjambées l'emportant rapidement loin de moi et de la conversation que je voulais continuer.

Cette discussion n'était pas terminée. Elle ne pouvait pas. Pas encore.

— Je t'aimais, Roe. Je t'aime encore, hurlai-je en direction de son dos qui s'éloignait. Je suis prêt à faire tout ce qu'il faudra. Dis-moi juste quoi !

Il tourna soudain les talons et fit deux pas dans ma direction, le visage réduit à un masque de rage, les poings crispés et les épaules rigides.

— Dis-moi une chose, Tate. Tu m'aurais cherché si tu n'avais pas emménagé dans mon immeuble par accident ? Tu aurais essayé d'arranger les choses entre nous si l'occasion ne t'était pas tombée dessus ?

Je n'allais pas lui mentir. Plus jamais. Alors, je lui dis la vérité, même si ça entravait mes chances de tout arranger. Je déglutis pour essayer de soulager la tension dans ma gorge.

— Je ne sais pas. Peut-être pas. Pour être honnête, je pensais que tu ne voudrais plus jamais me revoir.

— Et tu avais raison.

Avec un signe raide de la tête, il se retourna et repartit vers la porte latérale.

Je me précipitai derrière lui. Je devais l'arrêter. Peu importait s'il me frappait. À cet instant, je m'en serais moqué s'il m'avait jeté par-dessus le toit ou noyé dans la piscine.

La seule chose qui comptait, c'était l'homme qui tentait de s'échapper.

— Je croyais aussi te protéger en restant loin de toi ! lançai-je.

— Me protéger ? railla-t-il par-dessus son épaule. Ou te protéger toi-même ?

— Je me rends compte maintenant que j'ai fait tout l'opposé en restant loin de toi. Que je t'ai fait encore plus de mal.

J'arrivai à sa hauteur juste au moment où il sortait son téléphone de sa poche arrière pour l'agiter devant le lecteur de cartes à côté de la porte.

Je tendis la main devant lui et la plaquai contre la porte pour l'empêcher de l'ouvrir et de disparaître.

J'avais choisi la facilité trop souvent par le passé. Maintenant, je devais prendre la voie la plus ardue. Celle qui ferait mal.

— La vérité, Roe... c'est que j'avais peur. Peur d'apprendre que tu aurais trouvé quelqu'un d'autre que tu aurais aimé autant que moi, peut-être même plus. Que tu aurais trouvé le bonheur avec un autre que moi. Même si tu mériterais largement cet amour et ce bonheur. Alors, oui... peut-être que je me protégeais aussi.

Il se figea quand je me plaquai contre son dos. La chaleur de nos corps se mêla, et j'approchai ma bouche de son oreille.

— Roe, je suis prêt à faire tout ce que tu voudras. Je suis prêt à me battre pour obtenir ton pardon. À me battre pour *nous*.

Aucun de nous ne bougea pendant une seconde. Durant deux secondes.

Ronan se tourna peu à peu vers moi. Je le bloquais avec mon corps et mon bras appuyé sur la porte. Même si on faisait quasiment la même taille, il était bien plus puissant que moi et aurait facilement pu me pousser de son chemin. Ou me faire tomber.

Avec une lenteur douloureuse, il inclina la tête et approcha sa bouche de mon oreille.

— Pas moi.

Je frissonnai quand son souffle chaud se déploya sur mon oreille, et un léger sifflement s'échappa de mes lèvres. Je ne lui cachai rien de tout ça. Je voulais qu'il sache qu'il m'affectait encore. Que j'avais encore envie de lui.

Et au bout d'un moment, j'espérais qu'il comprendrait que je l'aimais encore.

Mais je n'avais pas réagi comme ça à cause de ce qu'il avait dit. C'était parce qu'il mentait. Je le vis dans ses yeux, même s'il s'efforçait de le cacher. Son érection se mit à grandir entre nos corps collés l'un à l'autre. Il devait aussi sentir la mienne, causée par notre proximité. Parce que j'avais son odeur dans les narines. Parce que nos lèvres étaient si proches.

Il esquissa un rictus.

— Va. Te. Faire. Foutre.

Ce fut à cet instant que je décidai que j'en avais assez.

J'en avais assez de le laisser contrôler la situation. De le laisser continuer de me traiter comme ça.

Et de son comportement borné.

Je retrouvai ma dignité. Ma force. Mon courage. Et je les enfilai comme un manteau.

Oui, j'étais prêt à me battre, et je m'apprêtais à lui montrer jusqu'où.

J'étais prêt à me battre pour *nous*.

Je le fis reculer avec ma poitrine, jusqu'à ce qu'il soit pris en sandwich entre moi et la porte.

Je m'emparai de son visage et écrasai ma bouche contre la sienne.

Je ne suppliai pas. Ne lui demandai même pas son avis.

Je pris ce que je voulais.

J'avais vu ce qui se cachait derrière ses yeux, et j'allais lui prouver que je savais qu'il mentait.

Oui, il était encore en colère contre moi, mais au fond de lui... il m'aimait encore, lui aussi.

Je l'avais *vu*.

J'avais aussi vu que ça le rendait furieux, de m'aimer encore. Mais ça me donnait le mince espoir qu'il réussirait à dépasser sa colère. Quand ce serait fait, je serais là, à l'attendre de l'autre côté.

Au début, il ne combattit pas le baiser, mais n'y participa pas non plus. Je n'abandonnerais pas si facilement, cette fois.

Je remuai mes lèvres contre les siennes, et ma langue effleura la sienne.

Je continuai d'explorer sa bouche, et un grognement m'échappa, se coinçant entre nous.

Nos érections étaient désormais furieuses, et je déplaçai légèrement les hanches pour qu'elles s'effleurent. Un rappel de ce qu'il y avait entre nous. De ce qu'on pourrait retrouver.

Je recommençai encore et encore, un peu plus audacieusement à chaque fois.

Jusqu'à ce qu'enfin...

Enfin...

Il cède. Avec un grognement, il enfonça sa langue dans ma bouche et la pilla. S'il voulait mener cette danse, je le laisserais faire. Pour l'instant.

Mais à la seconde où il cesserait de coopérer, je reprendrais les rênes.

Pendant que nos langues s'entremêlaient et que nos lèvres remuaient, je tendis la main vers le bouton de son jean. À la vitesse de l'éclair, il referma la main autour de mon poignet avec une force douloureuse.

Je m'écartai et rompis notre baiser.

Ses yeux étaient fermés et ses lèvres, entrouvertes. Il haletait tout autant que moi.

J'attendis, espérant ne pas avoir tout gâché en allant trop loin, trop vite.

Quand il ouvrit enfin les yeux, ses pupilles étaient dilatées.

Il n'y avait plus de colère dans ses yeux marron foncé, elle avait été remplacée par l'angoisse.

Peut-être même une pointe de peur.

— Je ne peux pas recommencer, lâcha-t-il dans un murmure brisé.

Sur ces mots, il plaqua ses paumes sur ma poitrine pour me faire reculer d'un pas. Je n'étais pas préparé à ça.

Pendant que je retrouvais l'équilibre, il eut tout juste le temps de se retourner, de déverrouiller la porte avec son téléphone et de disparaître derrière elle avant que je n'aie pu l'arrêter.

La porte se referma avec un claquement qui résonna en écho sur le toit comme un coup de feu.

Mais je ne pouvais pas abandonner. Pas maintenant.

J'avais désormais de l'espoir, et j'allais m'y raccrocher autant que je le pourrais.

Jusqu'à ce qu'il se soit complètement éteint.

Je tirai sur la poignée de la porte.

— Roe !

Bien sûr, c'était verrouillé.

Je sortis ma carte magnétique de ma poche arrière et la passai devant le lecteur. Une lumière rouge s'alluma.

Merde.

Ce n'était pas terminé. Loin de là.

Non, ça n'était que le début.

Le début de notre deuxième chance.

J'en étais certain.

Ronan (aujourd'hui)

JE PLAQUAI mon dos contre la porte et me laissai glisser jusqu'à ce que mes fesses touchent le sol. Je croisai les bras autour de mes genoux et laissai tomber ma tête entre eux.

Je n'arrivais pas à arrêter de trembler.

À reprendre mon souffle.

Je fermai les yeux, mais ça ne suffit pas à stopper la brûlure. Ou à empêcher les larmes chaudes de couler sur mes joues.

J'étais plus fort que ça.

Vraiment.

Mais Tate avait abattu une épée fraîchement affûtée sur moi et m'avait coupé les jambes.

Je sentis les coups sur la porte en acier se réverbérer contre mon dos.

Je l'entendais hurler mon nom de l'autre côté.

Je me retins de me couvrir les oreilles.

Mais je ne pouvais pas m'échapper.

Je ne pouvais pas descendre l'escalier en colimaçon pour rejoindre mon penthouse vide.

Pas encore.

J'étais assis au milieu. Entre le passé derrière moi et le futur devant moi.

Je devais décider si je voulais descendre les marches ou ressortir sur le toit.

Je ne fis ni l'un ni l'autre.

Je restai paralysé sur place.

Au bout d'un moment, la voix se tut et les coups cessèrent. Mais j'en fus à la fois soulagé et déçu.

Vide et seul.

En colère et effrayé.

Craignant de lui pardonner trop facilement. Craignant de ne jamais lui pardonner et de laisser tout ça me ronger pour le restant de ma vie.

Tate voulait se battre pour nous.

Il voulait nous laisser une seconde chance.

Il voulait qu'on revienne à un temps où tout était différent.

Où j'avais de l'espoir.

Où j'avais des rêves.

D'un avenir.

D'une famille.

D'un amour éternel.

Il essayait de me faire espérer que je pourrais encore avoir tout ça. Que cette fois, ça marcherait.

Mais j'étais submergé par la peur d'autoriser ça et de le perdre encore une fois. Je ne pouvais prendre ce risque.

J'avais perdu une part de moi-même, la première fois que

je l'avais perdu. J'avais éprouvé un vide qu'il aurait été le seul capable de combler. Mais il n'avait plus voulu le faire, à la fin.

Quand j'y repensais, je me demandais s'il avait jamais été prêt à le faire.

Peut-être qu'aucun de nous ne le savait, à l'époque. Ou bien on avait ignoré les signes évidents. Et ce qui s'était passé avec Dahlia était l'excuse parfaite pour lui permettre de partir.

Je devais me souvenir de ce qu'il avait fait. De ce dont il était capable. De la douleur qu'il m'avait causée alors qu'il affirmait que ça n'avait pas été son intention. Je devais me protéger en recouvrant mon cœur d'acier et en gardant mes sentiments.

Être prudent.

Ne pas céder facilement et lui pardonner ce que j'avais toujours considéré comme impardonnable.

Le soir où j'avais joui sur son visage, j'avais pu faire comme s'il avait été quelqu'un d'autre.

J'avais fait pareil le soir où j'avais baisé sa bouche.

Mais ce soir, quand il s'était pressé contre moi, quand il m'avait embrassé, je n'avais pas pu faire semblant.

Chapitre Douze

Ronan (avant)

— Tu dois lui dire, T. Ce n'est pas juste pour elle.

Ça ne l'était pas pour moi non plus. C'était comme s'il se gardait Dahlia dans la poche « au cas où ».

Ou qu'il me gardait, moi, dans sa poche. Juste au cas où.

Je n'aurais pas dû être le numéro deux dans sa vie. Dahlia non plus. Même si elle ne m'avait jamais beaucoup apprécié, ça ne voulait pas dire que je voulais qu'elle souffre.

Mais s'il voulait être avec moi, il devait la laisser partir. Ou être avec elle et me laisser partir. Il devait arrêter d'être entre les deux. Ou je devrais le repousser moi-même.

— Je vais le faire.

Je ravalai un soupir frustré.

— Quand ?

Plus d'un mois avait passé depuis cette nuit dans son lit, après la fête. Je lui avais largement accordé quatre semaines de réflexion.

— Dès que j'aurais trouvé quoi dire. Je veux lui annoncer

en douceur, Roe. On ne s'est jamais disputés. Il n'y a jamais eu la moindre tension entre nous. Elle ne comprendra pas pourquoi je romps avec elle d'un seul coup. Surtout en sachant qu'on a déjà discuté de notre avenir ensemble.

Je m'arrêtai. Nous étions en train de retourner vers ma chambre après notre jogging. Nous étions en plein cœur de l'automne, les feuilles tombaient des arbres et l'air frais tourbillonnait autour de nous.

L'autre jour, il était même tombé quelques flocons, alors qu'on n'avait même pas encore passé Thanksgiving. C'était une autre discussion que je voulais avoir avec Tate : les vacances de Thanksgiving et de Noël.

D'après ce que Tate avait mentionné, Dahlia comptait rentrer chez elle avec Tate pour Thanksgiving, la semaine prochaine, puis il devait passer Noël et le Nouvel An chez les parents de Dahlia. Autrement dit, il allait devoir rompre avec elle rapidement.

— Pourquoi ne pas lui dire la vérité ? demandai-je.

Il ne répondit pas.

Je n'aimais pas ce silence. Il m'inquiétait.

Il m'énervait aussi.

Je n'avais pas trop insisté jusqu'ici parce que je savais qu'il était encore confus, et j'essayais d'être patient. Tout était encore très récent entre nous, et il venait tout juste de découvrir qu'il était attiré par les hommes.

Ou par un homme, du moins. Moi.

J'allais continuer d'essayer de me montrer compréhensif, mais j'en avais marre d'être patient.

Puisqu'il s'était arrêté à côté de moi sur le large trottoir, je me plaçai devant lui. C'était une conversation sérieuse et on n'aurait sûrement pas dû l'avoir ici.

J'aurais dû attendre qu'on soit dans ma chambre, en privé, puisque Dom était parti chez sa petite amie jusqu'au lendemain, mais ça me tracassait. En plus, je craignais de laisser couler encore une fois, si je le faisais monter dans ma chambre et qu'on se déshabillait.

Je ne pouvais pas. Plus maintenant.

Le problème, c'était qu'une seule question tournait dans ma tête pendant qu'on courait côte à côte dans les rues et les allées autour du campus : comment se faisait-il que Tate n'ait pas encore réglé ça ?

Et pourquoi ?

Tate parcourut les environs des yeux pour s'assurer que personne ne pouvait nous entendre. Un signe évident, avant même qu'il n'ait ouvert la bouche, du fait qu'il ne voulait pas que quelqu'un sache ce qui se passait entre nous, qu'on était passés d'amis à amants.

— Est-ce qu'on peut garder ça pour nous pour l'instant, le temps que je m'y fasse ? Je ne suis pas prêt à affronter la réaction de ma famille ni de mes colocataires. Ni même de nos camarades de classe. Ça n'a rien de nouveau pour toi, mais ça l'est pour moi, et je ne suis pas prêt à ce qu'on me colle une étiquette pour l'instant. Je ne suis même pas sûr de savoir quelle devrait être cette étiquette, Roe. Je veux m'assurer d'avoir compris qui je suis avant d'en parler, s'il y a quelque chose à dire. Je n'ai jamais été attiré par d'autres hommes avant. Et si c'est arrivé, je n'y ai jamais vraiment fait attention.

Et voilà, le plus inquiétant : « s'il y a quelque chose à dire. » Autrement dit, il envisageait de nier ce qu'il était. Parce que je savais la vérité, qu'il le reconnaisse ou pas. Certains hommes renonçaient à leur vraie identité toute leur vie, ils allaient même jusqu'à épouser une femme et avoir des enfants pour se convaincre que c'était ce qu'ils étaient, et ils étaient malheureux, passant leur vie à faire semblant.

Certains allaient même jusqu'à se suicider à cause de ça.

Ils ne pouvaient pas sortir du placard, mais ne supportaient plus de rester enfermés dedans. Ils soulageaient leurs souffrances de la seule manière qu'ils avaient trouvée.

Je savais qui j'étais depuis des années. Mais au début, j'avais remis en question mes pensées et mes sentiments, moi aussi. J'avais eu peur de faire mon coming-out, moi aussi. Je savais que c'était un risque, parce qu'une fois sorti de ce placard, il m'aurait été dur, si ce n'est impossible, d'y retourner. J'avais dû faire un choix. Impossible de mettre un pied dedans et un pied dehors.

En ce moment, c'était ce que faisait Tate. Il avait un orteil dans mon monde et un pied entier dans l'autre.

Mais s'il ne plantait pas ses deux pieds d'un côté ni de l'autre – ou bien un pied fermement posé de chaque côté s'il était bisexuel –, il finirait par perdre l'équilibre.

Je comprenais qu'il veuille être prudent, mais je n'aimais pas ça parce que ça voulait dire qu'on ne pouvait pas se montrer ouvertement en tant que couple. Nous devions nous cacher. Accrocher nos doigts sous le bureau. Faire comme si on étudiait quand, en réalité, ce qu'on étudiait n'était pas dans nos manuels scolaires.

Je comprenais aussi qu'on empruntait tous notre propre voie à notre manière et à notre rythme, et je n'allais pas l'obliger à faire quoi que ce soit qui le mette mal à l'aise.

Par contre, ne pas dire la vérité à Dahlia était un plus gros problème pour moi. Ce qu'il y avait entre nous avait peut-être commencé comme une expérience pour lui, mais maintenant, on avait dépassé ça. Nos relations sexuelles étaient devenues plus sérieuses. Notre lien s'était aussi énormément renforcé. Nous étions devenus inséparables.

Tate passait plus de temps avec moi qu'avec Dahlia.

— Tate, je veux bien t'accorder du temps, mais ça me dérange que tu mènes Dahlia en bateau. C'est là-dessus que je dois prendre une position ferme. On ne couchera plus ensemble tant que je ne saurais pas que tu as rompu avec elle. Et si tu refuses de faire ça, alors c'est avec *moi* que tu dois rompre.

L'une de mes craintes, à laquelle je pensais trop souvent, c'était que, s'il pouvait mentir à Dahlia, il pouvait tout aussi bien me mentir, à moi. C'était à cause de cette inquiétude que je ne pouvais pas continuer de le laisser agir comme ça sans rien faire.

S'il voulait cacher sa sexualité aux autres pour l'instant, très bien. Mais au minimum, il devait arrêter de faire marcher Dahlia en lui faisant croire que tout allait bien entre eux. Ce n'était pas vrai.

Je dus mobiliser toute ma volonté pour lui poser cet ultimatum.

— Alors, au lieu de rentrer avec moi dans ma chambre, tu devrais retourner chez toi, décider quoi lui dire et rompre avec elle ce soir. Si tu refuses de faire ça, préviens-moi.

Je retins mon souffle et attendis sa réponse.

— Roe...

Je poussai un soupir et secouai la tête. Je ne supportais plus son indécision.

— Je ne peux pas laisser les choses continuer comme ça. J'ai envie d'être avec toi, mais je ne pourrai pas tant que tu n'auras pas décidé avec qui tu veux être. Si ce n'est pas moi, je comprendrai. Mais je ne veux pas m'investir plus que je ne le suis déjà, Tate. Plus notre relation s'approfondira, plus ça deviendra difficile si tu décides que tu ne veux pas être avec moi et que tu préfères être avec une femme. Que ce soit Dahlia ou pas.

J'ouvris la bouche pour lui dire que je l'aimais, mais je ne le lui avais encore jamais dit et je ne voulais pas que ça pèse dans la balance pour l'aider à prendre sa décision. Il devait déterminer ce qu'il voulait vraiment et ne pas se laisser influencer.

Alors, je gardai ça pour moi.

Mon seul espoir, c'était que tous les signes indiquaient qu'il était en train de tomber amoureux de moi, lui aussi. Bien sûr, il n'avait pas prononcé les mots non plus.

Au lieu de lui révéler ce qu'il représentait pour moi, je murmurai :

— Si tu refuses de faire ça pour toi ou pour Dahlia, fais-le pour moi, s'il te plaît. Je ne peux pas continuer comme ça. Je te veux en entier ou pas du tout, Tate.

Il hocha la tête, son expression ne révélant pas grand-chose.

— Je lui dirai au dîner.

Je pris ça comme le signe qu'il allait enfin rompre avec elle, après toutes ces fois où il m'avait assuré qu'il le ferait. Mais tant que ce n'était pas arrivé, je ne me faisais pas trop d'espoirs.

Nous nous dévisageâmes pendant quelques secondes, en silence, tous deux bien conscients du fait d'être en plein milieu du campus. J'avais envie de tendre la main vers lui, mais je savais qu'il deviendrait évident qu'on était plus qu'amis si je faisais ça. À la place, j'enfonçai les ongles dans mes paumes et le regardai se retourner et s'éloigner. Je crispai la mâchoire pour me retenir de le rappeler, de lui dire d'oublier tout ce que je venais de lui demander.

Je ne le fis pas. Je restai planté là jusqu'à ce qu'il ait disparu.

Et à chaque pas qu'il faisait, je devais me battre encore plus pour m'empêcher de l'arrêter.

Ronan (avant)

Je mâchouillais le bouchon de mon stylo, les yeux rivés sur mon cahier. J'étais censé lire deux chapitres de mon manuel de droit des affaires. Un cours obligatoire, si je choisissais de me spécialiser dans l'entrepreneuriat.

C'était mon premier choix, puisque Duquesne bénéficiait d'une excellente école de commerce et de bons programmes, mais comme Tate avec sa sexualité, j'étais encore indécis.

Mais j'avais le temps. Contrairement à Tate.

Je baissai les yeux sur le cahier à spirales dépourvu de la moindre note. À la place, la page était couverte de dessins. Même pas bons, en plus. Le papier ligné était couvert de gribouillis distraits et de formes.

Je recrachai le bouchon mordillé, soupirai et jetai mon stylo sur le bureau avant d'avoir gaspillé toute l'encre sans n'avoir rien fait de productif.

Quand on frappa à la porte de ma chambre, je sautai de mon siège. Comme d'habitude, je l'avais verrouillée pour me concentrer sur mes devoirs.

Ça n'avait pas marché, bien sûr, parce que je n'arrêtais pas de penser à Tate et à la conversation qu'il avait peut-être eue avec Dahlia plus tôt, pendant le dîner.

Ce devait être lui, à la porte. Surtout que j'avais reçu un message de sa part, environ deux heures plus tôt, m'annonçant : *C'est fait. Je t'appelle plus tard.*

J'avais été soulagé, excité et inquiet tout à la fois. Je me demandais aussi ce qui avait été dit et comment ça avait été reçu.

Je n'avais pas menti quand j'avais dit à Tate que je ne voulais pas blesser Dahlia. Elle n'était qu'une participante involontaire de tout ça.

Mais la culpabilité que je ressentais chaque fois qu'on

couchait ensemble, Tate et moi... ça me rongeait. Je m'étais montré égoïste avec quelqu'un de déjà pris.

Je n'aurais pas voulu que ça m'arrive, à moi. Je ne souhaitais ça à personne d'autre.

Maintenant qu'il avait rompu avec Dahlia, j'espérais que notre relation pourrait évoluer comme elle le devait.

Il n'était peut-être pas prêt à l'annoncer publiquement, mais ça ne me dérangeait pas.

Pour l'instant.

Je pouvais attendre qu'il soit plus à l'aise.

Avec un grand sourire aux lèvres, je déverrouillai la porte et l'ouvris.

Puis, je ravalai les mots que je m'apprêtais à dire.

Ce n'était pas Tate.

C'était Dahlia.

Merde.

Mon cœur se mit à battre encore plus vite dans ma poitrine. Et je restai figé sur place. Jusqu'à ce que Dahlia me pousse de toutes ses forces, me faisant reculer en titubant dans ma chambre.

Elle me suivit et claqua la porte derrière elle.

Merde.

Je m'attendais au moins à ce qu'elle ait le nez rouge et les yeux injectés de sang après avoir pleuré, au lieu d'arborer ce masque de rage. J'examinai ses mains pour m'assurer qu'elle n'avait pas d'arme.

— Dahlia...

— Je n'ai pas gaspillé plus d'un an de ma vie à être dévouée envers Tate, tout ça pour que mes efforts soient réduits à néant à cause de *toi,* Roe. Pas pour toi. Tate n'est pas gay, et tu n'as fait que l'embrouiller et lui retourner le cerveau. Il est à moi. Alors, bas les pattes, putain, grogna-t-elle, le visage tordu.

Je la dévisageai. Ses efforts réduits à néant ? Qu'est-ce que ça voulait dire ? J'avais entendu des rumeurs selon lesquelles certaines filles allaient à la fac dans l'espoir de se trouver un mari, mais ça existait vraiment ? Ça arrivait vraiment encore à notre époque ?

— Tu me l'as volé. Il est à moi, et je veux le récupérer.

Elle fit un pas vers moi, et je reculai.

— Il est...

Un pas.

— ... à moi.

Un pas.

— Alors...

Un pas.

— ... laisse...

Un pas.

— ... tomber.

Je reculai au fur et à mesure qu'elle approchait, jusqu'à ce que je me cogne dans un dossier de chaise. Avait-elle perdu la tête ? Que s'était-il passé entre Tate et elle ?

Je déglutis dans un effort pour dénouer ma gorge.

— Je ne cherchais pas à te le voler, Dahlia. Ça n'a jamais été mon intention. Je voulais juste qu'on soit amis. C'est juste... arrivé. Ce n'était pas prévu.

— Tu es un tel menteur. J'ai vu la façon dont tu le regardais. Je *vois* comment tu le regardes encore. Les amis ne se regardent pas comme ça, Ronan. *Tu* l'as mené à la tentation. *Tu* as corrompu son âme. Tu l'as privé de sa volonté de te dire non.

Je ne savais pas que j'étais aussi convaincant. Dans ma tête, je n'étais qu'un étudiant de dix-neuf ans, qui se trouvait être tombé amoureux d'un autre élève.

Je n'étais pas venu à Duquesne pour me trouver un mari, j'étais venu pour recevoir une éducation. Contrairement à la femme qui fulminait devant moi, de toute évidence.

— Juste pour être clair, Dahlia, on ne peut pas convertir les hétéros. Il n'y a pas de paillettes d'arc-en-ciel magiques que je peux saupoudrer sur les hommes pour les rendre gays. S'il a envie de moi, c'est parce qu'il a toujours eu ces tendances-là et qu'il les a ignorées. Ou qu'il n'a pas compris ce qu'elles signifiaient.

Je secouai la tête et me corrigeai :

— Ce qu'elles *signifient*. Rien ne pourra l'obliger à désirer un autre homme s'il n'en a pas envie lui-même. Je suis la preuve que c'est le cas.

Elle pointa un doigt dans ma direction, le rapprochant trop près de ma poitrine à mon goût.

— Rends-le-moi. Je veux passer le reste de ma vie avec lui. Tu ne peux pas en dire la même chose.

Je *pourrais* en dire la même chose, mais je ne le ferais pas, vu qu'on ne se connaissait pas depuis si longtemps que ça, Tate et moi.

Quoi qu'il en soit, je n'avais pas envie de me battre avec elle, mais sa vision des choses commençait à m'agacer.

— Tate n'est pas un objet dans un magasin, Dahlia. Je ne peux pas te le rendre comme je retournerais un achat. Il a des émotions et des désirs. Il faudrait qu'il ait *envie* de retourner avec toi. Si c'est ce qu'il veut, rien de ce que je pourrais dire ou faire ne l'en empêchera. Mais s'il ne veut pas, rien de ce que je pourrais dire ou faire ne pourra l'y obliger non plus.

Elle me fusilla du regard, les lèvres pincées.

— C'est ce qu'on va voir, finit-elle par rétorquer.

Merde. La détermination que je lisais dans ses yeux marron m'inquiétait.

— Tu as raison. On verra. Mais souviens-toi que tu ne pourras pas changer ce qu'il est. S'il est gay, ou même bi, tu devras l'accepter, parce que c'est ce qu'il *est,* Dahlia. Que ça te plaise ou non.

— Il n'est pas gay ! me hurla-t-elle au visage en se penchant vers moi. Il fait juste semblant pour toi ! Tout ça, c'est ta faute. *La tienne,* Roe. Tu l'as infecté.

Tu l'as infecté.

Ça me fit mal. Bien plus que ça n'aurait dû, vu que je savais qu'elle ne prononçait ces mots que parce qu'elle était en colère et blessée.

— Je ne suis pas une maladie, répondis-je aussi calmement que possible.

— Si, grogna-t-elle, avant de tourner les talons et d'ouvrir la porte.

L'estomac noué, je continuai de la regarder bien longtemps après qu'elle l'avait claquée. Je ne savais pas ce que Tate lui avait dit, ni comment il avait géré la situation, mais je devais le découvrir.

J'avais un mauvais pressentiment. Très mauvais.

Dahlia n'en avait pas fini avec Tate.

Même s'il en avait fini avec elle.

Chapitre Treize

Ronan (aujourd'hui)

J'ENFONÇAI le bouton du rez-de-chaussée et, dès que les portes de l'ascenseur se furent refermées, la cabine se mit en mouvement.

J'étais émotionnellement vidé, parce que mon cerveau n'avait pas arrêté de me renvoyer dans le passé. Il m'avait été presque impossible de me concentrer sur ce que j'avais eu à faire aujourd'hui, ou sur ce que j'aurais dû prévoir pour la semaine suivante.

J'avais toujours un marché ou un autre à l'étude, mais j'avais eu du mal à m'occuper du dernier en date. J'avais décidé de me rendre au bureau ce matin pour voir si le fait de changer d'air m'aiderait à me vider la tête. Ce n'était pas sain, de rester cloîtré dans mon penthouse.

J'avais déjà décidé qu'à mon retour à la maison, plus tard, j'irais courir longuement pour balayer les toiles d'araignée de souvenirs qui se raccrochaient à moi. J'avais envisagé de monter faire quelques longueurs dans la piscine après les horaires d'ouverture, mais j'avais eu peur de tomber sur Tate.

Comme un zombie, je regardais mes pieds sans les voir et écoutais le *ding* à chaque fois que je passais un étage, espérant que l'ascenseur ne s'arrêterait pas en chemin.

J'avais très mal dormi, parce que le silence de la nuit semblait déterrer encore plus de souvenirs. Comme celui de ce soir, peu de temps après les vacances d'hiver de ma première année de fac. Ce soir que je n'oublierais jamais, quand Tate et moi nous étions dit que nous nous aimions pour la première fois. Je revoyais encore la scène comme si c'était hier.

On était couchés dans ma chambre de dortoir, puisque Dominic restait avec sa petite amie quasiment tous les weekends. En retour, Tate avait pris l'habitude de rester avec moi du vendredi soir au dimanche soir, voire même jusqu'à lundi matin.

Même s'il tenait à ce que notre relation reste secrète, elle ne l'était pas vraiment. Sa présence dans ma chambre aussi souvent avait fait comprendre la situation à tous les résidents de mon dortoir. En plus, Dahlia n'avait pas hésité à répéter à d'autres pourquoi Tate et elle avaient rompu.

En fait, elle se faisait même un devoir de me calomnier chaque fois qu'elle en avait l'occasion.

Bien sûr, ça m'était revenu aux oreilles plusieurs fois. Si Tate en avait entendu parler aussi, il ne me l'avait pas dit, et je ne lui avais pas posé la question non plus. Je me disais qu'il valait mieux se montrer plus intelligent et l'ignorer. De mon côté, je ne l'avais jamais critiquée. Pas une fois.

Tate et moi avions tous les deux eu tort d'entamer une relation – même si ce n'était que de « l'exploration » sexuelle – avant qu'il ne rompe avec Dahlia.

Je ne lui en voulais pas d'être en colère. J'aurais été

pareil à sa place. Mais je me disais qu'elle finirait par laisser tomber et passer à autre chose. J'espérais que ce serait bientôt, avant que son comportement ne nous cause des problèmes.

Ce soir-là, quand Tate avait entrelacé ses doigts avec les miens sous les couvertures et qu'il avait murmuré « Roe ? », j'avais répondu par un grognement endormi.

J'étais vidé, comblé, et je me sentais d'humeur paresseuse après ce qu'on venait de faire... Ou ce qu'on venait de se faire.

— Je crois...

Il s'interrompit. Quand il reprit la parole, il avait encore l'air hésitant, et ses doigts se contractèrent entre les miens.

— Je crois que je suis amoureux de toi.

J'ouvris vivement les paupières quand ces mots s'échappèrent de sa bouche. Je tournai la tête sur l'oreiller pour regarder les profondeurs infinies de ses yeux bleus et brillants. Ils me captivaient à chaque fois.

— Tu crois ? dis-je à moitié pour plaisanter, même si j'étais ravi de cet aveu inattendu.

J'avais envie de lui dire que c'était mignon, la façon dont il avait admis ça, mais de toute évidence, tout ce qui se passait dans sa vie le laissait encore indécis. Surtout l'idée d'afficher ouvertement sa sexualité et notre relation. Je ne lui avais jamais mis la pression et j'essayais d'être patient.

J'examinai son profil, vu qu'il ne me regardait pas ; il s'était tourné pour regarder le plafond à la place. Quand il tourna enfin le visage vers moi, nos regards se rivèrent l'un à l'autre.

— Non, je ne crois pas. Je le sais.

Il prit une grande inspiration et, à l'expiration, déclara :

— Je suis amoureux de toi.

Ses mots me réchauffèrent de la tête aux pieds, et firent enfler mon cœur dans ma poitrine. Sa façon de me regarder dans les yeux, la deuxième fois qu'il les avait prononcés, avec assurance...

C'était ce que j'espérais. Ce que j'attendais.

Ce moment était enfin arrivé.

C'était maintenant.

Tate m'aimait.

Pas comme un ami. C'était au-delà de ça.

Je souris.

— Il était temps que tu me rattrapes.

Il haussa les sourcils et écarquilla un peu les yeux, exhibant ses magnifiques orbes bleus.

— Attends... tu m'aimes aussi ?

Pourquoi avait-il l'air aussi surpris ? Je n'avais peut-être jamais prononcé les mots, mais je n'avais jamais caché ce que je ressentais pour lui quand on était seuls. Et les actes étaient tellement plus « réels » que les mots.

Les mots pouvaient être vides et faux.

Je pris sa mâchoire en coupe et fis glisser mon pouce sur sa lèvre inférieure. Cet homme avait une bouche talentueuse, mais cet instant n'avait rien à voir avec le sexe.

— Ça fait un moment, maintenant, confessai-je. Je ne sais pas à quel moment je suis tombé amoureux de toi au juste, mais je me suis rendu compte que j'avais déjà craqué le jour où on a suivi ce cours de cyclisme en salle et où on a discuté pendant deux heures sous cet arbre après. C'est à ce moment-là que j'ai *su* que c'était clair et net.

— C'était... au tout début, remarqua-t-il, le front plissé, en levant légèrement la tête. Tu n'as rien dit.

Je le regardai et haussai un peu les épaules.

Il comprit le message, hocha la tête et la reposa sur l'oreiller, nos visages à quelques centimètres l'un de l'autre.

— Tu t'es dit que je ne le prendrais pas bien.

— Ce n'était pas une question de bien le prendre ou pas.

Avant toute chose, je ne voulais pas foutre en l'air notre amitié. J'y tenais trop. Et puis, je ne voulais pas que ça devienne gênant entre nous. En plus...

Je lui lançai un autre regard facile à déchiffrer.

— Dahlia.

— Ouais.

Je ne voulais pas aborder ce sujet, parce qu'on était couchés au lit après des ébats incroyables. Il était tellement plus assuré dans ce domaine, maintenant. Le laisser me faire tout ce dont il avait envie avait permis de construire cette assurance. Et on avait essayé à peu près tout. Sauf le fait qu'il se mette en dessous et moi, au-dessus. J'espérais qu'il le ferait un jour.

Quand je le penserais assez à l'aise avec ça, j'aborderais le sujet.

Nous restâmes couchés en silence pendant un peu plus longtemps, digérant tous les deux le fait que nous nous aimions, cet amour nous enveloppant tous deux comme un manteau.

À l'époque, j'avais été assez bête pour croire que notre amour nous protégerait. Bien sûr, à l'époque, je ne savais pas que je me trompais sur toute la ligne.

— J'ai réfléchi... commença-t-il.

— Tu n'es pas le seul.

Il ignora ma plaisanterie et termina :

— Pour cet été.

— Eh bien ?

Pour être honnête, je n'étais pas impatient qu'on se sépare. Je ne pouvais pas rentrer chez ses parents avec Tate, puisqu'ils n'étaient pas au courant pour lui ou pour nous. Et je ne savais pas comment ils le prendraient. Il leur avait déjà annoncé la nouvelle, pour Dahlia, mais il ne leur avait pas donné la raison de leur rupture. Ils avaient été très déçus, vu qu'ils pensaient qu'elle était parfaite pour lui. Tate espérait aussi que Dahlia ne leur révélerait pas la vérité par rancune avant qu'il ne soit prêt.

Personnellement, sachant ce qu'elle m'avait balancé dans ma chambre, le soir où Tate avait rompu avec elle, je la pensais tout à fait capable d'aller créer des problèmes avec eux. Il avait bien plus foi en elle que moi. Mais bon, il l'avait aimée, contrairement à moi.

Mais j'avais beau l'aimer, je n'étais pas sûr de pouvoir supporter de passer plusieurs mois loin de lui. Il ressentait peut-être la même chose, et c'était peut-être pour ça qu'il abordait le sujet. Je n'avais pas encore décidé du fait de rester à Pittsburgh ou de rentrer chez moi. Je devais soit trouver un meilleur boulot, soit continuer de travailler au Power Center, *si* je restais et qu'on m'autorisait à continuer de vivre sur le campus. Je n'étais pas encore sûr que ce soit possible, vu que je ne m'étais pas inscrit aux cours d'été.

Mais ce serait bien plus économique de rester sur le campus plutôt que de louer un appartement. Je comptais me renseigner là-dessus, jusqu'à ce que Tate lâche ma main et roule sur le côté pour me faire face.

— J'ai candidaté pour un stage d'été au KDKA.

Je clignai des paupières et pris le temps de digérer cette nouvelle. KDKA était une chaîne de télévision locale, et pas de sa Virginie d'origine.

— Et si tu es pris ? demandai-je en me mettant sur le flanc à mon tour pour mieux déchiffrer son expression.

Il sourit.

— J'ai déjà été pris.

Je ne lui rendis pas son sourire, parce qu'il m'avait caché cette nouvelle.

— Pourquoi tu ne m'as rien dit ?

— Je suis en train de le faire.

— Pourquoi tu ne m'as pas dit que tu t'étais porté candidat, je veux dire, précisai-je.

— Parce que je ne savais pas si je serais pris et que je ne voulais pas que tu sois déçu si ce n'était pas le cas.

— Pourquoi j'aurais été déçu ?

— Parce que j'espérais...

Je haussai un sourcil et attendis son explication.

— Je compte me trouver un appartement. Notre bail ne couvre pas les étés, alors je vais me trouver un nouvel endroit près du campus. Quand ce sera fait, tu pourras t'installer avec moi.

— Juste pour l'été ?

— Jusqu'à ce que j'obtienne mon diplôme.

— Sans Thom ni Jack ?

Il hocha la tête.

— Avec toi, à la place.

Mon cœur se mit à cogner dans ma poitrine. Il voulait qu'on vive ensemble pendant tout l'été, et pendant toute sa dernière année de fac ? Étais-je éveillé, ou est-ce que je rêvais ?

Même si j'étais enthousiaste à l'idée qu'il soit prêt à passer cette étape...

— Tu sais que je suis obligé de vivre sur le campus pendant mes deux premières années, Tate.

La réalité étouffa bien vite ma joie à l'idée de vivre avec l'homme que j'aimais.

— Eh bien... officiellement, tu vivras sur le campus durant l'année scolaire. Tu ne passeras pas beaucoup de temps dans ton dortoir, c'est tout, répondit-il avec un clin d'œil.

Mon estomac se serra.

— T, tu sais bien que je ne peux me permettre de payer un logement et mes repas sur le campus en plus de la moitié du loyer et des dépenses d'un appartement. J'arrive à peine à me payer le gîte et le couvert. Sans mes bourses et mes subventions, je...

Il pressa un doigt sur mes lèvres pour m'interrompre.

— Je m'en occupe.

J'écartai vivement la tête.

— Tu t'occupes de quoi ?

— Du loyer. Des dépenses. Paie ta chambre et tes repas, et je m'occupe du reste.

Waouh.

— Tate, non. Tu m'as déjà acheté un foutu MacBook. Ça, c'est encore pire. C'est trop.

— Je m'en fous.

— Pas moi !

Je me redressai vivement dans le lit et le regardai. Ma colère commençait à affluer à la surface, et je n'avais pas envie qu'on se dispute pour la première fois.

— Je n'ai pas besoin qu'on me fasse l'aumône.

Il se redressa aussi.

— Bien sûr que non.

— Je n'ai pas envie d'avoir l'impression que tu dois subvenir à mes besoins.

— Je ne veux pas que tu ressentes ça non plus. Je suis juste... j'ai juste...

Il fronça les sourcils.

— Je veux qu'on passe l'été ensemble. Je n'ai pas envie qu'on parte chacun de notre côté. C'est tout. Et avec ce stage, je dois me trouver un autre appart de toute façon, alors je me suis dit...

Il passa une main dans ses cheveux sombres, et je regardai cette mèche rebelle retomber sur son front.

— Tu comptais rentrer chez ta mère, cet été ?

— Si je n'avais pas d'autre choix.

Il haussa les épaules.

— Eh bien, tu l'as, maintenant.

Je secouai la tête à sa suggestion.

— Je ne peux pas te laisser tout payer.

— Dans ce cas, paie ce que tu peux. Je me chargerai du reste.

Je me frottai le front. J'avais envie d'être avec lui, mais je détestais être fauché.

— Tate...

— Roe, ne refuse pas. Réfléchis-y d'abord, au moins. On peut rester à Pittsburgh cet été, le temps que je fasse mon stage. Tu pourras chercher un boulot temporaire à plein temps et...

Il haussa les épaules.

— On verra où ça nous mène...

Les portes coulissèrent quand l'ascenseur atteignit le rez-de-chaussée, me tirant de mes pensées et me ramenant au présent.

J'étais soulagé que la cabine ne se soit pas arrêtée au sixième étage. Ça aurait bien été ma chance si Tate était monté dans l'ascenseur avec moi alors que j'essayais de l'éviter.

Je clignai des paupières et regardai Tate, debout devant moi.

Merde.

Avant d'avoir pu m'en empêcher, je l'examinai de la tête aux pieds comme si je parcourais un buffet gastronomique.

Il portait un costume bleu marine, neuf et bien ajusté, ainsi que des chaussures de ville étincelantes. Sa barbe semblait rasée de près, contrairement à la dernière fois que je l'avais vu. Mais ses cheveux n'étaient pas assortis à sa tenue élégante ; ils étaient ébouriffés comme s'il avait passé les doigts dedans.

Ses beaux yeux bleus – ceux dans lesquels j'avais plongé les miens pendant d'innombrables heures – étaient entachés par les sombres demi-lunes au-dessous.

Je n'étais visiblement pas le seul à ne pas avoir beaucoup dormi.

Cela me faisait-il plaisir ? Peut-être un peu.

Mais en sachant quel souvenir m'avait tenu compagnie pendant le trajet en ascenseur, je me sentais d'humeur assez mesquine.

Il agita la main entre les deux portes d'ascenseur pour les empêcher de se refermer. Pendant que j'étais encore planté dans la cabine comme un abruti.

Je soupirai mentalement et m'obligeai à sortir.

Quand ce fut fait, je lui tins la porte ouverte, puisque je supposais qu'il rentrait dans son appartement. Par contre, j'étais curieux de savoir pourquoi il rentrait habillé comme ça, au lieu de partir dans la direction opposée pour se rendre au boulot.

Il travaillait peut-être de nuit dans une chaîne de télé locale.

Il valait peut-être mieux que je ne m'intéresse pas à ça.

Lorsque l'ascenseur tinta plusieurs fois pour me reprocher de tenir les portes et alors que Tate ne bougeait toujours pas, je retirai ma main et laissai les portes se fermer. La cabine resterait au niveau du lobby à moins qu'un résident n'appuie sur le bouton de son étage.

Je m'efforçai d'ignorer son apparence délicieuse, dans ce costume neuf qui moulait ses cuisses et sa taille, sans oublier la veste qui rendait sa poitrine et ses épaules plus larges...

Quant à moi ? Je me rendais au bureau vêtu de mon précieux T-shirt des Pirates de Pittsburgh, d'un jean noir usé, avec quelques trous stylisés et placés de manière stratégique, sans oublier ma paire de Timberlands abîmée préférée.

Très professionnel, bien sûr.

La vérité, c'était que je ne cherchais plus à impressionner. En général, je ne rencontrais pas directement les clients, et mes employés se fichaient de ce que je portais. L'inverse était vrai aussi. Je leur faisais confiance pour prendre les bonnes décisions selon la situation concernant leur garde-robe.

Les jours où ils pouvaient s'habiller de manière décontractée, ils le faisaient. Les jours où ils devaient rencontrer quelqu'un, ils s'habillaient en conséquence. Je faisais pareil. Si j'avais un rendez-vous important avec un inconnu, je sortais ma tenue habillée tant redoutée et je jouais mon rôle d'homme d'affaires et d'investisseur prospère.

Aujourd'hui, j'étais juste habillé pour surmonter cette journée.

Le silence grandissant entre nous devint gênant, et je finis par lâcher :

— Bon, eh bien...

Puis, je le regardai pendant quelques secondes supplémentaires avant de me retourner pour me diriger vers l'endroit où je garais mes voitures. Je sursautai, surpris, quand il referma la main sur mon avant-bras pour m'arrêter.

— Roe...

Merde. Merde. Merde.

Je n'avais pas envie de parler de ce qui s'était passé deux soirs plus tôt. Ni de ce qui s'était passé douze ans plus tôt. Je ne voulais parler de rien avec lui.

Je regardai sa main pendant une seconde avant de lever les yeux vers son visage.

Quand j'inclinai la tête vers sa main, il s'empressa de me lâcher et demanda :

— Tu as des câbles de démarrage ?

Des câbles de démarrage ? Je ne m'attendais pas à entendre ça sortir de sa bouche.

— Ma voiture ne démarre pas, expliqua-t-il.

Il enfonça les doigts dans ses cheveux et, au lieu d'être ébouriffées, certaines mèches se mirent à pointer sur sa tête. Je réprimai l'envie de les lisser.

— Je ne veux pas être en retard alors que je n'ai commencé mon nouveau boulot que depuis deux semaines.

Mon nouveau boulot.

C'était donc pour ça qu'il était revenu à Pittsburgh ? Pour un nouveau boulot ? Qu'en était-il de l'ancien ? Avait-il tout foutu en l'air, comme avec son mariage ? Je pinçai les lèvres pour me retenir de poser toutes ces questions auxquelles je n'avais pas besoin de réponses. Je ne devrais pas m'en soucier.

Je ne devrais pas.

— Prends un Uber.

Je me retournai et me dirigeai d'un pas vif vers la porte de service, au fond du lobby.

— Je... ne peux pas, lança-t-il.

— Il y a une application, répondis-je sans m'arrêter.

— Je n'ai pas les moyens.

Il n'avait pas parlé très fort, mais je l'entendis, et cela me fit me figer.

Sa famille était riche. Ce n'étaient peut-être pas des milliardaires, mais ils faisaient partie de la classe supérieure et menaient une vie aisée.

Qu'était-il arrivé pour qu'il ne puisse plus se permettre de prendre un taxi ?

Il m'avait aidé financièrement de nombreuses fois, à la fac.

Je poussai un soupir par le nez.

Je devrais n'en avoir rien à faire.

Vraiment.

Mais je réfléchis à cet aveu. J'étais sûr que c'était difficile pour lui d'admettre qu'il avait des problèmes d'argent. Surtout en sachant la façon dont je l'avais traité.

Je me retournai lentement et vis qu'il était encore planté là où je l'avais laissé. Il ne me regardait pas, mais il avait les yeux levés vers quelque chose derrière moi. Comme s'il était embarrassé.

Je ruminai ça pendant quelques secondes avant de lâcher :

— Je pense que le personnel d'entretien en a au sous-sol.

— Comment je descends au sous-sol ? Tu crois qu'il y a quelqu'un là-bas en ce moment à qui je pourrai demander de l'aide ?

Merde. Merde. Merde.

Je n'avais pas envie qu'il sache que j'avais accès au sous-sol et à la zone de maintenance. Surtout, je ne voulais pas qu'il sache pourquoi j'y avais accès.

— Tu connais quelqu'un qui travaille à l'entretien ?

J'entendais la supplique dans sa voix. L'espoir.

Et cela parvint à se faufiler au-delà de la plaque d'acier derrière laquelle j'avais scellé mon cœur.

Bordel de merde.

En temps normal, je n'aurais pas hésité à aider l'un de mes résidents. Je ne devrais pas traiter Tate autrement parce qu'il y avait un passif entre nous.

— Putain, marmonnai-je entre mes dents.

Puis, assez fort pour qu'il l'entende, j'ajoutai :

— Oui.

Je revins vers lui.

— Viens avec moi.

Je fis un signe de tête vers le vestibule et les portes d'entrée. Sans l'attendre, je me mis en route d'un pas déterminé. Ce qui était le cas.

Si je le faisais passer par le chemin normal menant au

sous-sol, je devrais utiliser l'application de mon téléphone pour déverrouiller la porte électronique. Un résident ordinaire de l'immeuble ne pourrait pas faire ça. À la place, je le guidai dehors, le fis entrer dans une contre-allée et avançai jusqu'à l'arrière de l'immeuble où se trouvait une large rampe en ciment, une grande porte de garage et une autre, plus petite et de taille humaine.

J'espérais qu'à cette heure, la porte serait déverrouillée. Par contre, je ne savais pas du tout s'il y avait du monde en ce moment. Je n'étais pas au courant des horaires de l'équipe d'entretien, vu que j'avais embauché quelqu'un d'autre pour le savoir à ma place. Je ne savais pas non plus qui était affecté au River View Heights aujourd'hui. Mon équipe était grande et effectuait des rotations dans toutes mes propriétés. Mes employés allaient là où ils étaient requis.

Je tirai sur la porte, et fus soulagé quand elle s'ouvrit, m'évitant d'avoir à utiliser mon application d'ouverture sans clef, surtout avec Tate sur les talons.

Toutes les lumières étaient allumées au plafond et la porte donnait sur la large pièce où étaient rangés les outils de maintenance.

— Attends ici, ordonnai-je.

J'entrai et récupérai les câbles de démarrage accrochés au présentoir.

Quand je ressortis, je les lui lançai. Il les rattrapa et regarda les câbles dans ses mains.

— Tu sais t'en servir, hein ? demandai-je.

Comment pourrait-il ne pas savoir ?

— Oui. Mais...

— Mais ?

— Il faut les brancher à un autre véhicule pour qu'ils fonctionnent.

Bordel.

— Ouais, c'est comme ça que ça marche, répondis-je d'un ton amer avant de soupirer. Je pars au bureau de toute façon. Je peux te démarrer.

J'entendis Tate prendre une brusque inspiration, mais l'ignorai.

— Démarrer ma voiture.

— C'était ce que je voulais dire, marmonnai-je en me dirigeant vers ma Range Rover.

Je garais mes deux véhicules ici. C'était l'un des avantages quand on était le propriétaire de l'immeuble dans lequel on vivait.

Quand je m'arrêtai devant ma Range Rover Evoque, j'entendis un petit sifflement derrière moi. Je regardai par-dessus mon épaule et vis que Tate s'était arrêté pour admirer ma GranTurismo.

— Mince alors, murmura-t-il. Sympa, cette Maserati. Je n'arrive pas à croire que quelqu'un dans cet immeuble ait les moyens de s'en offrir une.

— C'est celle du propriétaire, répondis-je d'un ton indifférent.

J'espérais qu'il laisserait tomber le sujet et qu'on pourrait se mettre en route. Surtout s'il craignait d'être en retard pour son nouveau boulot.

— Le propriétaire ? répéta-t-il en tournant autour de ma voiture, admirant ses courbes épurées.

J'adorais sortir cette voiture sur l'autoroute pour ouvrir le toit et laisser le moteur rugir.

— De l'immeuble.

Il leva les yeux et les plissa.

— Je croyais qu'il appartenait à une société immobilière.

— C'est le cas. Mais il en est le grand patron.

Je fis un signe du menton vers mon SUV et sortit mon trousseau de ma poche pour déverrouiller la portière.

Quand elle bipa et que les phares s'allumèrent, le regard de Tate passa de ma Rover à moi.

— C'est la tienne ?

Je percevais clairement sa surprise, mais je comprenais. À l'époque de la fac, j'étais pauvre.

J'en étais très loin, maintenant.

— Oui. Monte.

Je grimpai derrière le volant et appuyai sur le bouton de démarrage.

Il se dirigea vers le côté passager et s'assit sur le siège en cuir à côté de moi.

— Sympa.

Bien sûr qu'elle l'était. Elle était quasiment neuve. Je comptais prendre la Maserati ce matin, mais je ne voulais pas risquer d'endommager le système électrique en m'en servant pour démarrer la voiture de Tate. En plus, je ne voulais pas qu'il sache qu'elle m'appartenait. Ni l'immeuble.

S'il était surpris par le fait que je possède une Evoque neuve, il serait encore plus stupéfait par tout le reste.

Pendant que Tate bouclait sa ceinture, je mis le moteur en route et appuyai sur le bouton sous le rétroviseur pour ouvrir la porte du garage. Quand nous l'atteignîmes, elle fut assez ouverte pour que je passe en dessous. Je la refermai derrière moi, et m'engageai dans la contre-allée en me dirigeant vers le parking souterrain à un demi-pâté de maison de là.

— Je suppose que ta voiture est garée là-bas.

La plupart de mes locataires qui possédaient un véhicule se garaient là, vu que c'était tout près. Par contre, le permis de parking mensuel n'était pas donné. Ce parking souterrain était pratique, mais coûteux.

— Malheureusement.

Vingt minutes plus tard, après avoir essayé en vain de

démarrer sa vieille Toyota Corolla, nous abandonnâmes. Sa voiture fut déclarée morte, et les cheveux de Tate donnaient désormais l'impression qu'il avait enfoncé une fourchette dans une prise électrique.

Je voyais son désespoir et sa frustration grandir à chaque minute qui passait. Mais malgré tous ses efforts pour faire démarrer sa voiture, elle s'y refusait. Ce tas de ferraille avait besoin de bien plus qu'un petit coup de pouce. Pour être honnête, elle avait davantage sa place dans une décharge, et Tate aurait dû se trouver un véhicule plus fiable.

J'avais masqué ma surprise quand j'avais découvert ce qu'il conduisait, et j'étais plus que curieux de savoir pourquoi il était aussi fauché. À mon avis, c'était à cause du divorce ; l'avocat de Dahlia avait dû le plumer, mais je refusais de poser la moindre question. Je ne voulais pas avoir de la peine pour lui. En fait, je préférais ne rien ressentir du tout.

— Je vais devoir appeler Triple A pour qu'ils la remorquent au garage, finit-il par dire après avoir fait les cent pas et avoir lâché une bordée de jurons, les mains plaquées sur les hanches.

— Ça va prendre des heures avant qu'ils arrivent, remarquai-je.

— Ça va aussi coûter de l'argent que je n'ai pas pour les réparations.

Autrement dit, il devait se dépêcher de se rendre au boulot parce qu'il ne pouvait se permettre de perdre ce nouvel emploi.

Merde. Merde. Merde.

Même si je voulais le nier, j'aimais encore cet homme tout autant que je le détestais. Je n'avais pas envie de le regarder se planter. Et en ce moment, il dégringolait aussi vite qu'un météore sur le point de s'écraser sur Terre.

— Allons-y, ordonnai-je après avoir enroulé les câbles de démarrage et les avoir jetés derrière le siège conducteur.

— Où ça ?

— Là où tu bosses. Je vais te déposer. Tu pourras t'occuper de cette...

Je ravalai le nom que j'avais envie de donner à sa vieille Toyota et terminai :

— ... plus tard. Mais tu dois aller bosser, non ?

Le soulagement se peignit sur son visage. Il ne prit pas la peine de me répondre, et grimpa aussitôt dans mon SUV sans un mot de plus.

— Où va-t-on ? demandai-je tout en payant les frais de parking, trop exorbitants pour le peu de temps que j'avais passé ici.

Il débita une adresse, et je m'empressai de l'entrer dans mon GPS. Puis, je m'engageai dans la rue animée et me dirigeai vers l'I579 et le Pont Veterans qui traversait la rivière Allegheny.

Puisqu'on allait au nord de la ville, je supposai qu'il avait été embauché par la chaîne de télévision locale, WPIX, qui se trouvait dans cette direction.

— Le propriétaire de River View Heights... dit-il avant que je n'aie pu en avoir confirmation. Tu le connais assez pour qu'il te laisse te garer à l'arrière aussi. Ça veut dire que vous êtes proches ?

Où voulait-il en venir ?

— Oui.

— Je vais te poser une question que j'aimerais ne pas avoir besoin de poser, mais malheureusement, c'est le cas. Tu crois que ça dérangerait le propriétaire si je me garais là derrière, moi aussi ? Les frais de parking mensuels... c'est...

Je ne dis rien et le laissai lutter pour finir sa phrase. Pour me demander une faveur qu'il ne devrait vraiment pas me demander. Parce que, encore une fois, j'étais épuisé et je me sentais d'humeur particulièrement mesquine, aujourd'hui.

— Je serais prêt à lui payer quelque chose, bien sûr.

— Comme tu l'as vu, il n'a pas besoin de ton argent, Tate.

— C'est clair. Je sais que je ne suis qu'un locataire et que je ne devrais pas m'attendre à des traitements de faveur dont les autres locataires ne bénéficient pas mais...

— Mais tu demandes quand même, terminai-je pour lui.

— Tu pourrais peut-être lui glisser un mot pour moi. Pour me rendre service ?

— Demande à tes amis et à ta famille de te rendre service. Je ne suis aucun des deux, Tate. Je ne suis rien du tout pour toi, lui rappelai-je.

Je me le rappelai aussi à moi-même. Parce que je craignais que des trous soient en train de se creuser dans l'enveloppe d'acier autour de mon cœur, comme les taches de rouille sur le pare-chocs de sa Corolla.

— Je comprends, Roe. Vraiment. Je te demandais juste une petite faveur, c'est tout. Je comprendrai si tu n'as pas envie de t'embêter pour moi... Oublie ce que je t'ai demandé.

Avait-il oublié que je lui rendais déjà un gros service en l'emmenant au boulot ?

Je serrai les dents pour me retenir de lui dire qu'il pouvait se garer derrière l'immeuble. Il n'aurait droit à aucun traitement de faveur de ma part. Je me concentrai plutôt sur la circulation, pendant qu'on roulait vers le nord sur la I -279, en direction du quartier de Summer Hill.

Pendant quelques minutes gênantes, les seuls sons dans la Range Rover furent les ordres aboyés par la dame agaçante du GPS.

Tandis qu'on approchait de notre destination, mon attention fut détournée de la route par le genou de Tate, qui tressautait de manière effrénée sur le siège passager.

Puis, mon regard se posa sur ses longs doigts étalés sur sa cuisse gauche. Je remarquai que ses ongles étaient coupés avec soin.

Il avait beau être fauché, il faisait encore des efforts. À mon avis, il s'asseyait derrière un bureau pour délivrer les actualités, là où il travaillait désormais, raison pour laquelle il devait prendre soin de son apparence.

J'avais envie de poser la main sur la sienne. D'apaiser sa nervosité et... franchement, de le toucher, tout simplement.

La sensation de ses mains et de ses doigts me manquait.

Ça me manquait...

Je me secouai mentalement pour me débarrasser de cette prochaine pensée. Je ne pouvais pas replonger dans ces souvenirs. Alors, je finis par ouvrir la bouche pour éviter ça et demandai :

— Devant ou derrière ?

Je rivai à nouveau les yeux sur la route quand il tourna la tête vers moi.

— Quoi ?

Je réalisai soudain ce que je venais de dire et grognai entre mes dents. Par le passé, j'aurais transformé ça en taquineries amusantes. Pas ce matin.

— La caméra. Tu es devant ou derrière ?

— Oh. Euh... derrière. Je dois mériter ma place avant de m'asseoir au bureau des actualités.

Cette remarque me surprit. Durant sa dernière année à Duquesne, il avait décidé qu'il voulait d'abord être reporter d'investigation, mais qu'ensuite, il voulait être devant la caméra, et pas en arrière-plan.

Je veux être la star, Roe, pas le second rôle.

J'écartai ce souvenir.

— Tu n'as pas déjà mérité cette place ailleurs ?

Je n'avais pas suivi sa carrière après l'obtention de son

diplôme. Si je l'avais vu aux infos du soir, j'aurais explosé ma télévision.

Du coin de l'œil, je vis son genou s'immobiliser brusquement et ses doigts s'enfoncer dans sa cuisse.

— Ce n'est pas « ailleurs ».

— Tu as raison, murmurai-je.

Je tournai là où la voix de femme agaçante me disait de tourner, et je me garai contre le trottoir devant le bâtiment pour le déposer devant l'entrée.

— Merci, dit-il en ouvrant sa portière.

Je ne répondis pas. J'étais occupé à lire la grande enseigne au-dessus des portes vitrées pendant qu'il sortait de la voiture : le groupe Burgh Media.

— Merci pour tout, Roe, ajouta-t-il d'une voix plus épaisse que d'habitude.

De regret ? De tristesse ?

Mon regard passa de l'enseigne à lui. Il était toujours debout devant ma voiture. Il me regardait comme s'il attendait que je dise quelque chose.

Pour l'amour du Ciel. Je pris soudain conscience du fait qu'il n'aurait sûrement aucun moyen de rentrer chez lui.

J'eus envie de me gifler quand je posai la question, mais je le fis quand même :

— Tu finis à quelle heure ?

Ma question l'empêcha de fermer la portière du côté passager.

Tate se pencha dans la voiture, une main posée sur l'encadrement de la portière.

— Après le bulletin d'info de 18 heures. Vers 19 heures, en général.

— Je viendrai te chercher. Mange tôt.

Tate cligna des paupières et me dévisagea.

— Pourquoi ?

— Parce que je ne veux pas que tu sois malade.

Il inclina la tête et fronça les sourcils.

— Pourquoi ?

Je me contentai de lui lancer un regard qu'il ne devrait avoir aucun mal à comprendre. À l'époque, nous communiquions beaucoup par regards appuyés et langage corporel. Ça avait été un bon moyen de garder notre secret quand on était avec d'autres gens.

Les narines dilatées, il se contenta de hocher la tête avant de claquer la portière.

Je contractai ma bouche pour ne pas sourire, enfonçai l'accélérateur et redirigeai ma Rover vers la ville et vers mon bureau.

Chapitre Quatorze

Tate (aujourd'hui)

RONAN NE PASSA PAS me chercher comme il me l'avait promis. Mais il ne me laissa pas tomber non plus. Quand je sortis du bâtiment, je m'attendais à voir la Range Rover, mais à la place, un taxi m'attendait contre le trottoir.

Quand je grimpai à l'arrière, je trouvai une note laissée sur le siège. Même après toutes ces années, je reconnus son écriture.

Le taxi est déjà payé. Prépare-toi, et à 21 heures, attends-moi sur le toit.

Je roulai le papier en boule, et mon cœur cogna dans ma poitrine pendant tout le trajet jusqu'au River View Heights.

Il voulait que je vienne sur le toit à 21 heures, quand la porte était encore ouverte ? Quand n'importe qui pouvait tomber sur nous ?

Il n'avait pas dit qu'il me voulait à genoux, et Ronan n'avait jamais eu peur de me dire ce qu'il voulait. Alors, cette fois, j'avais l'intention de l'attendre en restant debout.

Une fois dans mon appartement, je me préparai, les doigts tremblants de nervosité et d'impatience.

Comme il me l'avait demandé, j'avais mangé un déjeuner léger un peu plus tard dans la journée et j'avais sauté le dîner.

Je n'arrêtais pas de me demander si on allait dîner ou coucher ensemble. Je supposais que c'était la deuxième option, mais avec Ronan, on ne pouvait jamais savoir. Une minute, il avait l'air de me détester et voulait me punir de lui avoir fait du mal, et la suivante, j'apercevais des bribes de l'ancien Ronan. Celui dont j'étais tombé amoureux. L'homme que j'aimais encore malgré tout.

Je soupirai.

J'étais nerveux parce que je n'avais jamais été en dessous. Ni avec lui, ni avec aucun de mes rencards anonymes de Grindr.

À la fac, Ronan avait voulu qu'on échange nos rôles et m'avait montré quoi faire pour me préparer. Il avait été exhaustif et n'avait pas hésité à aller dans les détails. Quand on essayait de me préparer à changer de rôle, je me crispais toujours trop quand venait le moment pour moi d'être le récepteur plutôt que le donneur.

Sauf quand il s'agissait de tailler des pipes. J'avais saisi toutes les occasions de prendre Ronan dans ma bouche. J'avais adoré la façon dont ça le rendait fou. J'avais adoré détenir ce pouvoir sur lui.

À l'époque, il avait été très patient avec moi. Ce dont je lui étais vraiment reconnaissant. Et je lui avais promis d'être en dessous pour lui, un jour. Apparemment, ce jour était arrivé. Mais je n'étais pas sûr d'être prêt.

Mais si ça me rapprochait un peu plus du moment où il me pardonnerait...

Je lui avais déjà dit que j'étais prêt à tout pour ça, et je ne mentais pas. J'étais prêt à tout pour réparer notre relation.

Maintenant, je devais tenir ma promesse au lieu de faire machine arrière, même si ça me transformait en boule de nerfs.

J'espérais juste qu'il ne passerait pas sa colère envers moi sur mon cul. Je me raccrochais à l'idée qu'il avait toujours été un amant attentionné, et j'espérais que c'était encore le cas.

Quand je sortis sur le toit, la nuit était déjà tombée. Même si la piscine n'était pas encore officiellement fermée pour ce soir, seuls le bassin illuminé et les guirlandes de lumières accrochées autour des balustrades et suspendues le long des pergolas empêchaient le toit d'être plongé dans le noir complet.

Pour deux amoureux, l'atmosphère aurait pu paraître romantique.

Pour deux personnes qui ne faisaient que coucher ensemble, tout ça n'était qu'une esthétique d'arrière-plan.

Pour l'instant, nous étions la deuxième alternative, mais j'espérais qu'on en reviendrait à la première. Ça demanderait du temps et de la patience, mais j'étais prêt à travailler pour. Bien sûr, il faudrait que l'homme qui m'attendait déjà près de la piscine veuille la même chose.

J'étais surpris de le voir ici puisqu'il m'avait demandé de l'attendre sur le toit.

Il ne portait qu'un short noir et soyeux qui moulait ses cuisses épaisses et puissantes. Rien d'autre.

Je pris une brusque inspiration quand je vis son torse nu pour la première fois depuis... une éternité. J'avais deviné qu'il avait plus de tatouages que ceux que j'avais aperçus sous les manches de son T-shirt, et j'avais raison. En plus de ceux de ses bras, son torse était couvert de tatouages variés, ainsi que ses épaules, et même ses côtes.

Je ne les distinguais pas tous de là où je me trouvais, mais j'espérais avoir l'opportunité de les explorer de plus près un autre jour si je n'en avais pas l'occasion ce soir.

Ce que je voyais, par contre, c'était qu'il s'était énormément musclé, plus que je ne le croyais. Il était vraiment balèze sous tous ces tatouages. Il ressemblait à un vrai *bad boy*. Il aurait pu être un *biker*, une star du rock, un boxer ou même un champion de MMA.

N'importe quoi.

Je me rendis compte que je ne savais pas du tout ce qu'il faisait dans la vie, vu qu'on n'avait parlé de rien de personnel. Contrairement aux amis de longue date, nous n'avions pas essayé de « rattraper le temps perdu ». Mais vu sa Range Rover neuve, il devait bien s'en sortir dans la vie.

À moins qu'il ne vive au-dessus de ses moyens.

Mais s'il avait gardé la même mentalité qu'à la fac, il devait être très prudent dans ses dépenses. À l'époque, il n'avait pas le choix.

J'aurais pu regarder sur Google et faire une petite recherche sur lui, comme je le faisais jadis au début de ma carrière de journaliste, chose que je continuais à faire de temps en temps, quand j'en avais l'occasion, juste parce que ça m'amusait. Mais ce qu'il faisait dans la vie, était-ce si important que ça ?

Je voulais l'homme lui-même. Son boulot, quoi que cela puisse être, ne le définissait pas.

Contrairement à Ronan, quand on était à Duquesne, l'argent n'avait jamais été une préoccupation pour moi, parce que j'en avais. Jusqu'à maintenant.

En ce moment, j'étais fauché. Je ne pourrais pas en vouloir à Ronan s'il l'était encore aussi. Mais je serais déçu, vu que j'avais toujours espéré mieux pour lui. Je me disais qu'une fois qu'il aurait trouvé sa place dans la vie, il irait loin et connaîtrait le succès.

Je gardai mes réflexions pour moi tandis que Ronan approchait de l'endroit où je me trouvais, près de la porte principale. Il s'arrêta devant moi, les yeux sombres et intenses, et m'examina de la tête aux pieds.

Il m'avait déjà vu uniquement vêtu de mon short de bain. Il ne m'observait pas par curiosité, c'était une démonstration de pouvoir.

J'étais prêt à lui accorder ça parce que, même si c'était ça pour lui, pour moi, c'étaient des préliminaires. Sa façon d'explorer mon corps en prenant tout son temps, même si ce n'était qu'avec ses yeux, fit affluer tout mon sang dans mon sexe qui passa rapidement de semi-érigé à totalement en érection.

Puisqu'il n'avait rien à manger avec lui, j'avais eu raison de supposer qu'il n'était là que pour le sexe et qu'il n'avait aucune intention de s'installer avec moi pour dîner.

Puisque je regardais la bosse dans son short moulant, j'étais plutôt partant.

Le dîner pouvait attendre.

Pas Ronan.

— Tu m'as dit que tu ferais n'importe quoi pour que je te pardonne. Tu en es sûr ?

Ses paroles et le grondement grave dans sa voix provoquèrent des étincelles d'électricité en moi, me donnant la chair de poule. Mes tétons durcirent sous mon T-shirt et mon sexe se contracta dans mon short ample en coton.

— Oui.

Il inclina la tête sur le côté et croisa mon regard.

— Et si je ne peux rien te promettre ?

Sans ciller, je soutins son regard pour lui montrer que j'avais vraiment envie d'arranger les choses entre nous.

— C'est un risque que je suis prêt à prendre.

Il me scruta encore quelques secondes supplémentaires, l'expression indéchiffrable.

— Tout ce que tu voudras, Roe, murmurai-je.

— Tout ce que je voudrai, répéta-t-il d'une voix douce.

— Je ne te demande qu'une seule chose...

Il haussa les sourcils jusqu'à la racine de ses cheveux.

— Pas sur le toit. Je n'ai jamais... je n'ai jamais été en dessous et je sais que c'est ce que tu attends de moi.

— Jamais ? répéta-t-il, le visage redevenu impénétrable.

— Non.

— Je serai ton premier.

Comme son visage, sa voix ne laissait rien transparaître. Parce que je l'observais de près, je remarquai quand sa mâchoire se crispa légèrement.

C'était peut-être absurde, mais à cet instant précis, à cause de cette réaction, je *sus* qu'il m'aimait encore. Même si ça me donnait de l'espoir et quelque chose à quoi me raccrocher, mon plus gros obstacle serait de le convaincre de me pardonner. On ne pourrait aller nulle part sans ça.

Ce soir constituerait peut-être un premier pas dans cette direction.

Seigneur, je l'espérais.

Après plusieurs longues minutes à regarder derrière moi, il reporta son attention sur moi.

— Tu es prêt à faire ça pour moi.

Ce n'était toujours pas une question, plutôt une remarque surprise.

— J'ai dit que j'étais prêt à tout, Roe, lui rappelai-je. Je le pensais. Mais pas ici, s'il te plaît.

Une partie de la tension que j'éprouvais disparut quand il hocha la tête.

Quand je me tournai machinalement vers la porte principale, Roe émit un son rauque venu du fond de sa gorge pour m'arrêter et fit un signe de tête vers la porte non marquée derrière laquelle il avait disparu l'autre soir. Dès qu'on fut assez près, le verrou cliqueta. Quand il eut ouvert la porte, ce que je supposais être des lumières à capteurs de mouvements éclaira l'étroit escalier.

Je le suivis dans l'escalier en métal en faisant attention où je mettais les pieds et me retrouvai directement dans un immense espace résidentiel. Il fallut quelques secondes à mon cerveau pour comprendre où nous étions et ce que ça signifiait.

J'avais pris l'ascenseur avec l'un des voisins un matin, et il avait mentionné que le dernier étage de River View Heights n'était constitué que d'un penthouse, où habitait le propriétaire de l'immeuble.

Si je ne l'avais pas vu avec un rencard l'autre soir, j'aurais pu croire que Ronan vivait ici avec le propriétaire. Mais je compris soudain que c'était *lui*, le propriétaire.

L'immeuble où j'habitais appartenait à Ronan.

Il vivait dans un penthouse qui devait coûter...

Je secouai la tête.

Une fortune. Je ne savais même pas ce que pouvait coûter un endroit pareil. Ni ce qu'un immeuble d'appartements entier coûtait. Je ne m'étais jamais intéressé à l'immobilier. La seule propriété que j'avais achetée était la maison où Dahlia vivait avec mes enfants.

L'impact de cette découverte me heurta de plein fouet. À la fac, il avait du mal à joindre les deux bouts, et maintenant, ça ?

Ça voulait aussi dire qu'il possédait non seulement une Range Rover, mais aussi la Maserati. Il m'avait volontairement caché tout ça ces deux dernières semaines.

Je ne lui en voulais pas, mais ça piquait quand même un peu.

Après mon départ de Duquesne, je ne me doutais pas que nos vies changeraient à ce point. À l'époque, c'était lui qui avait des problèmes d'argent, et maintenant, c'était moi.

La personne dans l'ascenseur avait raison. Je voyais sans mal que le penthouse occupait tout le dernier étage, vu que l'espace était ouvert. Ça n'avait rien à voir avec l'appartement que je louais au cinquième étage.

J'étais certain que mon appart aurait pu rentrer dans ce qu'il devait considérer comme son salon. On pouvait considérer ça comme la « grande salle », vu sa taille massive, sans aucun mur pour la séparer de la cuisine, du coin douillet doté d'une immense télé sur le côté et d'un espace où manger.

De là où je me trouvais, au bas de l'escalier en colimaçon, j'observai tout dans les moindres détails. Depuis les murs aux briques exposées qui contrastaient avec les cloisons couleur terre, jusqu'au grand canapé modulable en cuir, face à la longue baie vitrée, où on pouvait s'asseoir pour apprécier les lumières étincelantes de la ville au-delà.

— C'est *toi*, le propriétaire de l'immeuble, dis-je, toujours sous le choc.

— Oui.

Il me l'avait caché. À dessein.

Je m'efforçai de ne pas trop m'attarder là-dessus tandis que je traversais la grande cuisine équipée de tous les appareils en acier inoxydable de marque Viking.

C'était un sacré investissement. Je me demandais s'il les avait déjà utilisés, vu qu'ils étaient immaculés. Je ne voyais pas la moindre tache.

— C'est une sacrée réussite.

Je n'étais jamais entré dans un endroit comme celui-là. C'était époustouflant et décoré à la perfection. Propre, bien rangé, sans le moindre désordre ni restes sur les comptoirs, comme chez tout Américain moyen. C'était clairement trop propre pour un appartement d'homme célibataire. C'était aussi très moderne. Tout sentait la qualité. De ce que je pouvais en voir, le design d'intérieur et la déco n'étaient pas surfaits, il y avait juste ce qu'il fallait. Même s'il était facile de deviner toute la richesse nécessaire pour en arriver à un tel résultat, pour moi, qui avais grandi dans ce genre d'environnement, c'était à la fois subtil et effectué avec goût.

Je repérai même quelques œuvres d'art. Encore une fois, tout était de bon goût et dénué de prétention.

— Ronan… tu t'en es très bien sorti.

J'avais du mal à digérer tout ça.

— Tu as l'air surpris, remarqua-t-il en haussant une épaule avec nonchalance. Mais je travaille dur. Ou je l'ai fait, en tout cas. Je n'ai plus besoin de travailler autant, maintenant. Ni aussi dur.

Je fronçai les sourcils.

— Pourquoi ? Qu'est-ce que ça veut dire ?

Je n'étais pas sûr qu'il accepterait de s'expliquer, vu qu'il lui faudrait me donner des détails qu'il n'avait visiblement pas envie que je connaisse.

— J'ai acheté ma première maison peu de temps après avoir obtenu mon diplôme. Elle nécessitait beaucoup de travail, bien sûr, pour être dans mon budget. J'ai dû m'occuper de la majeure partie des rénovations moi-même, avec l'aide de quelques bons amis pour économiser de l'argent et la rendre habitable. Quand j'ai eu terminé, j'ai aussitôt reçu une offre que je ne pouvais refuser, à moins d'être un imbécile. Je l'ai acceptée et je me suis fait un bon profit. Après ça, j'ai acheté un autre logement à rénover parce que j'avais beaucoup appris avec le premier. J'ai vendu la deuxième maison et ai investi l'argent dans une autre, plus grande et collective. Après l'avoir vendue, j'ai investi dans mon premier immeuble d'appartements. Plus petit qu'ici, dans lequel j'ai vécu pendant un temps et qui m'appartient encore. Maintenant, j'achète des immeubles délabrés, en saisies immobilières ou en ventes à découvert, pour la plupart, dans toute la ville et ses environs. Je les rénove intégralement, puis je loue les appartements ou les transforme en copropriétés.

— Tu es doué de tes mains.

Entre autres choses.

La dernière chose à laquelle je m'attendais de la part de Roe après la fac, c'était de se lancer dans le bâtiment. À la fin de sa deuxième année, il avait choisi de se spécialiser dans l'entrepreneuriat.

Je m'attendais à ce qu'il se tourne vers le secteur technologique, qui était en pleine expansion à l'époque. Au lieu de ça, il s'était lancé dans la rénovation de maisons. Il avait peut-être trouvé une utilisation parfaite de ses études, finalement.

— Je ne m'occupe plus des travaux moi-même. J'ai toute une équipe d'employés qui se charge des rénovations. Ils s'occupent aussi de l'entretien et des réparations dans mes immeubles occupés. Ils sont très compétents et fiables, parce que je les paie généreusement pour leur expertise, que ce soit dans le domaine électrique, de la menuiserie, du chauffage ou de la plomberie. S'ils ne peuvent pas se charger d'un problème précis, j'embauche un contractant. Je n'achète plus de résidences individuelles ni collectives. Je m'en tiens aux immeubles de capacité plus élevée. Comme celui-là.

Je l'écoutai avec intérêt me raconter ses débuts dans les affaires, non seulement ravi de son succès, mais aussi de le voir s'ouvrir à moi alors que je pensais qu'il ne me dirait rien du tout.

Je considérais ça comme un autre pas en avant. Je devais le convaincre de continuer de parler. En tant que journaliste et présentateur expérimenté, poser des questions était ma spécialité. Mais je décidai de lui en poser des faciles pour éviter qu'il ne se referme comme une huître.

— C'est ton plus grand ?

— Non.

— Alors, pourquoi tu vis ici ?

Je ne savais pas s'il s'en rendait compte, mais je faisais aussi la conversation pour repousser le sexe – la raison pour laquelle il m'avait emmené dans son penthouse au départ – ne serait-ce que pour un temps. Je voulais désespérément rétablir la connexion entre nous, et ce serait peut-être le début.

Si j'arrivais à renouer ce fil coupé, le sexe pourrait peut-être le renforcer.

— L'emplacement. En plus, l'étage supérieur de cet immeuble était parfait pour un penthouse. Il a une bonne structure, et le fait d'ouvrir les appartements plus petits offrait beaucoup de fenêtres et de luminosité. Je l'ai conçu moi-même et je l'adore. La vue est incomparable dans cette zone, et il est situé au cœur de la ville.

Oui, la ville qu'on aimait tous les deux tellement. Après mon départ, elle m'avait manqué. Mais je savais que, si j'étais resté, elle n'aurait fait que me rappeler Ronan et ce que je ne pouvais plus avoir.

Pendant qu'il parlait, il versa un doigt de Macallan dans deux verres posés sur le plan de travail en marbre noir de la cuisine. Il avait donc prévu qu'on ne reste pas sur le toit ce soir. Je n'avais même pas besoin de demander.

Un verre dans chaque main, il approcha et m'en tendit un. J'en avais bien besoin pour calmer ma nervosité. Je bus une gorgée prudente du liquide riche et ambré ; il coula sans mal dans ma gorge et me réchauffa les entrailles.

— Exception faite de la Range Rover, à te regarder, je

n'aurais jamais pu deviner que tu avais si bien réussi dans la vie.

— Et je ne me serais jamais attendu à ce que tu touches le fond.

Touché. Je me frottai le front avec le pouce tout en observant l'homme debout devant moi.

— Je l'ai bien mérité.

— La vie affecte même les meilleurs d'entre nous. On peut contrôler certaines choses, mais pas toutes.

Il haussa les épaules et porta son verre à ses lèvres. Quand il eut fini de boire, il continua.

— L'apparence et la façon de s'habiller d'une personne ne permettent pas de mesurer son succès. À vrai dire, je préfère être considéré comme un type ordinaire.

— Un Roe ordinaire, plaisantai-je, même s'il n'y avait rien d'ordinaire chez l'homme qui se tenait à un peu plus d'un mètre de moi.

Il acquiesça d'un signe de tête.

— Alors... tu ne portes jamais de costume ?

Je ne connaissais pas beaucoup d'hommes d'affaires accomplis qui n'en portaient pas. Si j'avais eu de l'argent, j'aurais été prêt à payer pour voir Ronan dans un costume sur mesure.

— Juste pour les mariages et les enterrements.

— Mais pas pour bosser ?

Il aboya un rire sec.

— J'en suis arrivé à un point dans ma vie où je n'ai plus besoin de m'habiller pour impressionner. Je ne m'appuie que sur mes succès pour en engendrer plus et bâtir des ponts financiers. Je ne reçois d'ordres de personne et je ne cache plus qui je suis à personne non plus.

Il avait prononcé ces derniers mots de manière entendue. C'était bien noté de mon côté.

— Même si je n'étale pas ma richesse, je peux fièrement affirmer être un homme d'affaires gay qui s'habille de manière décontractée, mais qui peut se permettre d'acheter un pâté de maisons entier. En liquide. Si quelqu'un est incapable de m'accepter pour ce que je suis, je préfère ne pas faire affaire avec lui.

En liquide. Mes genoux tremblèrent un peu.

Bordel de merde. En ce moment, j'aurais de la chance si je trouvais un billet de 10 dollars froissé dans mon portefeuille.

C'était comme si nos vies avaient été complètement inversées.

Avec qui que ce soit d'autre, les paroles de Ronan auraient ressemblé à de la vantardise.

Mais ses mots étaient emplis de passion, ils ne dégoulinaient pas d'arrogance comme chez certaines personnes auprès desquelles j'avais grandi. Mes parents avaient un tas d'amis et de connaissances qui prenaient de haut tous ceux qui étaient moins fortunés qu'eux. Ils rejetaient tous ceux qu'ils considéraient comme n'étant pas à leur niveau.

Comme ils me rejetaient, moi, aujourd'hui. Un homme ruiné qui s'était séparé de sa famille et qui était financièrement au fond du trou. Je n'étais plus digne de leur temps ni de leur intérêt.

Je m'en moquais.

Mes enfants étaient ce qui me rendait riche, pas l'argent. Je leur accordais plus de valeur qu'à n'importe quoi d'autre.

Je me fichais que Ronan soit pauvre, à la fac. Et le fait qu'il soit riche aujourd'hui ne faisait aucune différence non plus.

Encore une fois, je n'étais intéressé que par l'homme sous la peau tatouée, et pas par l'argent. À l'époque, je l'aimais pour ce qu'il était, pas pour les biens matériels ni le confort qu'il pouvait apporter. Ronan avait des origines très modestes. Et il avait gardé cette humilité, même s'il devait être multimillionnaire maintenant. Un homme qui portait des jeans déchirés, de vieux T-shirts et qui décorait son corps avec des tatouages.

Il menait sa vie comme il l'entendait, pas comme les gens s'attendaient à ce qu'il le fasse.

J'allais devoir prendre exemple sur lui.

— Ce n'est pas en portant un costume que j'ai réussi. M'habiller d'une certaine manière n'est pas ce qui m'a appris à investir et à faire grandir mon portfolio, que ce soit en matière d'actions, de titres ou d'immobilier. J'ai acquis ça en travaillant dur et en ayant un bon sens des affaires. En étant dévoué et déterminé. Si j'avais voulu me retrouver étranglé par les attentes de la société, j'aurais suivi les règles tacites. Mais ces règles sont faites pour être brisées. Contrairement à mon cœur.

Je m'efforçai de ne pas me laisser atteindre par cette petite pique parce que, malgré ça, il était en train de se confier à moi. En temps voulu, j'espérais que ces piques blessantes se raréfieraient et qu'il s'ouvrirait de plus en plus.

Il me faudrait une tonne de patience et avoir la peau dure, mais pour l'instant, c'était tout ce que j'avais.

— Après m'être construit un portefeuille immobilier, j'ai rassemblé une petite équipe de direction parce que je ne pouvais plus tout gérer moi-même. Mon équipe a grandi en même temps que mon portefeuille immobilier. Maintenant, non seulement elle gère mes immeubles, mais elle s'occupe aussi des bâtiments commerciaux et résidentiels d'autres personnes.

— Tu es un collectionneur d'immeubles et d'entreprises, résumai-je pour l'encourager à continuer de parler.

— Je collectionne beaucoup de choses.

— Comme les hommes ? Comme celui dans l'ascenseur l'autre fois ?

— Ces investissements sont pour mon avenir. Ces hommes sont juste mes...

— Jouets ?

— Un exutoire. Je conserve ce qui me fait gagner de l'argent. Je me débarrasse de ce qui n'en fait pas.

Je bus une autre gorgée du scotch coûteux. Ça aurait dû constituer un signe évident.

La Range Rover. Le Macallan. Le fait qu'il passe par une autre entrée que les autres résidents pour accéder au toit. Mes talents d'investigateurs étaient peut-être rouillés depuis que, dans la chaîne de télévision où je travaillais avant, j'avais gravi les échelons jusqu'à ne plus avoir qu'à lire les actualités devant la caméra. Aucune de ces nouvelles n'ayant été découvertes grâce à mon propre travail sur le terrain.

Avec ce nouveau boulot, j'étais de retour dans les tranchées. C'était plus laborieux et ça payait moins que de rester assis derrière un bureau pour les infos du soir.

Quoi qu'il arrive, j'étais prêt à mobiliser le temps et les efforts nécessaires pour en revenir au point où j'étais avant. Une « belle gueule » devant la caméra, avec un salaire plus gros qui m'aiderait à me libérer de la montagne de dettes sous laquelle je croulais en ce moment.

— Alors, tu as abandonné ton rêve de te lancer dans l'industrie technologique.

— Ça n'a jamais été mon rêve, T. C'était juste une direction. J'ai dérivé de cette voie quand j'en ai trouvé une meilleure.

— Dérivé, répétai-je lentement.

Ce n'était pas le mot que j'aurais choisi pour décrire sa carrière.

Il haussa les épaules.

— J'ai enfoncé la pédale d'accélérateur.

J'avais envie de lui dire que j'étais fier de tout ce qu'il avait accompli, mais je n'étais pas sûr qu'il soit prêt à accepter mes compliments. Il ne voulait sûrement rien de moi mis à part le sexe. Un exutoire, comme il l'avait dit.

J'allais m'efforcer de changer ça. Un pas à la fois.

Je terminai le scotch vieux de dix-huit ans et posai le verre vide à côté de la bouteille qui avait dû coûter la moitié de mon loyer mensuel.

— Je peux ? demandai-je avec un geste de la main, ne sachant trop s'il apprécierait que je déambule dans sa maison.

Ronan hésita pendant quelques secondes avant de hocher la tête.

Je me dirigeai vers le long couloir du côté opposé à la « grande salle », impatient de voir le reste du penthouse.

Étonnamment, il ne me suivit pas et me laissa explorer tout seul. Je supposais que ça voulait dire qu'il n'avait rien à cacher.

Pendant que je me baladais dans ce penthouse bien trop grand pour une seule personne, je scrutais les environs à la recherche du moindre signe de la présence d'autres hommes – qu'ils soient actuels ou passés, mis à part ses rencards de Grindr.

Je ne trouvai rien.

J'hésitai entre le soulagement à cette idée et la tristesse.

J'étais content pour moi. Triste pour lui. Je me demandais si j'avais été sa seule relation sérieuse.

J'avais toujours voulu qu'il soit heureux. Je prenais l'entière responsabilité de la façon dont son bonheur avait été anéanti, toutes ces années plus tôt.

Les seules photos que je vis – la plupart dans son grand bureau bien équipé avec une vue aussi impressionnante que dans son salon – étaient de ses parents à l'époque où son père était encore en vie, ou de sa mère à une période plus actuelle. Certaines montraient aussi Ronan et son frère. Il y en avait même deux de Declan avec sa famille.

L'immense chambre principale comportait un grand lit double et était décorée dans des teintes grises avec des accents blancs et noirs.

Très chic.

Comme ses voitures. Et contrairement à sa façon de s'habiller.

Cet homme était vraiment une énigme.

J'étais ravi de son succès, et encore plus heureux de voir qu'il s'en était encore mieux sorti que je l'espérais.

Ça me faisait aussi prendre d'autant plus conscience que je n'avais pas été là pour lui. Je n'avais pas été à ses côtés quand il avait bâti son entreprise et connu le succès.

Mais si on était restés ensemble, il n'aurait peut-être pas réussi à ce point. Sa vie aurait peut-être été différente. Il ne se serait peut-être pas poussé à aller aussi loin.

Je ne m'attribuais pas le mérite de son succès, mais je me demandais dans quelle mesure ma vie aurait été différente si je n'avais pas fait les choix que j'avais faits.

Chapitre Quinze

Ronan (aujourd'hui)

J'APPUYAI la hanche contre le plan de travail de la cuisine et sirotai mon scotch en attendant que Tate fasse la visite de mon appartement.

Je n'arrivais pas à croire que Tate Harris était en train de se balader dans *mon* penthouse, *ma* maison, après toutes ces années. Et je le laissais faire.

Plus fou encore, on s'apprêtait à coucher ensemble.

Jamais je ne me serais attendu à ce qu'on en revienne à cette étape de nos vies. Ses questions étaient une tactique évidente pour temporiser – pas parce qu'il ne voulait pas qu'on couche ensemble, même s'il n'était peut-être pas enthousiaste à l'idée de se retrouver en dessous – mais parce qu'il voulait connaître des détails sur ma vie et que j'abaisse les murs de la forteresse que j'avais bâtie autour de moi.

Je lui avais donné quelques détails – ceux qu'il aurait facilement pu trouver en ligne, s'il avait pris la peine de chercher –, mais je n'avais pas tout dit.

Il devrait le mériter. Il ne pouvait pas revenir dans ma vie et s'attendre à ce que je me comporte comme s'il n'en était jamais parti.

Parce qu'il l'avait fait.

Et j'avais du mal à lui pardonner ça.

Au bout du compte, c'était ce qu'il attendait de moi. Le pardon.

Ce ne serait pas facile, peut-être même impossible.

Même s'il voulait un nouveau départ, je n'étais pas sûr de pouvoir me remettre de notre rupture.

En attendant son retour, je repensai aux succès que j'avais connus au fil des années. Aurais-je aussi bien réussi si Tate et moi étions restés ensemble ?

Aurais-je été aussi déterminé ? Me serais-je battu autant pour me forger ma place dans le monde ? Pour donner tort à tout le monde ? Pour prouver que quelqu'un comme moi pouvait se hisser jusqu'au sommet ?

Peut-être pas. À l'époque, Tate avait une vie facile. Je me serais peut-être complu dans cette vie facile avec lui.

Je pouvais remercier les magouilles calculatrices de Dahlia, supposai-je, pour ma détermination à forger ma propre voie dans la vie.

Elle savait que sa famille était riche, et elle ne n'avais pas cherché à faire carrière. Elle n'était allée à la fac que pour se trouver un bon mari qui lui permettrait d'être une femme au foyer. Ou une femme « trophée ». À la fac, elle s'était spécialisée dans la chasse au mari. Et quand elle avait posé les yeux sur Tate, elle avait trouvé sa cible.

Sauf qu'un première année était arrivé et avait foutu en l'air tous ses plans. Elle avait Tate entre ses griffes, et je l'en avais libéré sans même le faire exprès. Elle avait considéré toute cette période passée avec Tate comme du temps perdu quand il avait rompu avec elle.

À l'approche de la remise des diplômes, quand elle avait compris qu'elle n'avait aucune excuse pour éviter d'avoir à trouver un boulot, puisqu'elle ne s'était pas trouvé de mari potentiel, elle avait paniqué et avait décidé de piéger Tate pour le pousser à coucher à nouveau avec elle.

Son intention première avait sûrement été de le convaincre qu'il n'était ni gay ni bi. De lui montrer qu'il était juste perturbé et lui prouver qu'il était hétéro.

Pire encore, de le persuader que je lui avais juste embrouillé la tête. Que c'était moi, l'intrigant, et pas elle.

Mais la méthode utilisée pour prouver tout ça s'était avérée bien plus efficace.

Et elle avait changé le cours de nos vies.

Ronan (avant)

Même si la remise de diplôme de Tate n'était que dans quelques jours, il me manquait déjà. À moins qu'il ne soit pris à l'un des postes pour lesquels il avait candidaté à Pittsburgh ou dans les zones avoisinantes, nous serions séparés pendant les deux prochaines années, le temps que je termine mes études.

Oui, nous pourrions passer les étés et mes vacances entre les semestres ensemble, mais ce ne serait jamais suffisant pour nous.

On pourrait aussi s'appeler, s'envoyer des messages, des e-mails et même se contacter sur Skype, mais ce n'était pas pareil que de monter au lit avec lui tous les soirs et me réveiller à côté de lui tous les matins.

J'espérais qu'on puisse au moins passer cet été ensemble dans l'appartement qu'on partageait maintenant. Puisque c'était la dernière année que j'étais obligé de vivre sur le campus, s'il trouvait un boulot dans le coin, je pourrais enfin arrêter de payer ma chambre de dortoir, où j'étais très rarement, et emménager « officiellement » avec Tate.

Mais si ce dernier partait trop loin pour entamer sa carrière de journaliste, je prendrais une autre chambre sur le campus pour mes deux dernières années. Ce serait plus économique et pratique.

Ça craignait, mais je n'arrêtais pas de me dire que je devais me montrer patient en ce qui concernait notre relation. Le temps que j'investissais en ce moment, à la fois avec Tate et dans mes études, serait rentabilisé à l'avenir.

Obtenir mon diplôme à la fac et être sur la liste d'honneur du doyen chaque semestre était aussi important pour moi que Tate. Il m'encourageait à rester et à finir mes études.

Je passais un diplôme d'entrepreneuriat, une voie à laquelle je n'avais même pas pensé jusqu'à ce que mon conseiller me la suggère. Mes oreilles s'étaient dressées, et je l'avais tanné pour qu'il me donne tous les détails.

J'imaginais que quelqu'un me demanderait : « Qu'est-ce que tu fais dans la vie », et que je répondrais : « je suis un entrepreneur », d'un ton désinvolte. Ça semblait peut-être un peu snob, et ça rendait l'idée encore plus drôle pour moi qui avais tant de mal à joindre les deux bouts en ce moment.

Mais ce qui avait vraiment attiré mon attention, c'était que mon conseiller m'avait parlé d'un programme universitaire qui me donnerait l'opportunité de créer ma propre microentreprise dans laquelle l'école investirait un capital de départ.

Je savais que je ne pouvais pas laisser passer cette occasion, même si ça semblait trop beau pour être vrai.

Mais si je créais une microentreprise et que je m'en sortais bien, je serais déjà lancé sur la voie du succès.

Je croyais en l'importance de saisir les occasions.

Et ça incluait aussi l'homme qui s'était assis à côté de moi en cours pendant mon premier semestre à Duquesne.

En ce moment, j'attendais que cet homme passe la porte de notre appartement.

Il m'avait envoyé un message un peu plus tôt, dès son arrivée à KDKA. Il était allé rencontrer la direction dans l'espoir d'être pris à un poste de salarié permanent. Les chances qu'on l'accepte étaient plutôt bonnes, vu qu'il avait passé tout l'été dernier en stage pour la chaîne de télé, qu'il avait pu apprendre les ficelles du métier et voir ce qui se passait derrière les caméras. Par contre, ce rendez-vous était censé avoir eu lieu plusieurs heures plus tôt.

Je ne voulais pas lui envoyer de message ni l'appeler au cas où le rendez-vous aurait été retardé ou se serait éternisé. J'espérais que son absence prolongée était un bon signe.

Il s'était peut-être même arrêté en chemin pour acheter de quoi fêter ça.

Un tas de possibilités tournaient dans ma tête.

Je voulais qu'il obtienne ce boulot à KDKA plus que tout au monde. Comme ça, on pourrait rester tous les deux à Pittsburgh, ville qu'on considérait désormais comme notre « maison ». Mieux encore, on pourrait rester ensemble et continuer de développer notre relation.

Je me levai du canapé et mon corps se mit à bourdonner d'excitation quand j'entendis ses clefs tinter dans le couloir.

— Comment ça s'est passé ? demandai-je dès que la porte s'ouvrit et qu'il entra.

Aussitôt, je sentis que quelque chose n'allait pas, et mon ventre se serra.

Son visage était trop sérieux, et quelque chose clochait

dans l'atmosphère. D'habitude, Tate m'accueillait avec l'un de ses beaux sourires et demandait un baiser qui menait parfois à plus.

Je ravalai la boule dans ma gorge et tentai d'ignorer l'appréhension qui emplissait ma poitrine.

— Ronan...

Mon cœur se serra, puis commença à se briser en entendant la façon dont il avait prononcé mon nom. Non seulement il m'avait appelé par mon nom complet, mais je ne l'avais encore jamais entendu le prononcer comme ça.

Avec prudence. Comme s'il me préparait au pire.

Je devais imaginer des choses. Ou bien j'étais trop sensible, parce que j'avais tellement envie qu'il reste à Pittsburgh avec moi.

Je fis deux pas vers l'endroit où il se tenait, près de la porte. Il n'avait même pas encore posé son sac à bandoulière. D'habitude, il le lâchait tout de suite parce que, comme son vieux sac à dos, il était si plein à craquer qu'il était lourd et gonflé.

— Le rendez-vous ne s'est pas bien passé ?

Mon cœur cognait dans ma poitrine.

Boum.

Boum.

Boum.

— Ça s'est bien passé, mais...

Il pinça les lèvres.

— Mais tu n'as pas eu le poste, conclus-je.

Il secoua la tête.

— Merde, marmonnai-je. Eh bien, tu seras peut-être pris chez WPIX. Il y a tellement d'organes de presse, de stations de radio ou de chaînes de télévision en ville et tout autour, je suis sûr que...

— Roe, j'ai reçu un message de WGAL ce matin. Ils me proposent un poste sur leur chaîne à Harrisburg.

Harrisburg.

Il se tut une seconde pour me laisser le temps de digérer ça, puis termina :

— Je les ai rappelés après... commença-t-il avant de secouer la tête. Après mon rendez-vous avec KDKA, et j'ai accepté.

J'essayai de rester positif. Je savais que c'était une possibilité. Je m'y étais préparé.

— C'est un bon poste ?

Il hocha la tête, mais il n'avait pas l'air heureux. En fait, son expression montrait qu'il était anéanti. Je ne comprenais pas.

— Je commencerai comme journaliste d'investigation.

C'était ce qu'il voulait.

— Et le salaire est bon ?

Il hocha à nouveau la tête et se lécha les lèvres. Il était pâle comme un linge.

Il me cachait quelque chose.

Quoi que ce puisse être...

Je haussai les épaules comme si ce n'était pas si grave, alors que c'était loin d'être vrai.

— Harrisburg, ce n'est pas si loin. Seulement à trois heures d'ici environ.

Tate s'apprêtait à s'élancer vers de grandes choses, et son comportement était peut-être dû à la nervosité. Ou bien c'était parce qu'il ne voulait pas qu'on se retrouve séparés une fois les vacances d'été terminées.

Je haussai à nouveau les épaules, tentant de cacher que j'étais bouleversé.

— Je suis sûr que j'arriverai sans mal à trouver du boulot à

Harrisburg pour l'été, et je reprendrai un autre logement sur le campus à l'automne. On s'arrangera.

Il n'avait toujours pas bougé.

La seule fois que je l'avais vu aussi mal, c'était l'hiver dernier, quand il avait attrapé la grippe et qu'il n'arrêtait pas de vomir.

Mais contrairement à cette fois-là, il était silencieux. Trop silencieux.

Jusqu'à ce qu'il se mette à parler.

— Ronan... dit-il, ses prochains mots s'échappant de sa bouche à toute vitesse. Tu ne peux pas venir à Harrisburg avec moi.

Quoi ?

— Mais c'était notre plan, de passer l'été ensemble, quel que soit l'endroit où tu serais pris.

— Je sais...

Il parlait comme si les prochains mots qu'il s'apprêtait à prononcer seraient une torture.

Non. Quoi qu'il se passe, ce devait être grave. Je me préparai.

— Ronan...

Non.

— Il y a autre chose.

Autre chose ? Il me quittait, qu'est-ce qu'il pouvait y avoir de pire ?

— Mes parents sont venus à Pittsburgh en avance pour me faire la surprise.

Merde. Ses parents devaient arriver demain pour assister à sa remise de diplôme, pas aujourd'hui. Il comptait leur annoncer la nouvelle, à propos de nous. Leur dire qu'il était gay. Tout mettre enfin à plat, puisqu'il s'apprêtait à terminer ses études et à passer à la prochaine étape de sa vie.

Avec moi.

On avait même répété plusieurs fois ce qu'il dirait et comment il le dirait. Il s'était entraîné parce qu'il était nerveux. J'étais mal à l'aise aussi parce qu'il n'était pas sûr qu'ils acceptent la situation. Qu'il soit gay ou que je fasse partie de sa vie.

À mon avis, s'il n'était pas sûr, c'était qu'ils ne l'accepteraient sûrement pas.

Je n'aimais pas la direction que ça prenait. Pas du tout.

Surtout qu'il dut prendre une grande inspiration avant de me dire ce qui sortit de sa bouche ensuite :

— Quand je suis sorti de mon rendez-vous avec KDKA, ils m'attendaient déjà dehors. Ils voulaient m'emmener déjeuner. Je me suis dit que j'allais leur annoncer aujourd'hui ce que je comptais leur dire demain, mais...

— Mais ? répétai-je.

Ma voix donnait l'impression que j'étais tout au fond d'un puits. J'allais vomir, j'en étais sûr. Mon estomac se contractait et j'avais la tête qui tournait. Je voulais juste qu'il dise ce qu'il avait à dire. Et vite.

— En chemin vers le restaurant, ils m'ont dit qu'ils avaient une surprise pour moi.

Je n'aimais pas ça du tout.

— Ce n'était pas une surprise, Roe. C'était une embuscade.

— Comment ça, une embuscade ?

— Quand je suis arrivé, Dahlia et ses parents étaient déjà à la table, en train de nous attendre.

Quoi ?

— C'était ça, la surprise.

— OK... alors, tu as mangé avec...

Il secoua la tête.

— Dahlia est enceinte, annonça-t-il d'une voix précipitée. On va se marier.

Je clignai des yeux sans comprendre.

Puis, le sens de ses mots me heurta comme un sac de briques sur la tête.

Non. Non. Non.

C'étaient deux phrases que je ne voulais jamais entendre. Que je ne m'étais jamais attendu à entendre.

Ma gorge se noua. Mes yeux me brûlèrent. Mon cœur cessa de battre.

Ce qu'il disait était impossible. Ils avaient rompu depuis deux ans. On était ensemble depuis lors.

À moins que...

À moins qu'ils n'aient jamais rompu et que Tate m'ait menti ?

Ou que Tate ait menti à Dahlia ?

Ou qu'il nous ait menti à tous les deux ?

Non. Dahlia était venue me voir le jour où il avait rompu avec elle, je savais donc qu'il l'avait fait. Tate et moi en avions même parlé ensuite, et il m'avait tout raconté.

Il m'avait répété toute la conversation dans les moindres détails.

Alors...

Rien de tout ça n'avait de sens. Pire encore, il ne m'expliquait rien du tout.

Pourquoi était-il aussi silencieux ?

Il me faisait peut-être juste une farce.

— C'est une blague, hein ? Tu te fous de moi.

Comme il continuait de ne rien dire, je le dévisageai, priant pour qu'il se mette à rire.

— Tate, tu te fous de moi, hein. Dis-moi que c'est juste une mauvaise blague.

Sa pomme d'Adam remua dans sa gorge avant de retomber comme une pierre.

— J'aimerais que ce soit le cas.

Je me pinçai le bras, parce que ce devait être un cauchemar. J'allais me réveiller et tout serait comme d'habitude. Plutôt que ce qui arrivait en ce moment.

— Je ne comprends pas. Comment ça a pu arriver ? Tu as rompu avec elle. C'est ce que tu m'as dit. Tu as rompu avec elle, Tate !

— Je... c'est vrai.

— Alors, comment ça a pu arriver ? Et dans les derniers mois ?

Rien de tout ça n'avait de sens.

— On est ensemble depuis deux ans. Je *croyais* qu'on ne couchait que l'un avec l'autre. Tu m'as menti.

— Non. C'était le cas. C'était juste une erreur...

— Je n'arrive pas à comprendre ce que tu dis. Ni pourquoi tu voudrais coucher à nouveau avec Dahlia. Je croyais que tu m'aimais.

— Je t'aime, Roe. Plus que tout.

Il poussa un soupir.

— Ce qui s'est passé n'avait rien à voir avec l'amour.

— Apparemment, lâchai-je entre mes dents.

Je me plaquai une main sur le front et tournai les talons, faisant de grandes enjambées pour mettre de l'espace entre nous. Quand j'arrivai au bout de notre salon, je me tournai à nouveau vers lui. L'appréhension que j'avais ravalée remonta la surface sous forme de colère.

— Je le savais ! Je savais que, si tu avais pu le faire à Dahlia, tu pouvais tout aussi bien recommencer avec moi.

Il fronça les sourcils.

— Faire quoi ?

— Me tromper !

— Ce n'était pas ça, Roe. Je n'ai pas... ce n'était pas... Elle m'a demandé... Elle essayait de... Putain ! s'écria-t-il. Putain,

Roe. Je n'avais pas prévu de faire ça. Je n'en avais même pas envie. J'étais... perturbé, et c'est arrivé.

J'ignorai tout ce qu'il venait de dire parce que j'avais aussitôt perdu toute confiance en lui. Je n'en avais plus du tout.

— Pire encore, tu ne m'as *rien* dit. *Rien,* Tate. Je ne l'aurais jamais su, si elle n'était pas tombée enceinte.

Ses narines se dilatèrent, et il eut enfin l'audace d'avoir l'air coupable.

— Tu as raison, je n'en aurais pas dit un mot, parce que je n'ai jamais voulu que ça arrive. Mais c'est arrivé, et je ne peux pas revenir en arrière. Je peux juste essayer d'arranger les choses.

— Je sais comment arranger les choses, moi, articulai-je.

— Je... commença Tate en secouant la tête. Je ne peux pas faire ça, et c'est trop tard de toute façon. Elle s'en est assuré. Elle a aussi annoncé la nouvelle alors que mes parents étaient assis à la table. Elle leur a dit qu'elle gardait ça secret parce qu'elle voulait me faire la surprise en guise de cadeau pour la remise de diplôme.

Un cadeau pour la remise de diplôme ?

— Elle le savait depuis plusieurs mois, et elle a attendu d'être devant mes parents pour me le dire. Elle sait qu'ils l'adorent, et elle savait qu'ils nous mettraient la pression pour qu'on se marie. Elle l'a même annoncé à ses parents avant moi.

À dessein, sans aucun doute. *Quelle garce manipulatrice.*

— Tate, tu peux être là pour ton enfant sans épouser une femme que tu n'aimes pas.

Ça arrivait tous les jours. Un tas de gens parvenaient à élever un enfant en étant séparés.

— Roe...

Il n'avait toujours pas expliqué comment c'était arrivé. Il

m'avait juste dit qu'il avait été « perturbé » et que c'était « une erreur ».

— Elle t'a piégé ? Qu'est-ce qu'elle t'a dit pour te convaincre de coucher avec elle sans protection ?

— Elle n'a pas eu à me convaincre.

Ma mâchoire manqua de se décrocher.

— Tu as fait ça de ton plein gré ?

Il poussa un soupir. Il me cachait les détails. Il y avait forcément une raison. Quelque chose ne tournait pas rond du tout dans cette histoire.

— On peut s'asseoir pour que je...

— Non, Tate. On ne va pas s'asseoir et avoir une conversation tranquille. Je veux connaître les détails de cette prétendue erreur. Quand est-ce que c'est arrivé ?

— Pendant les vacances d'hiver.

Mon cerveau rembobina.

Il était rentré chez lui à Noël pour passer un peu de temps avec sa famille. J'avais fait pareil, et j'avais retrouvé ma mère et la famille de mon frère pour les fêtes.

Même si on était en couple depuis deux ans, Tate n'en avait toujours pas parlé aux siens. Ils ne savaient pas qu'on était ensemble.

Deux ans plus tard, bordel.

C'était pour ça qu'il comptait leur annoncer demain. Ça m'apprendrait à me montrer patient et compréhensif. Je m'étais fait baiser, dans tous les sens du terme.

— Mais vous ne vivez pas l'un près de l'autre, m'obligeai-je à dire. Comment vous avez pu vous retrouver pendant les vacances d'hiver ?

Il allait falloir qu'il se mette à parler, et vite. La patience que j'avais conservée ces deux dernières années était en train de s'effriter. Et je n'étais pas sûre de pouvoir la retrouver un jour.

Il prit une expression lugubre. Autant que mon avenir. *Notre* avenir.

— Mes parents les ont invités au Nouvel An, elle et ses parents. Comme tu le sais, mes parents l'ont toujours beaucoup appréciée. Ils étaient mécontents que j'aie rompu avec elle. Pendant les vacances, nos parents ont essayé de jouer les entremetteurs et de nous remettre ensemble. J'étais pris au dépourvu, Roe. Ils m'ont pris par surprise.

Encore un foutu secret.

— Tu ne m'as rien dit.

— Je ne voulais pas t'ébranler. Ce n'était pas important. Je me suis dit qu'ils pouvaient jouer à ça autant qu'ils voudraient, je reviendrais toujours vers toi. Je t'aime, Roe.

— Mais ta queue s'est retrouvée dans Dahlia.

Il n'avait pas envie de me raconter les détails. Pourquoi ? Pourquoi n'arrêtait-il pas d'essayer de gagner du temps ?

Il ferma les yeux et oscilla un peu, ses doigts serrant son sac si fort que les articulations blanchirent. Quand il rouvrit ses yeux bleus que j'aimais tellement, j'y vis une expression abattue.

L'espace d'une seconde, j'eus de la peine pour lui, quoi qu'il s'apprête à dire. J'eus de la peine à l'idée qu'il se retrouve dans cette situation. Puis, je me rendis compte que ce qui lui était arrivé m'avait transformé en victime, moi aussi. Et il ne m'avait pas prévenu, ni protégé.

Il croyait vraiment que je ne découvrirais jamais ce qui s'était passé entre Dahlia et lui.

— C'était le Nouvel An, et je me suis saoulé. Elle s'est glissée dans ma chambre. Je n'ai pas...

Il secoua la tête.

— Je n'ai jamais voulu que ça arrive, Roe, mais c'est arrivé. Je me suis réveillé le lendemain matin, et je l'ai trouvée dans mon lit. J'étais en colère et je l'ai mise dehors. Je voulais tout oublier... j'*espérais* pouvoir tout oublier.

Le karma devait hurler de rire en ce moment.

— Oublier ? Comme tu as oublié de m'en parler ?

Moi qui attendais avec impatience qu'il rentre à la maison, alors qu'il était en train de déjeuner et de planifier son mariage avec ses parents et la famille de Dahlia.

Bordel de merde !

— Tu es sûr qu'elle est enceinte ? Ce n'est pas un piège ?

— Elle m'a montré une échographie.

— Elle est peut-être fausse.

— Son ventre commence déjà à s'arrondir.

— Elle a peut-être grossi.

— Ronan...

— Tu ne sais pas si c'est le tien.

Je me raccrochai au moindre espoir. Ça ne pouvait pas être réel.

— Je l'ai prise à part ensuite, et j'ai insisté pour qu'on fasse un test ADN avant de se marier.

Je n'arrivais pas à croire à ce que j'entendais.

— C'était un piège, Tate, murmurai-je.

Il était tombé droit dedans. Et il la laissait s'en tirer.

C'était ce que je ne comprenais pas.

J'avais toujours craint qu'elle fasse un truc comme ça. J'avais espéré qu'elle se montrerait plus mature. Apparemment, elle ne l'était pas.

— Elle t'a piégé. Tu ne le vois pas ? La vérité est sous tes yeux. Tu n'es pas obligé de l'épouser. Même si elle garde ce bébé. Tu peux te comporter en père sans rester avec la mère.

Je ne tentai même pas de cacher le désespoir dans ma voix.

Même si Dahlia était une garce sournoise, ça ne changeait rien au fait qu'il ne m'avait jamais parlé de ce qui s'était passé. Il avait continué sa vie comme si de rien n'était.

Mais le destin avait eu d'autres projets. Tout comme Dahlia.

Maintenant, il ne pouvait plus ignorer la situation. La vie venait de lui asséner une gifle. Et à moi aussi.

— Je ne peux pas continuer avec toi. Je ne peux pas supporter *ça*.

La brûlure de cette gifle empirait de seconde en seconde.

— Je hais tes parents. Je hais cette foutue garce. Et tu sais quoi, Tate ?

Je pris une inspiration pour apaiser la fureur qui brûlait en moi, mais ça ne marcha pas. À la place, elle explosa.

— Je te hais aussi.

Je ne voulais plus entendre ses excuses. Ni ses explications. Aucune n'avait de sens, de toute façon. Je n'arrivais pas à avaler tout ça. Je pointai la porte du doigt.

— Sors.

— Roe... s'il te plaît... je suis désolé. Je n'ai jamais voulu que...

Les mots se coincèrent dans ma gorge, mais je m'obligeai à les prononcer, lui coupant la parole :

— Je veux que tu partes le temps que je fasse mes valises.

— Je vis...

— Sors, Tate !

— Je paierai le loyer pour l'appartement. Tu peux rester ici cet été.

— Contrairement à Dahlia, je ne veux pas de ton argent, Tate ! C'est toi que je voulais ! hurlai-je, le faisant grimacer.

— Je suis désolé, Roe. Je suis tellement désolé...

Mon pouls cognait à mes tempes. Le sang affluait dans mes oreilles. Je ne l'entendais plus. Ne le voyais plus. Je ne pouvais rien faire à part continuer de hurler.

— Sors ! Sors ! Sors ! répétai-je jusqu'à avoir la gorge à vif, jusqu'à ce que mes larmes se tarissent et que mon cœur cesse de battre.

Et jusqu'à ce que...

Tate soit parti.

Chapitre Seize

Ronan (aujourd'hui)

Je n'étais pas allé à la remise de diplôme de Tate. Je ne lui avais pas dit au revoir.

Je ne l'avais plus jamais revu.

Plus jusqu'à ce jour où il était entré dans mon immeuble.

Et maintenant il était là, en train de déambuler dans mon penthouse, de faire comme si toutes ces années n'avaient jamais existé.

Même si ça avait été une erreur – qu'il ne pourrait effacer et que je ne pourrais oublier –, il avait très mal géré la situation.

Au final, Dahlia avait gagné. J'avais perdu.

Ce jour-là, j'avais fait mes valises, quitté notre appartement et décidé que je ne m'autoriserais plus jamais à perdre. C'était ce jour-là que j'avais durci mon cœur et ma détermination.

Dahlia avait eu ce qu'elle voulait et avait été heureuse. Ses parents avaient été satisfaits à l'idée que leur fille épouse un membre de la famille Harris. Ceux de Tate avaient obtenu la belle-fille qu'ils voulaient. Les deux personnes rendues malheureuses dans cette équation avaient été Tate et moi.

Malgré ça, j'avais continué d'avancer du mieux que j'avais pu. Tandis que Tate était resté coincé dans cet enfer.

Mais après tout, ça avait été son choix, et il avait dû vivre avec pendant plus d'une décennie. Une décennie à se réveiller à côté d'une personne qui l'avait trompé et manipulé.

Pendant que je me réveillais seul.

J'entendis Tate revenir dans le couloir avant de le voir. J'envisageai de lui dire de faire demi-tour et d'aller dans ma chambre, mais je voulais que nos ébats demeurent aussi impersonnels que possible. Autrement dit, je ne voulais pas qu'il entre dans mon lit.

— Ton appartement est... impressionnant, Roe, dit-il dès qu'il réapparut dans le salon. Tu t'en es bien sorti. Je suis...

Il s'interrompit.

— Tu n'as sûrement pas envie d'entendre ça, et venant de moi, ça ne voudra peut-être rien dire, mais... je suis fier de toi.

Il se trompait. J'avais envie de l'entendre dire ça.

Et cette « envie » me sidéra.

Je n'avais pas *besoin* de son approbation, mais elle comptait bien plus qu'elle n'aurait dû pour moi.

— Attends là, répondis-je. Je reviens tout de suite.

Quand je le dépassai, je gardai les mains contre mes cuisses pour éviter de l'attraper pour le traîner jusqu'à ma chambre. Quand je revins avec le lubrifiant et les préservatifs quelques minutes plus tard, Tate se tenait devant la baie vitrée et admirait la ville.

— C'est parfait, dit-il doucement en m'entendant approcher.

Il l'était aussi. Encore.

Mais je ne pouvais pas le laisser se frayer à nouveau un chemin jusqu'à mon cœur.

Pour préserver mon propre bien-être, je devais faire en sorte qu'il n'y ait que du sexe entre nous.

Comme ça, même s'il partait encore, j'aurais au moins bénéficié de ça.

De ce petit moment supplémentaire.

Mais ce souvenir serait-il à jeter ou à chérir ?

Cela me stimulerait-il, ou me briserait-il ?

Malheureusement, il n'y avait qu'un seul moyen de le découvrir.

À l'époque, j'avais voulu quelque chose de permanent. De manière inattendue, il ne m'avait offert que du temporaire.

Maintenant, il voulait une deuxième chance et le couple permanent qu'on avait perdu. Mais je n'étais pas sûr de vouloir lui donner ça un jour.

Par contre, j'étais prêt à trouver du temps pour lui. Pour nous. Après ça...

Je ne pouvais pas réfléchir à ce qui se passerait après. Je devais d'abord attendre de voir ce qui se passerait.

Il garda le dos tourné pendant que je posais le lubrifiant et les préservatifs à portée de main et entrais dans son espace personnel. L'odeur de son savon – ou de ce qu'il avait utilisé pour se préparer – envahit mes narines.

Quand il se retourna lentement et que son regard bleu croisa le mien... je sus tout de suite que tout ça serait très dangereux pour moi.

Il ne faudrait pas grand-chose pour qu'il anéantisse mon cœur et mon âme une fois de plus.

Je savais que c'était une mauvaise idée, mais je m'apprêtais à le faire quand même. Je me comportais à nouveau comme un idiot alors que j'aurais dû retenir la leçon la première fois.

Je détestais l'idée que, dans l'intervalle, personne n'avait pu le remplacer. Malgré tous mes efforts. Malgré tout ce que je faisais. Ou *qui* je me faisais.

Tate ne le savait peut-être pas, mais il était mon âme sœur. Il était aussi mon obsession.

Obsession que je n'avais jamais réussi à oublier.

J'avais vécu avec pendant toutes ces années en espérant que, un jour, je me réveillerais et qu'elle aurait disparu.

Comme il l'avait fait.

Et comme un addict, j'avais essayé de me convaincre qu'une dernière fois ne me ferait pas de mal. Que ça m'accorderait juste un soulagement temporaire et que je pourrais arrêter sans problème demain.

Je réduisis la distance entre nous jusqu'à ce que nos pieds nus se touchent. Je me penchai jusqu'à ce que nos bouches soient à quelques centimètres l'une de l'autre. Sans le toucher ni m'éloigner. Me contentant d'échanger nos souffles chauds à travers nos lèvres entrouvertes.

À chaque inhalation, je lui volais son oxygène. À chaque expiration, il me le reprenait.

Mais mes pensées n'arrêtaient pas de m'interrompre.

De me prévenir que je ne devrais pas recommencer.

De me rappeler que j'avais déjà un trou permanent dans le cœur. S'il le brisait encore, il ne resterait peut-être plus rien à guérir ensuite.

Je ne devrais pas l'embrasser. C'était bien trop intime.

Mais quand il murmura « Roe », je me concentrai sur sa bouche. Puis, j'écrasai mes lèvres sur les siennes.

L'impact fut si puissant qu'il recula en titubant jusqu'à ce que son dos se plaque à la fenêtre derrière lui, secouant la vitre. Mais je restai avec lui, gardant le contact. Pillant sa bouche. Combattant sa langue.

Luttant contre ces doutes qui envahissaient mon esprit.

Tentant de me convaincre que ce qu'on s'apprêtait à faire ne voulait rien dire. Que c'était exactement comme avec un rencard de Grindr.

Même si je savais...

Au fond de moi, je savais que c'était faux.

Et quand il me toucha... Quand ses longs doigts se refermèrent sur ma mâchoire pour approfondir le baiser...

Sa bouche était si avide. En demande d'affection.

Familière.

C'était comme rentrer à la maison après un long voyage.

Ses doigts glissèrent le long de ma poitrine, effleurant mes tétons et caressant le sillon de poils entre mon nombril et mon sexe douloureux. À son contact, je sentis une décharge crépiter le long de ma peau. J'avais ressenti la même chose quand, petit, j'avais eu la mauvaise idée d'enfoncer une fourchette dans une prise électrique, même si on m'avait défendu de le faire.

Cela me servirait-il de leçon de la même façon, une leçon à apprendre pour la deuxième fois ?

Ses doigts chauds ne s'arrêtèrent pas au niveau de l'élastique de mon short. Il l'abaissa sur son passage, puis referma la main sur moi. Son souffle se coinça dans sa gorge. J'approfondis le baiser quand il commença à me caresser. Doucement, au début. Avec hésitation. Puis, chaque mouvement de sa main devint plus audacieux, plus agressif.

S'il continuait comme ça, j'éjaculerais sur nous deux. Mais je n'avais pas envie de ça. Je comptais prendre son cul et le revendiquer.

Ne serait-ce que pour ce soir.

J'arrachai ma bouche de la sienne pour reprendre mon

souffle et rassembler mes pensées. Pour éviter de m'égarer, de me perdre dans ses caresses.

Mais j'en avais envie. J'en avais besoin.

Et, *bordel,* ce que ça m'avait manqué.

Ça me faisait mal dans la poitrine, presque autant que le jour où je l'avais perdu.

Je lui pris le poignet pour écarter sa main de mon sexe, puis relevai son T-shirt sur sa poitrine et par-dessus sa tête, laissant cette mèche de cheveux rebelle retomber sur son front.

Je l'ignorai. Par contre, je ne pouvais ignorer ses yeux.

Ils étaient plus sombres que d'habitude, emplis de chaleur et de désir.

Si je me regardais dans le miroir, j'étais certain que je verrais la même chose chez moi.

Mais j'y lisais aussi une supplique.

Pour que je lui pardonne, ou pour que je le baise ?

Peut-être les deux.

— Putain, grogna-t-il à moitié.

J'avais bien l'intention de le baiser. Vite, fort et longtemps.

Mais nous devions passer à cette étape sans tarder, avant que mes murs protecteurs ne s'effondrent totalement autour de moi. Ils commençaient déjà à se fissurer et s'effriter, et des morceaux tombaient à mes pieds.

La bouche entrouverte, il haletait légèrement. Je me penchai à nouveau, attrapai sa lèvre inférieure avec mes dents et la mordillai d'un coup sec avant de faire courir ma langue dessus et de prendre à nouveau sa bouche.

Non. *Ma* bouche. À cet instant, elle m'appartenait.

Cela ne dura qu'un instant. Parce que, comme avec ses caresses, je pourrais facilement me laisser enivrer par son baiser. Je ne pouvais pas faire ça toute la nuit.

Ça me rappelait une époque où on se blottissait ensemble sous une couverture, au lit ou sur le canapé, pour regarder la télé ou étudier. On en avait fait une compétition : combien de temps pouvions-nous nous embrasser sans que l'un de nous – ou les deux – se retrouve nu ?

Un défi pour voir qui pouvait tenir le plus longtemps.

Je m'arrachai au passé et rompis à nouveau notre baiser.

J'abaissai son short et libérai une érection très alléchante.

J'étais ravi de découvrir qu'il ne portait rien au-dessous.

Son membre oscillant, dont le large gland était humide à cause de liquide séminal, fit s'accumuler de la salive dans ma bouche au souvenir de son goût et de sa sensation contre ma langue.

Je fus tenté de me laisser tomber à genoux pour y goûter à nouveau.

Pas ce soir. Tiens-t'en au plan. C'est plus sûr.

Bien sûr, je me mentais à moi-même, mais c'était un mensonge de plus parmi beaucoup d'autres, et je décidais de l'ignorer.

Je baissai encore plus son short en prenant mon temps, évitant volontairement de le toucher. Je ne tenais que le coton doux, jusqu'à ce qu'il tombe à ses pieds. Il fit un pas de côté et le repoussa d'un coup de pied.

Je devais faire pareil avec les souvenirs qui n'arrêtaient pas de s'infiltrer dans ma tête. Je me concentrai sur Tate, là, maintenant, complètement nu devant moi pour la première fois depuis ce qui m'avait semblé une éternité.

Avais-je envie d'explorer chaque centimètre carré de son corps ?

Oui.

Mille fois oui.

Allais-je le faire ? Non.

Au lieu de ça, je le fis se retourner face à la fenêtre, craignant ce qui se passerait si je le regardais dans les yeux pendant qu'on ferait ça. Craignant que ce soit trop intime, qu'il voie des choses dont je n'avais pas envie qu'il soit témoin.

Comme ma vulnérabilité à cet instant. Il me rendait faible.

Je reculai et m'accordai une autre inspection minutieuse : ses cheveux noirs et épais, son dos, ses fesses, ses jambes légèrement poilues et enfin ses pieds nus.

Il sursauta quand je lançai :

— Alfred, éteins les lumières !

Mon « majordome » de la maison connectée répondit à mon ordre en lançant : « Extinction des lumières », et la pièce fut aussitôt plongée dans le noir.

La seule lumière proche provenait de la cuisine derrière nous, une petite lampe qui me servait à me diriger quand j'avais besoin de m'y rendre au milieu de la nuit.

Et, bien sûr, il y avait les lumières devant nous, provenant de la ville juste derrière cette fenêtre.

— C'est comme si on flottait dans les airs, murmura Tate. Je parie que tu vois les feux d'artifice à la perfection.

— Oui.

Ces feux d'artifice n'étaient rien comparés à celui en train d'exploser au creux de moi.

— Tu entends sûrement le rugissement de la foule depuis les stades.

— Depuis le toit.

Il faisait encore la conversation. Tentant de rendre ça plus personnel.

Il voulait parler ? Très bien.

— Tu t'es préparé comme je te l'ai appris ?

— Oui.

— Exactement comme je t'ai appris ?

— Oui.

— Tu as pensé à moi en le faisant ?

Son dernier « oui » eut l'air plus tendu.

— Tu as bandé en le faisant ? En pensant à moi et à ce qui allait se passer ce soir ?

— Oui.

— Tu t'es fait jouir ?

Un souffle sifflant lui échappa en même temps que sa réponse :

— Oui.

Mon sexe tressauta à ce mot.

— Reste ici. Ne bouge pas. Pas d'un centimètre.

Je me dirigeai vers le guéridon et récupérai le préservatif. J'arrachai l'emballage et l'enfilai en prenant mon temps, sans quitter des yeux l'homme qui m'attendait docilement près des fenêtres.

Quand il fit mine de tourner la tête vers moi, j'aboyai :

— Non. Ne me regarde pas. Regarde la ville qui nous a appartenu.

Il hocha la tête et se tourna à nouveau vers la vitre. Mais ses yeux restèrent rivés sur moi dans le reflet.

Après m'être assuré que le préservatif était bien ajusté, je pris le Lubido sur la table et revins vers lui. Je débouchai le tube et versai une dose généreuse dans ma paume.

J'en recouvris mon sexe enveloppé de latex de lubrifiant plus que d'habitude, vu que c'était sa première fois et que je ne lui accorderais pas beaucoup de temps pour s'étirer.

Je me caressai, en partie pour répartir le Lubido sur mon membre, en partie pour me donner du plaisir. Je tendis la main et levai le lubrifiant devant son visage.

— Prépare-toi.

Son corps tressauta en réaction à ma demande. Ça voulait

dire qu'il s'attendait à ce que je le fasse pour lui. Ce n'était pas comme ça qu'on allait la jouer.

Il le prit avec réticence et en versa sur ses doigts. Je reculai à nouveau pour regarder quand il s'inclina, écarta l'une de ses fesses et appliqua ses doigts visqueux autour de son anus.

J'éprouvais une sensation enivrante à l'idée d'être son premier. Il me faisait confiance pour passer cette étape monumentale, plus qu'à tous les autres hommes de son passé.

C'était à la fois une bénédiction et une malédiction.

Un autre morceau de mon mur effrité tomba à mes pieds.

— À l'intérieur aussi, ordonnai-je en m'empressant de réparer ce mur.

Son souffle se coinça dans sa gorge quand il inséra un doigt, puis deux, dans son canal, étalant le lubrifiant.

Mon sexe était dur comme la pierre et palpitant dans ma main pendant que je continuais de le caresser lentement d'un bout à l'autre.

Quand il eut terminé, j'essuyai le Lubido de ma main sur mon short, puis l'abaissai et le laissai tomber au sol avant de me rapprocher.

Je l'emprisonnai en plantant les mains contre la vitre de chaque côté de sa tête.

J'eus l'intention d'aller aussi lentement que possible, jusqu'à ce que je ne puisse plus résister plus longtemps.

Tate (aujourd'hui)

LES MAINS PLAQUÉES sur la vitre, Ronan se pencha lentement et fit courir son souffle chaud de haut en bas le long de mon cou. Ses lèvres ne touchèrent jamais les miennes. Rien ne me toucha, à part son souffle qui se déployait sur ma peau surchauffée comme une caresse fantomatique.

Je laissai aller ma tête en avant et me raidit pour réprimer un frisson.

Quand il recommença une deuxième fois, j'acceptai la défaite, et mon corps trembla en réaction. La chair de poule recouvrit ma peau brûlante.

Un « Roe » murmuré, mais tremblant, m'échappa quand il écarta mes fesses, fit courir un doigt le long de ma raie et sur mon anus. Quand il remonta, il s'arrêta sur sa cible, pressa le bout de son doigt contre l'anneau étroit de muscles qui semblait avoir son propre rythme cardiaque.

Il infiltra lentement un doigt en moi, puis un autre, avant de les faire aller et venir, étalant un peu mieux le lubrifiant et m'étirant légèrement.

Mon souffle se coinça dans ma gorge, et je me raidis à nouveau quand il ajouta un troisième doigt et se mit à dessiner des cercles et les écarter en ciseaux.

— Je suis plus gros que ça, Tate, chuchota-t-il contre ma peau. Tu peux encore dire non.

— Continue, insistai-je d'une voix un peu tremblante.

Je poussai un long soupir contrôlé, m'efforçant de m'adapter à l'étirement et à l'inconfort.

Trois doigts, ce n'était que le début, et je me répétais de me détendre. Sinon, ce serait désagréable et je n'en profiterais pas.

Je n'avais jamais pris cette position avec Ronan à la fac, parce que je n'étais pas prêt à l'époque. Je n'étais pas sûr de l'être aujourd'hui.

À cause de mon malaise, j'étais toujours au-dessus, avec Ronan. S'il ne finissait pas avant moi, je le faisais jouir avec ma bouche ou ma main. Ou en massant sa prostate. Il m'avait appris à faire ça il y avait longtemps, et on avait tous les deux perfectionné notre technique en regardant des pornos et en s'entraînant un nombre incalculable de fois.

J'avais aussi réussi à éviter d'être en dessous avec mes nombreux coups d'un soir dans des toilettes, des bars ou des relais routiers. Même dans des parkings et des parcs déserts.

Je repoussai la honte qui me submergeait chaque fois que je pensais à toutes les fois où j'avais trompé Dahlia avec des inconnus. À chaque fois que j'avais dû aller trouver ma dose ailleurs.

J'avais eu peur de ce que j'aurais fait, si je ne l'avais pas eue.

Et quoi qu'il arrive, mes enfants avaient besoin de moi. Je devais être là pour eux. Alors, j'avais fait ce que j'avais à faire pour survivre.

La triste vérité, c'était qu'une fois que j'avais découvert que je préférais les hommes aux femmes, Dahlia n'avait plus jamais suffi pour moi.

Au bout d'un moment, je m'étais rendu compte qu'elle n'avait jamais suffi. Je n'avais jamais compris pourquoi, jusqu'à ce que je rencontre Ronan. Jusqu'à ce qu'il m'ouvre les yeux et me permette d'être moi-même.

Voilà la vérité.

Étais-je submergé par la culpabilité à cause de ce que j'avais fait à Dahlia ?

Bien sûr.

Étais-je submergé par le regret ? Bien sûr.

Je m'en voulais à chaque fois que je rencontrais un inconnu dans un coin sombre et isolé, un véhicule ou une zone boisée.

À chaque fois, je fermais les yeux et remplaçais le visage de cet inconnu par un autre, plus familier.

Même ça, ça ne m'avait jamais vraiment satisfait.

Ni Dahlia. Ni les coups d'un soir hasardeux.

Rien ni personne ne pouvait changer le fait que je ne voulais qu'un seul homme.

L'homme que j'avais trahi.

L'homme que j'avais anéanti.

À cause de ça, j'allais lui offrir ça ce soir.

J'avais dit à Ronan que je ferais tout ce qu'il faudrait.

Je le pensais.

À la seconde où ses doigts se retirèrent, le gland visqueux de son sexe glissa de mon périnée jusqu'à ma raie et mon dos, comme il l'avait fait avec ses doigts.

Je me préparai mentalement, m'intimant à nouveau de me détendre. De pousser vers l'arrière chaque fois qu'il pousserait en moi. Je puisai dans les connaissances qu'il m'avait apprises il y avait si longtemps, mais que je n'avais jamais eu le courage de mettre en application.

Ce soir, je ne reculerais pas comme je l'avais fait tant de fois par le passé.

En me sentant chaque fois coupable, mais aussi soulagé.

Si je souffrais ce soir, je l'aurais mérité.

Si je détestais ça, je l'endurerais en silence.

Je ferais n'importe quoi pour récupérer Ronan.

N'importe quoi.

Bordel de merde, cet homme s'était emparé de mon âme. Et je lui devais la mienne.

Même s'il me pardonnait, je ne savais pas si je pourrais un jour me racheter pour ce que je lui avais fait, de manière intentionnelle ou pas. Mais j'essaierais. Je ferais de mon mieux jusqu'à mon dernier souffle.

— Donne-moi le lubrifiant.

Je ne m'étais même pas rendu compte que je l'avais encore dans la main. Par chance, je n'en avais pas aspergé partout sur le sol. Je le lui rendis, bien content qu'il en utilise plus.

Quand il laissa tomber le tube au sol, je me conseillai à nouveau de me détendre. De relâcher mes muscles, de laisser Ronan mener.

Il savait ce qu'il faisait, et je lui faisais confiance.

La pression, l'étirement et l'étroitesse furent suivis d'une sensation de remplissage quand il poussa en avant...

— Pousse dans l'autre sens, souffla-t-il.

Je m'exécutai pendant qu'il s'enfonçait lentement.

Il grogna.

— Tu es si étroit, T.

Bien sûr que je l'étais, même si je m'efforçais de ne pas me raidir.

À mi-chemin, il marqua une pause pour me laisser m'ajuster à lui. Son souffle cognait contre mon cou et ses doigts m'agrippaient les hanches pour me maintenir immobile. Peut-être même dans une tentative pour se retenir de bouger.

Il luttait sûrement contre l'envie de donner des coups de reins, de me prendre comme il le voulait. De me prendre comme si j'étais l'un de ses jouets rencontrés sur Grindr.

Quand il se retira, la sensation fut inattendue. Mais il m'avait expliqué tout ça. Je le savais. Il s'était assuré que je sois bien préparé, toutes ces années plus tôt.

C'était juste un truc de plus que je n'avais jamais fait pour lui. Un autre domaine dans lequel je l'avais déçu. Même s'il ne l'avait jamais dit.

Même s'il faisait comme si ça n'avait pas été le cas.

À l'époque, ça avait été parce qu'il m'aimait.

Et parce qu'il pensait qu'on avait tout notre temps.

Je le croyais aussi.

Ronan poussa à nouveau lentement, avant de se retirer légèrement.

Un petit pas en avant, un petit pas en arrière.

Puis, un plus grand pas en avant, et un plus grand pas en arrière.

Il aurait pu y aller en force. Il aurait pu me faire mal. Il aurait pu me prendre vite et en finir.

Il ne le fit pas.

Il prit son temps. Resta patient.

Et même s'il se comportait comme si je n'étais qu'un coup d'un soir anonyme, son comportement me prouvait que c'était loin d'être la vérité.

Je levai la tête et regardai dans le reflet de la vitre. Ce que je vis derrière moi était l'ancien Ronan, pas celui du lobby. Pas celui du toit. Je me concentrai sur *lui*. Et bientôt, il s'immobilisa, entièrement en moi.

— Je vais bien, dis-je.

— Je ne t'ai rien demandé, parvint-il à articuler entre ses dents serrées.

Il était en difficulté. Soit parce qu'il essayait de se retenir de jouir, soit parce qu'il regrettait soudain tout ça.

— Si, tu l'as fait, assurai-je.

Il détourna le visage pour que je ne puisse plus le voir dans le reflet.

Je pris ça comme un signe positif.

— Je t'aime encore, Roe. Quoi qu'il arrive, sache juste que je t'aime encore.

— Tate, arrête.

La fêlure dans sa voix était un signe supplémentaire.

— Je vais te le dire chaque jour pour le restant de ma vie. Que tu sois là pour m'entendre ou pas. Que tu aies *envie* de l'entendre ou pas. Tous les jours, Roe. Même si l'univers est le seul à l'entendre.

— Tu as une drôle de façon de le montrer.

— Je te le montrerai tous les jours aussi. Que tu le voies ou pas. Tu peux écouter ce que je dis, ou regarder ce que je fais. Ou bien tu peux tout ignorer. Quoi qu'il en soit, sache juste que je t'aime. Je regrette le passé, mais je ne regretterai *jamais* la voie qu'on empruntera après ça.

— Arrête.

— Non. Je n'arrêterai jamais.

Chapitre Dix-Sept

Tate (aujourd'hui)

Son intention première avait sûrement été de me punir avec les ébats de ce soir, de me faire autant de mal que je lui en avais fait.

Mais il fallait qu'il comprenne que j'avais souffert, moi aussi.

Pire encore, j'avais perdu le fils pour lequel j'avais abandonné Ronan.

Ça avait été un double coup qui m'avait émotionnellement paralysé pendant très longtemps.

Je ne me remettrais jamais de la perte de Connor, mais je pouvais réparer la perte de Ronan. J'espérais que ce soir constituerait un premier pas dans cette direction.

Je sentais déjà ses murs s'effondrer autour de lui, et je devais les abattre à coups de massue maintenant. Au moins jusqu'à pouvoir me glisser entre une fissure pour finir de briser ces murs de l'intérieur.

Chaque pas que je faisais vers cet objectif devrait être

prudent pour éviter qu'il rebâtisse ses murs et me bloque à l'extérieur. Peut-être pour de bon.

Pour l'instant, il ne faisait qu'enfoncer son sexe en moi à répétition maintenant que mon corps s'était ajusté à sa longueur et à son envergure.

En grande partie, en tout cas.

Ma propre érection rebondissait à chaque coup de reins. Ses actes et ses grognements bas près de mon oreille firent très vite s'accumuler du liquide séminal au bout, qui se mit à couler.

Ronan n'avait jamais été dominant, et je ne pensais pas que ça avait changé, malgré la façon dont il m'avait traité sur le toit les deux fois où il m'avait mis à genoux.

Malgré tout, je faisais preuve de prudence et ne voulais rien faire pour compromettre le pouvoir qu'il détenait en ce moment et que je lui donnais. Je voulais qu'il prenne les rênes au niveau physique, et en retour, j'espérais pouvoir nous guider émotionnellement.

Ainsi, même si j'avais très envie de me caresser, même si je voulais l'encourager avec des mots, je me réfrénai.

Je ne savais pas si mon idée suffirait à nous remettre ensemble, mais j'étais prêt à essayer. Et pour être honnête, je n'avais pas de meilleur plan.

— Baise ta main pendant que je baise ton cul, ordonna-t-il d'une voix crispée.

Enfin.

J'étais à deux doigts de le supplier de me branler tout en me baisant, même si j'essayais de lui laisser les commandes.

Je repérai le Lubido sur le sol, non loin de là.

— Attends, dis-je entre mes dents, avant de tenter de me pencher pour le ramasser.

Il « n'attendit » pas comme je lui avais demandé, à la

place, il resserra les doigts autour de moi pour pouvoir continuer de me pilonner.

Tout l'air s'échappait de mes poumons à chaque fois qu'il arrivait au fond.

Même en tendant les doigts, le lubrifiant restait tout juste hors de portée. Si Ronan ne s'arrêtait pas pour me laisser le prendre, je ferais sans.

De manière inattendue, il le rapprocha du pied, et dès que je l'eus attrapé, il referma la main dans mes cheveux pour me redresser. Une seconde, il était délicat ; l'autre, il était brutal. À mon avis, il était en plein combat intérieur.

Je versai un peu de Lubido sur ma paume et le laissai retomber au sol, près de mes pieds, au cas où j'en aurais encore besoin. Mes hanches ruèrent contre lui quand je refermai fermement les doigts autour de mon membre douloureux.

Je trouvai rapidement un rythme en adéquation avec celui de Ronan.

Je continuai de me caresser, le lubrifiant rendant mon sexe assez visqueux pour me permettre de faire glisser mon poing sans mal. Je m'occupais de moi pendant que Ronan me faisait du bien. Ça m'aidait aussi à rester détendu, à accueillir un peu plus facilement son sexe en moi.

Quand il poussait en avant, je faisais glisser ma main vers le bas.

Quand il se retirait, je la faisais remonter.

Je la déplaçai pour me saisir par au-dessus plutôt que par en dessous.

Je resserrai ma poigne. La relâchai.

J'imaginai que c'était celle de Ronan plutôt que la mienne.

Et durant ces instants de plaisir intense, tout changea. Je ne *laissais* plus Ronan me baiser. Je l'encourageais à le faire.

J'avais *envie* qu'il me baise. Et pour rien au monde, je n'aurais voulu que ça s'arrête.

Tout trouva sa place, et j'eus l'impression qu'on reprenait exactement là où on s'était arrêtés, à l'époque où on était prêts à tout pour que nos ébats nous donnent du plaisir à tous les deux. Pour perdre la tête l'un avec l'autre.

Tellement que, quand on avait fini, on s'écroulait l'un sur l'autre, haletant, en sueur, soupirant, souriant, riant. Et une fois qu'on avait repris notre souffle, on s'embrassait jusqu'à craquer de nouveau.

C'était si bon entre nous, si *parfait* entre nous...

Ronan s'en souvenait-il aussi ?

Ou essayait-il encore de faire de moi un partenaire de baise sans nom ni visage ?

Quoi qu'il en soit, je savais au fond de mon cœur qu'on pouvait retrouver ça.

La seule différence, c'était qui baisait qui.

Ce soir, il était tout autour de moi. Je le voyais dans la vitre en face de moi. Je le sentais derrière moi. Son souffle chaud effleurait ma peau. Son cœur cognait contre mon dos.

Ses doigts s'enfoncèrent plus fort dans mes hanches, m'ajustant dans la position parfaite.

Chaque coup de reins devint calculé. Ciblé. Même s'il continuait de pilonner mon anus sans merci.

J'étais certain que j'aurais du mal à m'asseoir demain, mais je m'en moquais. Je ne voulais pas qu'il s'arrête.

Quoi qu'il arrive, je comptais bien saisir cette deuxième chance et réparer ce que j'avais brisé.

Je laissai aller ma tête en avant, ma poitrine se soulevant, luttant pour faire entrer de l'air dans mes poumons.

Vu ce qu'il était en train de faire à ma prostate, j'étais certain de jouir bientôt.

Les mouvements réguliers et méthodiques de ma main

sur mon sexe devinrent erratiques. Jusqu'à ce que je ne puisse plus me concentrer sur ce que je faisais. J'étais sur pilote automatique. Toute ma concentration était tournée vers la façon dont le sexe de Ronan frottant mon point *P*.

La sensation d'étirement et de pression était passée d'inconfortable à plaisante. J'étais soulagé que ce soit aussi agréable, alors que j'avais craint de ne pouvoir le supporter.

Je pouvais.

Et j'en voulais plus.

Je voulais Ronan pour toujours.

Je fis glisser mes doigts jusqu'à les resserrer autour de mon gland, n'exposant que la fente. Au lieu d'aller et venir, je me mis à serrer et relâcher, serrer et relâcher.

La pression grandit en moi.

Des flammes me léchèrent le bas-ventre.

Et juste au moment où je croyais qu'il allait ralentir et passer d'une simple baise à une connexion plus intime, son comportement changea à nouveau.

Il me lâcha les hanches, attrapa mes deux tétons entre ses doigts et les tordit si fort que je dus ravaler un gémissement. Je me plaquai contre lui, m'empalant sur son sexe et l'enfonçant plus profondément que jamais.

Son grognement rauque, animal, emplit l'air autour de moi.

Il garda une main sur mon téton et remonta l'autre pour la refermer autour de ma gorge. Il la garda à cet endroit une seconde, puis monta un peu plus haut et la referma sous ma mâchoire, m'obligeant à lever la tête.

Il esquissa un rictus quand nos regards se croisèrent dans le reflet de la vitre. Je caressai mon sexe si vite que mes mouvements devinrent flous.

Chaque fois qu'il pressait ses hanches contre mes fesses, nous nous rapprochions un peu plus du précipice. Comme si je m'apprêtais à dégringoler de cette fenêtre pour plonger jusqu'au sol.

Je n'en pouvais plus. Je ne pouvais continuer plus longtemps.

L'anneau de mon anus pulsa et mes bourses se crispèrent. Je grognai, et du sperme jaillit de moi avec force quand je connus l'orgasme le plus intense de toute ma vie.

Je repeignis la fenêtre d'épais filets blancs qui se mirent aussitôt à couler sur la vitre, transformant mon éjaculation en peinture impressionniste.

À cet instant, je vis des étoiles.

Je vis notre avenir.

Je vis tout ce que j'avais toujours voulu chez l'homme debout derrière moi.

Mais il n'avait pas terminé, et je n'étais pas sûr de pouvoir en supporter plus sans me désintégrer en un million de particules de matière qui s'envoleraient à la moindre brise.

J'aurais pu jurer sentir le sexe de Roe gonfler encore plus en moi, devenant encore plus à l'étroit dans mon canal.

Avec un autre grognement bas, il s'enfonça en avant une dernière fois, se raidit et resta enfoui au plus profond de moi. Son sexe pulsa tandis qu'il se déchargeait en moi, et quelques gouttes de sperme supplémentaires coulèrent de ma fente sur le sol à mes pieds.

J'avais sali une maison immaculée.

Après un dernier frisson, il pressa son front humide sur mon épaule.

Sa poitrine se soulevait avec force contre mon dos.

Nos sueurs se mêlèrent, mais notre respiration hachée et rapide était désaccordée.

Il ne se rendait peut-être pas compte qu'il m'étreignait. Qu'il était quasiment enveloppé autour de moi, les doigts toujours serrés autour de ma gorge et une paume toujours plaquée contre ma poitrine haletante. Ses hanches et son scrotum étaient encore pressés contre mes fesses.

Même si je savais que c'était impossible, j'avais envie de rester comme ça pour toujours. Pour cette raison, je ne bougerais pas tant qu'il ne le ferait pas.

Les doigts qui agrippaient ma gorge se desserrèrent enfin, puis descendirent le long de mon cou pendant qu'il déplaçait son autre main sur ma poitrine humide.

Une caresse qu'il ne voulait pas considérer comme telle.

Il leva la tête de mon épaule et encore une fois, nos regards se croisèrent à travers la vitre.

C'était nous, dans ce reflet, encore connectés, ainsi que notre ville au-delà.

Un moment décisif ? Je l'espérais bien.

Un moment de douceur ? Ça m'en avait tout l'air.

Mais cela disparut en un éclair.

Il remonta tous ses murs et les scella dans le béton.

Je m'efforçai de ne pas laisser la déception m'engloutir quand il retint le préservatif avec sa main et se retira lentement.

Il se dirigeait déjà vers la cuisine avant même que je n'aie pu me retourner.

Je regardai à nouveau la fenêtre et les saletés que j'avais faites sur la vitre et le sol. Ça n'avait rien d'étonnant ; il fallait toujours que je foute le bordel partout où je passais.

— Je vais nettoyer.

— Laisse.

— Roe, je peux.

— Je veux le garder en souvenir.

Je fronçai les sourcils en entendant sa réponse. Il jeta le préservatif plein dans une poubelle en acier inoxydable, au bout du long îlot central. Je savais que j'allais regretter d'avoir posé la question, mais je le fis quand même :

— De quoi ?

— De ce qu'on aurait pu être. De ce que tu as foutu en l'air.

Putain.

Même s'il se comportait à nouveau de manière distante, de toute évidence, j'avais causé quelques fissures à ses murs. À chaque fois qu'il m'en donnerait l'opportunité, je continuerais de les ébrécher avec ma massue.

Je n'abandonnerais pas facilement. Cette fois, je ne fuirais pas. Après ce qui venait de se passer, j'étais plus déterminé que jamais.

— On pourrait l'avoir maintenant, Roe.

Même si j'essayais de le cacher, une certaine dureté teinta mes mots parce que ma frustration face à son attitude ne faisait que grandir.

Il voulait ignorer la façon dont on venait de se reconnecter. Les sentiments enterrés depuis longtemps que cela avait fait remonter à la surface.

Je ne le laisserais pas faire.

Mais j'en avais marre de son entêtement. J'étais mentalement épuisé et très déçu. Je savais que je ne devrais pas m'attendre à un miracle, que tout n'allait pas s'arranger aussi vite.

Mais comme un idiot, j'y avais cru.

Encore une erreur de ma part.

Mes doigts tremblèrent de colère et de frustration quand je récupérai mon short par terre et l'enfilai. J'aurais d'abord dû me nettoyer, mais je ne comptais pas lui demander de m'en donner l'opportunité.

Je m'en occuperais une fois rentré chez moi.

Dans un appartement où Ronan n'était pas.

Où je ne serais pas fouetté émotionnellement.

Où je ne subirais plus les dégâts émotionnels de Ronan.

Je voulais partir d'ici avant d'avoir libéré mes frustrations, mais je n'en eus pas le temps. Les mots m'échappèrent comme d'un volcan en éruption.

— Pourquoi est-ce que je te laisse me faire ça ? M'utiliser comme ça ? Me traiter comme si je n'étais que l'un de tes jouets ?

Il leva les yeux, occupé à se nettoyer avec une serviette en papier humide. Il me regarda en plissant ses yeux marron.

— Parce que tu te sens coupable de m'avoir entubé, Tate. Voilà pourquoi.

Je récupérai mon T-shirt et le passai vivement par-dessus ma tête.

— Je n'ai jamais voulu ça, dis-je ensuite.

— Mais tu l'as fait quand même.

Je fermai les yeux et pris une inspiration. J'étais déjà lassé de cette dispute alors qu'elle ne faisait que commencer. Je le laissais m'atteindre alors que je savais que je ne devrais pas.

— Je ne voulais pas te faire ça.

— Mais tu l'as fait.

— Je n'avais pas le choix.

J'avais parlé lentement, en appuyant sur chaque mot, pour m'assurer qu'il les entende tous.

Sa mâchoire se contacta et son visage se durcit.

— On a tous le choix. C'était aussi ton choix de me laisser te faire ça.

Continuer sur le même ton que lui ne ferait qu'empirer les choses. Je devais me montrer plus compréhensif jusqu'à ce qu'il fasse pareil.

Je soupirai.

— Tu as raison. On a tous le choix. Je suis désolé d'avoir systématiquement fait les mauvais, que ces choix t'aient affecté et qu'ils t'affectent encore.

Sur ces mots, je me dirigeai vers la porte.

— Tate ! m'appela-t-il d'une voix forte au moment où je l'atteignais, me faisant m'immobiliser.

Je n'avais pas envie de me faire de faux espoirs. De m'attendre à ce qu'il s'excuse de s'être comporté comme un con. Ni à ce qu'il me demande de rester.

Au contraire, il pourrait tout aussi bien me dire d'aller me faire foutre, et pas dans le sens sexuel.

— Tu as fait remorquer ta voiture ?

Je tournai la tête en entendant cette question inattendue.

Ma gorge était sèche, et si j'ouvrais la bouche, j'avais peur de ce qui en sortirait. Je n'avais pas envie de détruire les petits progrès qu'on avait faits ce soir, malgré la façon dont il se comportait en ce moment. Alors, je me contentai de secouer la tête, sans cesser de regarder la porte et mon échappatoire.

Je devais partir d'ici, parce que j'étais à deux doigts de craquer. Je ne voulais pas que Ronan voie avec quelle facilité il pouvait me briser. Quand je tendis la main vers la poignée, quelque chose passa devant mon visage.

Une petite carte couleur crème.

J'avais été si impatient de sortir d'ici que je ne l'avais même pas entendu approcher.

— Envoie-moi un message quand tu auras besoin de partir bosser demain. Je te déposerai.

Son ton était plus doux, bien qu'encore très fermé.

Je regardai sa carte de visite. « Pak Property Management, Inc. » était écrit dessus en écriture marron. Un numéro de téléphone était griffonné en haut à l'encre noire.

Je hochai la tête, la lui pris des doigts et la serrai dans mon poing avant de sortir dans le petit vestibule.

N'ayant pas la patience d'attendre l'ascenseur, je pris plutôt l'escalier pour rejoindre mon appartement.

Tate (aujourd'hui)

J'HÉSITAIS à envoyer un message à Ronan. Je m'étais retourné dans tous les sens toute la nuit, repensant à ce qui s'était passé et à ce que j'aurais pu dire différemment.

En résumé, je réfléchissais trop à quelque chose que je ne pouvais changer.

Par contre, je pouvais apprendre et améliorer la façon dont je gérerais la situation à l'avenir.

Il avait proposé de me déposer au boulot alors que rien ne l'y obligeait. Je ne pouvais pas refuser. Une demi-heure avant de devoir parti bosser, je pris la décision d'envoyer un message à Ronan au lieu d'appeler un taxi. Je n'avais vraiment pas les moyens d'en payer un parce que j'avais besoin de toutes mes économies pour réparer ma Toyota.

Plus tôt ce matin-là, j'avais appelé AAA, et j'avais retrouvé le conducteur de la remorqueuse dans le parking souterrain pour lui donner mes clefs et lui demander de l'emmener dans un garage assez proche d'ici pour que ce soit compris dans le prix du remorquage – autrement dit, à moins de dix kilomètres d'ici. Il me donna le nom d'un garage et leur numéro et, pendant que je regardais la Corolla être emportée, le bloc de ciment dans mon ventre devint plus gros et plus lourd.

Après être rentré dans mon appartement pour prendre une longue douche chaude, j'envoyai un message à Ronan pour lui dire à quelle heure je devais partir. Parce qu'il ne me répondit pas, au bout d'une demi-heure, je commençai à craindre qu'il m'ignore et m'oblige à trouver un autre moyen de locomotion.

Mais juste au moment où j'ouvrais mon compte en banque pour voir ce qu'il me restait, mon téléphone vibra, et je vis apparaître un message de Ronan me demandant de le retrouver devant l'immeuble à 10 h 30. Je devais être au boulot d'ici 11 heures pour le journal de midi, de 17 heures, de 18 heures et de 18 h 30, même si je n'étais pas présentateur. Mon manager voulait que je sois là pour regarder la production, au cas où il arriverait quelque chose à l'un des présentateurs et que je devrais le remplacer, puisque j'avais de l'expérience.

C'était l'une des raisons pour lesquelles je portais un costume tous les jours. Malheureusement, le pressing coûtait cher. Par chance, je possédais déjà une collection de costumes coûteux grâce à toutes ces années passées à travailler chez WGAL, et ça pourrait attendre un peu.

Comme il l'avait dit, Ronan me récupéra devant l'entrée du River View Heights, dans la Maserati noire aux fenêtres teintées cette fois. La voiture était épurée et élégante, mais ne convenait pas à Ronan. Je l'imaginais plus dans une voiture robuste que dans un coupé sport luxueux et hors de prix. Malgré ça, la voiture était une pièce de machinerie puissante et magnifique.

Il me salua d'un signe du menton quand je me glissai sur le siège passager. Quand il enfonça l'accélérateur, la puissance du moteur me plaqua contre mon siège. Il ronronnait aussi comme un lion bien nourri, et je sentais encore ce parfum de voiture neuve m'envelopper.

Contrairement à ma vieille Corolla imprégnée d'une odeur d'aliments pourris.

La chose la plus intelligente aurait été de la mettre à la décharge. Mais je ne pouvais pas me payer de moyen de transport décent, raison pour laquelle j'avais vendu mon élégante ancienne voiture, qui consommait trop d'essence et dont les coûts d'assurance étaient plus élevés, pour acheter la Toyota à la place.

Je payais aussi les mensualités de l'assurance de la

Lexus LX de Dahlia, celle qu'on avait achetée et pour laquelle elle avait insisté. Plus pour son esthétisme que par souci de fiabilité ou d'accessibilité. Hélas, je n'avais pas les moyens de payer pour deux véhicules neufs.

Elle voulait toujours impressionner et être la femme « trophée » parfaite. Malheureusement pour elle, elle n'avait pas choisi l'homme qu'il fallait pour ça.

Comme Ronan, qui m'aimait et me détestait à la fois, je ressentais la même chose pour Dahlia. C'était une très bonne mère. Elle avait été une épouse convenable. Mais au fond de moi, je n'avais jamais pu lui pardonner ce qu'elle avait fait pour devenir ma femme. Les tromperies n'aidaient pas à bâtir une relation de confiance. Elle l'avait appris à ses dépens. Surtout quand j'avais fini par lui avouer retrouver des inconnus parce que...

Eh bien, la liste des raisons était longue. Et aucune n'était acceptable.

Sans surprise, elle m'avait aussitôt mis dehors, et sous le coup de la colère – pas parce que je l'avais trompée avec des hommes, mais parce que j'avais enfin trouvé la force de la quitter –, elle avait décidé de détruire ma carrière à WGAL.

Ils avaient fini par « devoir se séparer de moi à contre-cœur » à cause de tout ce qu'elle leur avait dit et de ce qu'elle avait en partie inventé. Elle avait causé des histoires auxquelles la chaîne ne voulait pas être mêlée.

À cause des traces que cela avait laissées, je n'avais pas réussi à trouver d'autre emploi aux alentours de Harrisburg. Voilà pourquoi je me retrouvais à nouveau à Pittsburgh, ce matin, dans la voiture de Ronan.

J'avais besoin de recommencer ma carrière à zéro, dans une ville où je me sentais encore chez moi, et de manière inattendue, je m'étais retrouvé à tenter de prendre un nouveau départ avec Ronan.

Le seul problème, avec mon retour à Pittsburgh, c'était que j'étais à environ trois heures de route de mes enfants. C'était le plus difficile. Puisque je payais encore le divorce, la pension alimentaire, le prêt immobilier, ses frais de voiture et à peu près tout le reste, les économies que j'avais réussi à mettre de côté s'étaient rapidement épuisées.

Par contre, le fait de couvrir toutes les dépenses sans protester pour préserver le style de vie de Dalhia avait au moins adouci sa haine envers moi, jusqu'à la rendre coopérative avec les enfants.

En général, elle me retrouvait au niveau de l'autoroute de Pennsylvanie, à l'aire de repos de Sidling Hill. C'était à un peu plus de la moitié de la distance qui nous séparait, pour elle, mais c'était un point de rendez-vous raisonnable et sûr, facile d'accès, où échanger les enfants pour les week-ends quand je les prenais.

J'espérais juste qu'elle suivrait l'ordonnance relative à la garde des enfants et qu'elle me laisserait passer du temps avec eux cet été. Avant de quitter Harrisburg pour commencer à travailler à Burgh Media, elle ne s'y était pas opposée, mais ça ne voulait pas dire qu'elle resterait conciliante. Elle savait que je n'aurais pas les moyens d'embaucher un avocat pour l'assigner en justice si elle décidait d'aller à l'encontre du droit de visite accordé par le juge.

Mon objectif était de retomber sur mes pieds financièrement avec ce nouveau boulot, même si je devais être patient pour grimper les échelons. Je comptais travailler d'arrache-pied et faire de l'excellent travail de manière à être promu le plus vite possible.

L'un des présentateurs des infos devait prendre sa retraite cet automne, et quand on m'avait embauché, on m'avait dit que, si je me débrouillais bien, il y avait de fortes chances pour que je reprenne le poste.

Hélas, en attendant de gagner un plus gros salaire, j'allais devoir vivre avec un budget très serré. Je devrais aussi envisager de trouver un deuxième boulot quand j'aurais un véhicule fiable, sauf si je trouvais quelque chose d'assez proche pour y aller à pied ou à vélo. Mes horaires de boulot me prenaient toute la journée, par contre, alors ce serait compliqué.

Pour l'instant, je devais m'efforcer de stabiliser mon poste à Burgh Media.

J'étais si plongé dans mes pensées, vu que Ronan n'avait pas prononcé un mot de tout le trajet, qu'il se gara devant mon lieu de travail en un clin d'œil.

Je secouai la tête en me rendant compte que je n'avais même pas profité de ce trajet pour faire la conversation et le persuader de s'ouvrir un peu.

Je devrais faire mieux que ça s'il me proposait à nouveau de me déposer. Mais je n'avais pas beaucoup dormi et je n'étais pas en grande forme ce matin.

— Envoie-moi un message quand tu voudras que je vienne te récupérer.

— Roe...

— Envoie-moi un message, répéta-t-il d'une voix plus ferme.

Je regardai son profil, vu qu'il avait gardé les yeux rivés sur le pare-brise.

— Roe, essayai-je à nouveau.

Je voulais lui dire qu'il n'était pas obligé de faire tous ces efforts, mais pour être honnête, j'étais soulagé qu'il soit prêt à le faire. Et je prenais ça pour un autre pas dans la bonne direction.

— Ou ne le fais pas.

Merde.

— OK, je le ferai.

Il pinça les lèvres, et je crus qu'il allait ajouter autre chose mais il se contenta de hocher la tête. Mon regard fut attiré par ses doigts, crispés sur le volant. Il n'arrêtait pas de les contracter et de les relâcher. Contracter, relâcher.

Un geste que je reconnaissais « d'avant », le signe qu'il avait du mal à contenir ses émotions.

Je n'insisterais pas.

— Merci. Je sais que tu n'es pas obligé de faire ça, mais je t'en suis reconnaissant.

Pendant que je me sortais de la Maserati, la boîte de pilules que j'avais fourrée dans la poche de mon pantalon de costume à la dernière minute tomba sur le siège.

Bordel de merde.

Avant que je n'aie pu la récupérer, il tendit la main comme un serpent et l'attrapa en premier.

— C'est quoi, ça ?

Il leva la boîte d'antidépresseurs devant son visage, et plissa les yeux avant de la retourner pour lire l'étiquette de prescription.

Merde.

— Rien.

Je me penchai dans la voiture pour essayer de lui prendre la boîte, mais il la changea de main pour la mettre hors de portée. Je devrais remonter dans la voiture et me battre avec lui pour la reprendre.

Mais c'était déjà trop tard, de toute façon. Il allait reconnaître le nom du médicament. Et il comprendrait pourquoi j'en avais besoin.

Oui, si je voulais avoir un avenir avec lui, il faudrait bien qu'il le découvre un jour. Mais j'espérais attendre qu'on soit bien plus avancés dans notre relation.

Il tourna ses yeux sombres vers moi. J'étais toujours

appuyé contre le siège passager, attendant qu'il dise quelque chose.

Comme il gardait le silence, je lançai :

— Comme tu le sais, ma vie n'a pas tourné comme je l'espérais.

— Elle n'est pas encore terminée.

J'avais très souvent souhaité qu'elle le soit. D'où les médicaments. Mais ce serait une conversation pour une autre fois. Pas alors que je me tenais devant mon lieu de travail.

Sans prévenir, il me jeta la boîte de pilules ; je la rattrapai tout juste.

— N'oublie pas que tu as choisi cette vie, Tate. Tu ne peux t'en prendre qu'à toi-même.

Je fourrai la boîte tout au fond de ma poche de veste.

— Tu as raison. J'accepte ma responsabilité dans tout ça, mais ça ne veut pas dire que je n'ai pas souffert. Est-ce qu'on pourrait oublier tout ça et aller de l'avant, maintenant ?

— Je ne ferai aucune promesse que je ne suis pas sûr de pouvoir tenir.

— Je ne te demande pas une promesse. Je te demande juste si tu vas au moins essayer.

Je retins mon souffle pendant qu'il m'observait.

— J'ai bien réfléchi à ce que tu attendais de moi, hier soir...

Je m'obligeai à ravaler la boule dans ma gorge et attendis la suite.

C'était le moment où il allait suggérer qu'on reste poli l'un avec l'autre, puisqu'on vivait dans le même immeuble. Il voudrait qu'on ne soit que des voisins, et rien de plus.

Je fus complètement pris de court quand il finit par dire :

— Je suis prêt à essayer.

Quoi ? Je me raccrochai à la portière côté passager pour

ne pas m'écrouler sur le trottoir. Pour éviter de me rouler en boule et de pleurer de soulagement.

Je clignai plusieurs fois des paupières pour apaiser la brûlure dans mes yeux et pinçai les lèvres pour garder contenance.

— Roe, parvins-je à articuler, la gorge nouée.

— Mange tôt.

J'attendis qu'il me dise de me préparer à nouveau, mais à la place il ajouta :

— On ira dîner quand je serai venu de chercher.

— Je... euh...

Il arqua un sourcil, comme pour me prévenir de ne pas tout foutre en l'air. Je hochai la tête.

— OK.

— Ferme la portière maintenant, Tate.

Je m'exécutai et restai sur le trottoir pendant que la Gran Turismo accélérait comme une fusée.

Un sourire étirait mes lèvres, sincère, pour une fois. Je fermai les yeux et levai la tête vers le soleil de fin de matinée.

Il était chaud et brillant.

J'espérais que mon futur serait pareil.

Chapitre Dix-Huit

Couché dans mon lit, je regardais son profil et me demandais si on serait toujours ensemble aujourd'hui, s'il n'avait pas fait ce qu'il avait fait. Ou notre relation n'aurait-elle pas résisté au passage du temps ?

Nous ne le saurions jamais, mais nous en étions là…

Deux mois après le soir où je l'avais baisé contre la vitre, en avançant au jour le jour. Heure après heure, même.

Depuis tout ce temps, nous n'avions fait qu'aller de l'avant. Nous avions trébuché quelques fois, mais jusqu'ici, nous n'étions pas repartis en arrière.

Même si tout avait été assez précaire au début, il y avait clairement du progrès. Pas seulement de mon côté, mais aussi pour Tate.

Il grogna et s'étira à côté de moi.

— Je vais prendre une douche.

Quand il fut sorti du lit, je le regardai traverser ma chambre en direction de la salle de bains attenante, nu.

Son corps était svelte, avec des muscles bien définis grâce à ses séances de natation presque quotidiennes, et parce que je l'obligeais à manger plus sainement que la malbouffe bon marché avec laquelle il essayait de survivre. Ses yeux bleus étaient plus vifs et ils n'étaient plus entourés de cernes sombres. Son visage semblait avoir perdu cinq ans. De temps en temps, il allait à la salle de sport dont j'étais le propriétaire pour soulever des poids avec moi, comme quand on était à Duquesne, même s'il n'y allait pas aussi souvent que moi.

Il s'arrêta sur le seuil et prit une pose délibérément aguicheuse.

— Tu viens ?

Il inclina la tête vers la salle de bains derrière lui, le coin des yeux plissés, parce qu'il savait que je ne pourrais pas résister en le voyant dans cette position.

Pour être honnête, il n'avait pas beaucoup d'efforts à faire pour que je le rejoigne sous la douche.

— Ouais. Dans une minute.

— Je vais la rendre bien chaude et agréable pour toi.

La façon dont il prononça ces mots laissa entendre clairement qu'il ne parlait pas que de l'eau.

Il arqua un sourcil, esquissa un sourire rusé et disparut.

— Alfred, allume la douche ! lançai-je, même si mon système de maison connectée reconnaissait désormais la voix de Tate.

Alfred répéta docilement mon ordre avec sa voix monotone d'une intelligence artificielle, et j'entendis les multiples jets de douche s'allumer.

J'avais aussi installé l'application de verrou intelligent sur le téléphone de Tate pour qu'il puisse aller et venir de mon appartement au toit comme il lui plaisait. Il avait aussi accès au sous-sol où il garait sa voiture, à côté de ma Range Rover.

Je ne lui donnais pas d'argent directement, mais je faisais

tout mon possible en coulisses pour l'aider à se rétablir financièrement.

Même si on s'était promis de ne plus se cacher de secret, j'en avais encore un petit. J'avais ouvert un petit compte d'investissement pour lui avec mon courtier. Il pourrait se servir des gains quand ses enfants seraient en âge d'aller à la fac, *si* il le voulait. J'en parlerais à Tate plus tard, vu qu'on n'était ensemble que depuis deux mois et que, même si tout semblait bien se passer, ça ne voulait pas dire que ça allait continuer.

En tout cas, il était plus confiant maintenant que la première fois que je l'avais vu, en train de regarder son courrier dans le vestibule. À l'époque, il était complètement à la ramasse.

Son boulot se passait bien et il avait acheté une Toyota d'occasion, mais plus récente. Peu à peu, il remettait de l'ordre dans sa vie, après s'être retrouvé ruiné par le divorce. Il remboursait encore son avocat, et continuerait pendant un bon moment, sans oublier la pension alimentaire, les frais relatifs à ses enfants et d'autres dépenses qui n'étaient pas nécessaires mais qu'il payait par culpabilité.

J'espérais que, quand Dahlia se serait trouvé une autre « prise » qui lui permettrait de préserver son mode de vie, elle se ferait passer la bague au doigt sans tarder et que tous les frais s'envoleraient sauf ceux concernant ses enfants.

Dahlia avait enfoncé ses griffes dans Tate parce qu'elle l'avait pris pour un « bon parti ». Son plan lui avait explosé en pleine face quand Tate s'était avéré tout sauf ça.

Mais ce retour de flamme avait causé beaucoup de mal à toutes les personnes impliquées. Je n'avais pas envie de trop m'attarder là-dessus, parce que ça avait tendance à faire grimper ma tension, et j'essayais de garder en tête qu'il avait fini par revenir là où était sa place.

Avec moi.

Il avait juste dû faire un long détour cahoteux avant d'arriver là.

Il passait plus de temps dans mon penthouse que dans son appartement, sauf quand ses enfants venaient chez lui. Dans ces moments-là, je restais à l'écart. Nous n'étions pas prêts à leur parler de nous. Ni à ce que Dahlia l'apprenne.

Surtout sachant qu'on travaillait encore sur ce « nous ». Le sol sous nos pieds avait encore besoin d'être solidifié.

Je tentai de ne pas faire le rapprochement entre la façon dont il cachait notre relation à ses enfants et l'époque de la fac, quand Tate tenait à ce que personne ne soit au courant et qu'il nous cachait autant qu'il pouvait. À cause de ça, je craignais encore de me voir couper l'herbe sous le pied.

Par Tate. Ou pire encore, par Dahlia.

Ces doutes s'attardaient encore, malgré tous mes efforts pour les dépasser. C'était difficile de les dissiper complètement.

Mais je partageais mes craintes avec Tate. Pour qu'il sache toujours où j'en étais. Je lui avais dit que ça ne marcherait pas entre nous si on n'était pas cent pour cent honnêtes l'un envers l'autre.

Quel que soit le sujet.

Il était d'accord.

Sinon, il ne serait pas dans mon lit presque tous les soirs, et nous ne serions pas en train de nous remettre d'une séance d'ébats torrides, transpirants et très satisfaisants.

Avec un long soupir, je me résolus à devoir me lever pour prendre une douche, moi aussi. Mais le sexe m'avait laissé sans force, et je n'avais pas envie de bouger.

C'était encore meilleur maintenant que quand on était plus jeunes et qu'on avait bien plus d'énergie. Quand on avait vingt ans, on cherchait surtout à prendre notre pied. Maintenant qu'on avait la trentaine, on prenait le temps de se savourer l'un l'autre. On ne s'arrachait plus nos vêtements avant de commencer aussitôt à se tripoter l'un l'autre. On n'était plus en compétition pour savoir qui ferait jouir l'autre en premier.

Au lieu de ça, je passais du temps à vénérer chaque centimètre carré de Tate avec mes yeux, mes doigts et ma bouche. Et Tate faisait pareil avec moi.

Comme le bon vin, notre vie sexuelle s'était clairement améliorée avec le temps.

Malgré tout, il y avait encore des moments où, dès qu'il passait la porte, je lui arrachais ses vêtements, le pliais en deux sur l'îlot de la cuisine et le pilonnais si fort qu'on jouissait tous les deux en quelques minutes.

Et puis, il y avait ces moments où il entrait, me trouvait en train de travailler tard dans mon bureau, repoussait les papiers sur mon bureau et me prenait dessus.

Une fois, j'étais au beau milieu d'une réunion virtuelle. Je m'étais empressé d'éteindre mon ordinateur pour qu'on ne se donne pas en spectacle devant mes employés, les obligeant à se laver les yeux et le cerveau avec de l'eau de Javel.

Surtout sachant que cela impliquait leur patron en plein sexe anal débridé. J'imaginais déjà les captures d'écran qui seraient utilisées pour se moquer de moi, et je n'avais pas envie de voir des photos de mes expressions faciales pendant que Tate s'enfonçait en moi.

Plus tard, je m'étais excusé auprès de toutes les personnes impliquées, prétextant une coupure de courant inopinée. Alors qu'en vérité, Tate m'avait électrisé par-derrière jusqu'à ce qu'on s'écroule tous les deux au sol, couverts de sueur et de sperme.

Je souris en repensant à ce moment sexy et spontané.

Il avait fallu quelques semaines avant qu'on échange les rôles et que je laisse Tate me pénétrer. Maintenant, on alternait entre les deux, selon notre humeur ou celui qui initiait les choses.

Un mois plus tôt, on s'était tous les deux fait tester, et maintenant, on n'utilisait plus de préservatif, puisqu'on était dans une relation exclusive. Je me faisais déjà tester de manière régulière, mais pas Tate. Sachant que, pendant des années, on avait tous les deux eu des relations sexuelles avec des inconnus trouvés sur Grindr, il était plus prudent d'écarter cette crainte.

Était-ce plus salissant de faire ça sans préservatif ? Complètement. Était-ce mieux ? Oh que oui.

L'autre bénéfice, c'était qu'en faisant assez confiance à Tate pour coucher avec lui sans protection, je nous faisais faire un pas de plus dans la bonne direction.

Avec un grognement, je me levai de mon lit confortable et me dirigeai vers la salle de bain, nu.

Tate avait la fâcheuse habitude de chanter sous la douche. Il ne l'avait jamais fait, dans notre appartement de l'époque de la fac, mais ma salle de bain exagérément grande était principalement couverte de marbre et de carrelage, créant une meilleure acoustique. Il en profitait.

À fond.

J'aurais aimé qu'il se réfrène, vu que ça me faisait grimacer, mais il enchaînait les chansons. Pas une fois je ne lui avais demandé de s'arrêter – même si j'avais plusieurs fois été tenté – parce que s'il chantait les plus grands tubes de Britney Spears ou Justin Timberlake, ce devait être qu'il était heureux.

J'espérais que c'était le cas, du moins, et qu'il ne faisait pas juste semblant. Il prenait encore ses antidépresseurs – et il continuerait peut-être toute sa vie – mais au moins, maintenant qu'il avait commencé à recevoir son salaire, il pouvait aller voir un psy une fois par semaine.

Ce qui se disait entre lui et son thérapeute était la seule chose dont nous ne discutions pas, et sur laquelle je ne lui posais aucune question. Ses séances de thérapie étaient personnelles, et s'il ressentait le besoin de m'en parler, je l'écouterais, mais sinon, ce n'étaient pas mes affaires.

J'avais entrepris des démarches pour acheter Burgh Media Group, dans l'espoir de l'ajouter à mon portfolio en expansion constante. En plus de chercher des moyens de diversifier mes investissements, je me disais que si je l'achetais, Tate n'aurait pas besoin d'être présentateur et je pourrais le nommer directeur de l'organisation. J'étais certain qu'il avait les capacités de la diriger avec succès, puisqu'il était un vétéran dans ce domaine.

Quand j'en avais parlé avec désinvolture, un soir après avoir profité de mon plat à emporter coréen préféré, il m'avait regardé, bouche bée. Puis il avait refusé tout net. Il voulait se hisser à un meilleur poste au mérite, et n'avait pas envie que j'utilise mon argent pour lui acheter.

J'avais mis cette idée de côté avec réticence, songeant que je pourrais en reparler plus tard. J'envisageais aussi d'ouvrir mon propre groupe de médias. Pak Media Group, Inc.

Ça sonnait plutôt bien.

Encore une fois, j'essayais de l'aider à trouver une stabilité financière sans lui signer directement un chèque. Il m'avait aidé plusieurs fois à la fac, et je voulais juste lui renvoyer l'ascenseur. Au moins, il comprenait enfin pourquoi j'avais toujours refusé de prendre ce qu'il m'offrait, à l'époque.

Il voulait avancer parce qu'il le méritait. Comme moi à la fac.

Je respectais ça.

Quand j'entrai dans la salle de bain, Tate me tournait le dos, occupé à shampooiner ses cheveux noirs tout en massacrant *Oops !... I dit it again.* Sans parler des pas de danse qui accompagnaient la chanson.

Puisqu'il ne s'était pas encore rendu compte que j'étais là, j'étouffai mon mélange de rire et de grognement et le laissait effectuer quelques autres déhanchés avant de le rejoindre et *oups !* Ce fut à notre tour de recommencer[1].

Une grande baignoire se trouvait face à l'une des grandes baies vitrées. J'avais dû m'en servir deux fois, mais récemment, on passait souvent nos soirées dedans ensemble après le sexe. Les lumières éteintes, nous pouvions admirer la ville tout en discutant – de tout et de rien – jusqu'à ce que l'eau devienne tiède.

Mais la douche sous laquelle il était en train d'effectuer l'équivalent d'un spectacle de fin d'année d'école primaire était la pièce de résistance du spectacle, et donnait à la fois sur la chambre principale et l'immense penderie attenante.

La douche était un petit bijou, avec de multiples pommeaux de douche et jets de massages qui entouraient la vitre. Quand je l'avais conçue, j'avais ajouté tant de fonctionnalités que je n'en utilisais pas la moitié, jusqu'à ce que Tate entre à nouveau dans ma vie. Maintenant, nous trouvions des raisons de toutes les utiliser.

Avant Tate, je prenais ma douche et je ressortais. Je ne m'attardais que rarement, même si elle avait la taille d'un parc aquatique pour adultes, comme il disait. Pendant toutes ces années, j'avais joué dedans tout seul. Personne à part moi et mon poing, aidés de mes fantasmes. De mes souvenirs, plutôt.

Mais ces souvenirs ne m'avaient jamais apporté aucun réconfort. Ils n'étaient pas de bonne compagnie, et m'avaient fait me sentir encore plus seul. Pire encore, les souvenirs auxquels on voulait se raccrocher le plus avaient tendance à être ceux qui s'effaçaient le plus vite.

Ceux qu'on voulait oublier, au contraire, vous hantaient pour toujours. Notre objectif était de remplacer ces souvenirs par des nouveaux. De meilleurs.

Et nous nous apprêtions à en créer un autre.

Il rinça le shampoing dans ses cheveux et se retourna, découvrant que je le regardais avec amusement. Au moins, cela le convainquit d'arrêter de massacrer l'une des chansons les plus populaires de Britney.

— Ta douche me donne toujours l'impression d'être une pâtisserie dans une vitrine.

— Tu *es* une pâtisserie, T.

Des filets d'eau coulaient sur son visage et il m'adressa un sourire de travers tout en agitant ses sourcils sombres.

— Assez appétissante pour être mangée ?

— Toujours.

Quand il n'était pas forcé, son sourire illuminait toujours son visage, et il était contagieux. Encore aujourd'hui. Un don précieux qu'on ne pouvait qu'espérer avoir la chance de recevoir. Quand il m'offrait ce don, j'essayais toujours de le lui rendre.

— Tu as faim ? demanda-t-il.

— Très, et je m'apprête à y remédier.

J'ouvris la porte vitrée et entrai. Si on avait eu envie, on aurait pu faire rentrer une demi-douzaine d'hommes ici avec nous.

Mais je ne partagerais plus jamais Tate. Avec personne.

Je me plaçai sous l'un des pommeaux de douche et le jet d'eau chaude martela ma peau, emportant rapidement la sueur séchée encore collée à moi.

Avant que j'aie pu récupérer du gel douche au distributeur fixé au mur carrelé pour me nettoyer avec soin, Tate me prit de vitesse. Quand il se plaça juste devant moi, ses yeux bleus captivants encadrés par ses cils épais et humides se rivèrent aux miens.

— Retourne-toi, je vais laver ton dos.

J'avais l'impression que Tate était encore plus affamé que moi.

— Retourne-toi, répéta-t-il quand je ne bougeai pas assez vite.

— La douche est assez grande pour que tu puisses me contourner, remarquai-je. Ce n'est pas comme si on était à l'étroit, ici.

Ses lèvres tressaillirent et il haussa les épaules. Je m'étais rendu compte qu'il adorait me donner des ordres pour voir si j'y obéirais.

Je soupirai, feignant l'impatience, et bien sûr, je fis ce qu'il voulait.

***

Tate (aujourd'hui)

J'ÉTALAI une poignée de gel douche sur son large dos musclé. Sa peau était la toile parfaite pour ses tatouages, tout comme celle de son torse et de ses bras. Un soir, je les avais explorés un par un, et il m'avait expliqué pourquoi il les avait fait faire et s'ils avaient une signification profonde.

Vu qu'il avait pas mal de tatouages, ces explications avaient pris pas mal de temps. Mais pendant qu'il parlait, je les avais tous touchés avec mes doigts et mes lèvres.

Je récupérai du shampoing dans le distributeur fixé au mur et l'appliquai sur sa tête, avant de récupérer un peu de gel douche. Il se lava les cheveux pendant que je nettoyais son derrière, en prenant mon temps pour le taquiner, avant d'aller et venir le long de ses deux jambes. Puis je le fis se retourner et étalai de l'eau savonneuse sur sa poitrine, ses bras, ses épaules et son visage.

Je gardai le meilleur endroit pour la fin.

Je pris une autre poignée de gel douche, passai les doigts entre ses jambes, au niveau de son périnée, puis de ses bourses, où je me mis à l'œuvre, utilisant le geste visqueux pour empoigner son sexe. Sans surprise, il était à nouveau en érection, même après tout ce qu'on avait fait au lit un peu plus tôt.

Il ne fallait pas grand-chose pour l'amener jusque-là. Un regard suggestif, un sourire sexy, un sous-entendu. Une caresse, un baiser, effleurer sa nuque des lèvres quand il s'y attendait le moins...

Il avait les yeux rivés aux miens, vu qu'on était face à face et que nos nez se touchaient presque.

Je le lâchai avec réticence.

— Rince-toi.

— Ça me plaisait, remarqua-t-il d'une voix grave, amplifiée par l'acoustique de son immense douche.

— Je le vois bien, mais j'ai un meilleur plan.

Il haussa un sourcil mouillé et sombre.

— Meilleur que de me branler ?

— Tu me diras ce que tu en penses ensuite.

— Je ne sais pas, T. Tu es vraiment doué pour me branler.

C'était parce que j'avais des années d'entraînement sur moi-même. Quand j'étais avec Dahlia, je n'avais jamais su ce qui lui donnait du plaisir, sauf quand elle se plaignait que je m'y prenais mal. Vu que j'avais les mêmes attributs que Ronan, il m'était bien plus facile de trouver quoi faire avec lui. Si ça m'excitait, ça l'exciterait sûrement aussi.

— Tu préfères que je me mette à genoux ?

Son sourire rusé s'élargit.

— Je ne devrais même pas avoir à demander, répondit-il.

Je n'allais pas mentir, c'était son sourire qui m'avait attiré en premier. Il avait quelque chose de si sincère, et comme il le disait du mien, il l'illuminait de l'intérieur.

Peu importait qu'il s'agisse d'un sourire rusé, heureux, mêlé de rire ou même suggestif, il me faisait le même effet à chaque fois.

Quand il ne souriait pas, je ressentais toujours le besoin de faire tout mon possible pour changer ça.

À cet instant, ce sourire duquel j'étais tombé amoureux était nonchalant et détendu. En contraste, ses yeux marron qui me captivaient toujours étaient emplis de chaleur.

— Quand est-ce que tu comptes te mettre à genoux ?

— Vu que ces genoux ont tendance à se plaindre, je pense qu'on devrait installer un coussin étanche dans l'eau.

— La prochaine fois.

Il posa la main sur ma tête et poussa.

— Tu perds patience ?

— Je suis toujours impatient de te voir mettre ta bouche autour de ma queue.

— Maintenant, tu sais ce que je ressens quand tu m'envoies des messages plusieurs heures avant que j'aie terminé le boulot pour me dire que tu comptes me baiser jusqu'à ce que je m'évanouisse quand je rentrerais à la maison.

La maison.

Je n'avais pas encore emménagé officiellement avec lui à cause des enfants. Je me disais qu'en temps voulu, si les choses continuaient d'évoluer dans le bon sens, nous recommencerions à vivre ensemble. J'avais signé un bail d'un an, ce n'était donc pas comme si j'étais pressé, mais ça m'aiderait d'économiser un loyer.

— Ce n'est pas très sympa de ta part. Je me balade dans les bureaux et les studios en faisant mon possible pour cacher ma... réaction.

Je n'avais jamais porté autant de dossiers remplis de pages blanches de ma vie.

— C'est ça, T. Je sais que tu vas dans une cabine de toilettes et que tu te branles en m'imaginant en train de te sucer.

Je pinçai les lèvres pour m'empêcher de rire. Il me connaissait trop bien.

— Si quelqu'un me surprend en train de faire ça, tu vas me faire virer, et j'ai besoin de ce boulot.

— S'ils te virent, je rachèterai leur entreprise.

— Non, tu ne feras pas ça. On en a déjà discuté.

Il pressa un peu plus fort sur ma tête.

— Parle moins et suce plus.

Je balayai sa main.

— Tu es déjà assez autoritaire. Je n'imagine même pas ce que ce serait si tu devenais mon patron.

Son visage s'illumina, ses yeux pétillèrent et le coin de ses lèvres s'étira.

— Tu vois ? Cette expression est bien assez éloquente, dis-je.

Je me mis à genoux et relevai la tête.

Même quand il était arrogant, Ronan était si beau.

Je n'avais aucune autre manière de le décrire.

Je le considérais comme encore plus beau, maintenant que je m'en souvenais.

Et comme Ronan, je me souvenais de tous ces jours comme si c'était hier. À la fois le bon et le mauvais.

En ce moment, nous nous efforcions de créer plus de bons souvenirs et de ne plus nous concentrer sur les mauvais.

Nous étions encore considérés comme des gamins, à l'époque, et maintenant, nous étions tous deux des hommes matures. La vie nous avait un peu bousculés, mais j'étais certain que nous nous en sortirions, au final.

Parfois, je devais me pincer pour m'assurer que c'était ma vie, maintenant.

J'avais Ronan. J'étais libéré de Dahlia... en grande partie. J'avais deux enfants que j'aimais de tout mon cœur. Tout ce qu'il me restait à faire, c'était atteindre la stabilité financière à nouveau, et tout serait parfait.

Plus important, je devais trouver un moyen de passer plus de temps avec mes enfants. Je voulais que Dahlia et moi ayons la garde partagée, plutôt que notre arrangement actuel.

J'espérais que Ronan serait d'accord avec ça. Je voulais qu'il fasse partie intégrante de ma vie, il ferait donc aussi partie de la vie de mes enfants.

Récemment, après un long week-end avec eux, je lui avais clairement indiqué qu'Alec et Mazie passeraient toujours en premier, quoi qu'il arrive. Il avait compris et avait semblé l'accepter.

Par contre, je redoutais d'annoncer à Dahlia qu'on s'était remis ensemble. Ça risquait d'éveiller des rancœurs et des amertumes latentes. Si elle devenait désagréable parce que Ronan et moi étions à nouveau en couple, mes enfants risquaient d'en souffrir. Je devais gérer toute cette situation avec prudence.

Contrairement au sexe de Ronan.

Dès que je l'eus pris au plus profond de ma bouche, ses doigts s'enfoncèrent dans mes cheveux. Il adorait baiser mon visage, et pas juste se faire sucer, alors je détendis ma gorge et me préparai à ce qu'il le fasse.

Même s'il était brutal, j'adorais tailler des pipes à Ronan. C'était déjà le cas à la fac, et même la deuxième fois sur le toit, quand il avait plus fait ça en guise de punition que pour prendre du plaisir.

La seule chose que j'aimais encore plus, s'agissant du sexe avec lui, c'était quand il me laissait le baiser.

Quand je lui faisais des fellations, je détenais beaucoup de pouvoir, même quand c'était lui qui dictait le rythme. Selon les techniques que j'utilisais, je pouvais le faire jouir vite, ou faire durer le plaisir aussi longtemps que possible.

Une fois, je l'avais empêché de jouir pendant si longtemps que ses jambes s'étaient mises à trembler et que j'avais eu des crampes dans la mâchoire. Mais quand il avait fini par jouir, j'aurais pu jurer que son âme avait quitté son corps. Il n'avait pas pu bouger pendant longtemps, après ça.

Puisqu'on était sous la douche et que j'étais à genoux, ces derniers commençant déjà à se plaindre, je décidai que ce serait rapide. Je savais comment m'y prendre, et je savais aussi que mes méthodes me garantiraient qu'il ne se plaigne pas d'avoir écourté les choses. J'entendis quand même un son qui ressemblait à une protestation au fond de sa gorge, quand je m'écartai et laissai son sexe s'échapper entre mes lèvres.

— J'ai besoin de lubrifiant.

On conservait un tube de lubrifiant non soluble dans l'eau pour ce genre d'occasions. Des tubes étaient cachés un peu partout dans le penthouse de Ronan, parce qu'on avait tendance à coucher ensemble n'importe quand, n'importe où.

Il savait que je n'avais pas besoin de lubrifiant pour une fellation, il n'hésita donc pas une seconde à le prendre. Surtout qu'il était à portée de main. Mais je ne lui pris pas, je me contentai de lever la main gauche à l'écart du jet d'eau chaude pour le laisser verser la quantité idéale.

Je repris son sexe dans ma bouche tout en tendant la main entre ses jambes écartées. Il savait ce qui s'apprêtait à se passer et pressa le haut du dos contre le mur carrelé derrière lui pour garder l'équilibre quand ça deviendrait intense.

Parce que ça *allait* le devenir.

Je déplaçai mon index et mon majeur visqueux en lui en prenant mon temps, jusqu'à être enfoncé jusqu'à la première articulation, puis la deuxième. Je continuai de pousser jusqu'à arriver à la troisième.

Grâce à toute mon expérience, je n'eus aucun mal à localiser l'emplacement de la taille d'une noix et me mis à le caresser de haut en bas. Dès que ses hanches et son sexe se mirent à tressaillir et qu'il se mit à ruer plus fort dans ma bouche, j'alternai entre tourner autour de son point P et le caresser.

Je tournai encore et encore, appuyant parfois dessus comme un bouton, parce que c'était exactement ça. Mes gestes permettaient de démarrer le moteur de Ronan, et il s'apprêtait à s'envoler sur la piste. Mais atteindrait-il la ligne d'arrivée avant que mes genoux cèdent ?

— Putain, T... putain !

Oh oui, j'en étais certain.

Je continuai mes assauts et souris autour de son sexe tout en le suçant d'un bout à l'autre, deux doigts le pressant et le relâchant à sa base épaisse. Je ne comprenais pas comment il faisait pour ne pas glisser le long du mur ; d'habitude, on ne faisait jamais ça debout, vu que ça provoquait les orgasmes les plus intenses.

Cette méthode était généralement rapide, mais explosive.

Il ne fallut pas longtemps avant que je sache qu'il était tout près. Ce qui recouvrait ma langue n'était pas encore du sperme, mais les fluides issus de sa prostate. Ses gémissements, ses grognements et sa respiration saccadée étaient de bons indices aussi.

Ses hanches ruèrent violemment en avant, puis en arrière, m'indiquant qu'il était en train de craquer.

— T... je vais...

Il n'eut même pas le temps de terminer son avertissement avant d'enfoncer son sexe contre le fond de ma gorge et de décharger son sperme chaud et salé.

— *Oooh putaaaiiin,* lâcha-t-il dans un long grognement grave.

À ce son, mon sexe s'éveilla et se dressa.

Ses muscles tressaillaient toujours et son membre palpitait avec intensité, tout comme l'étroit anneau de muscles pulsait autour de mes doigts. Ces deux orgasmes péniens et prostatiques simultanés lui avaient fait l'effet d'une double explosion de béatitude.

J'étais impatient qu'il me fasse la même chose. Mais je n'en avais pas encore fini avec lui, et je continuai de caresser sa prostate jusqu'à ce que son corps se mette à tressauter de manière incontrôlable et que je lui aie tiré jusqu'à la dernière goutte.

Je ne m'écartai que lorsqu'il me supplia de m'arrêter. Quand je levai les yeux, je vis qu'il avait la tête rejetée en arrière, les yeux fermés, la bouche entrouverte et la poitrine qui se soulevait avec force.

C'était *moi* qui lui avais fait ça. Cela m'octroyait autant de satisfaction qu'à lui, la seule différence étant que la mienne était émotionnelle et la sienne physique. J'avais pris plaisir à mettre cet homme à genoux sans que ses genoux touchent le sol.

Quand je posai les mains sur ses hanches pour me remettre sur mes pieds, sa main apparut devant mon visage. Dès que je la pris, il me redressa et m'attira contre lui.

Il enveloppa les bras autour de moi et murmura :

— Je t'aime, T.

Juste après, il m'embrassa pour me le montrer.

Oui, on commençait enfin à se refaire de bons souvenirs. Et je comptais bien tous les chérir.

Chapitre Dix-Neuf

Ronan (aujourd'hui)

J'ENTENDIS ses pieds nus dans l'escalier en colimaçon. Pendant qu'il était dans la piscine, j'avais réchauffé l'un des repas livrés plus tôt dans la semaine.

Il arrivait que Tate fasse la cuisine pour nous, vu qu'il était plus doué que moi pour ça. Mais comme il travaillait tard et qu'une fois rentré, il aimait faire des longueurs pour se tenir en forme, je gardais le frigo rempli en commandant des repas à mon chef cuisinier préféré dans son restaurant local en centre-ville.

La table était mise pour deux et j'avais placé une bouteille de Cabernet Franc dans de la glace.

Quand il traversa la cuisine uniquement vêtu de son short de bain humide, avec son téléphone et une serviette mouillée dans les mains, je m'attendais à ce qu'il continue vers la chambre pour rincer rapidement le chlore sous la douche.

Il ne le fit pas.

Il posa ses affaires sur le plan de travail le plus proche, puis vint se placer juste devant moi.

Il m'adressa un sourire éblouissant et je haussai un sourcil, me demandant ce qui se passait.

— Je voulais juste que tu saches que pendant que je faisais mes longueurs, je n'ai pensé qu'à toi. Ça m'a fait nager plus vite, parce que j'étais impatient de rentrer ici et de te dire que je t'aime.

Si cette déclaration ne faisait pas gonfler mon cœur presque jusqu'à le faire exploser, rien ne le ferait.

— Tu me le dis tout le temps, T.

— Ce n'est pas encore assez.

Bordel.

Je pris une lente inspiration. S'il me demandait le monde, je ferais tout ce qui était en mon pouvoir pour le lui offrir. Je l'aimais à ce point. Et ça ne faisait que six mois qu'on s'était remis ensemble.

Même si tout se passait bien, je me remis en tête que, six mois, ce n'était rien du tout. Comme on le savait tous les deux, les eaux calmes sur lesquelles nous voguions actuellement en douceur pouvaient à tout moment être rendues houleuses par une tempête inattendue.

J'enroulai les bras autour de sa taille et l'attirai à moi. Sa peau était plus froide que d'habitude après son passage dans la piscine, mais je pouvais arranger ça sans mal.

Il plaqua les deux paumes sur ma poitrine pour me repousser.

— Mon maillot de bain est encore mouillé.

Je resserrai mon étreinte, l'empêchant de s'échapper.

— Je m'en fous.

Je pressai légèrement ma bouche contre la sienne et murmurai :

— Tu sais, je ne te le dis pas assez non plus.

Son érection se pressa contre moi.

— De toute évidence, tu ne pensais pas seulement à tout l'amour que tu me portais.

Il trembla contre moi sous le coup d'un rire à peine réprimé, et je souris contre sa bouche. Puis je m'en emparai complètement.

Nous nous embrassâmes jusqu'à ce que je sois dur, moi aussi, et que nos sexes frottent l'un contre l'autre. Si on n'arrêtait pas, le dîner allait brûler et on devrait désinfecter le plan de travail.

Mais ça en vaudrait peut-être la peine.

Je m'écartai avec un soupir résigné.

Il fit osciller son pelvis, frottant une dernière fois son érection contre la mienne.

— On fait une bataille de pouces pour savoir qui sera en dessous ce soir ? demanda-t-il, un peu essoufflé.

— On sait déjà qui gagnera.

Il leva son poing droit et agita son pouce.

— J'ai entraîné la force de mes pouces, plaisanta-t-il.

J'émis un son vague.

— Tu peux utiliser ce pouce ailleurs.

— Si on ne décide pas maintenant, comment on saura lequel d'entre nous doit manger léger, ce soir ? me taquina-t-il tout en me pinçant le téton à travers mon T-shirt.

J'ouvrais la bouche pour lui répondre quand son téléphone vibra bruyamment contre le plan de travail en granit, annonçant l'arrivée d'un message. Avant que j'aie pu voir l'expéditeur, il se libéra de mes bras et le récupéra.

Sourcils froncés, il le lut et murmura :

— Désolé, je dois passer un coup de fil rapide.

Il sortit de la cuisine et rejoignit le salon, tête baissée tandis qu'il pianotait sur son téléphone, ses cheveux ébouriffés retombant sur son front. Même avec la barbe taillée avec soin qui recouvrait sa mâchoire, je voyais sans mal qu'elle était crispée.

Il porta le téléphone à son oreille et continua de marcher jusqu'à se trouver devant la baie vitrée.

Je ne devrais pas écouter. Je devrais me mêler de mes affaires. Mais je n'aimais pas son expression. Quelque chose n'allait pas.

Il me lança un bref regard et demanda :

— Eh, ma chérie, qu'est-ce qui se passe ?

Il se tut et écouta celle que je supposais être sa fille, à l'autre bout du fil. Elle était la seule que je l'avais jamais entendu appeler comme ça.

— Maman ne t'a pas dit que je te verrais ce week-end ?

Nouvelle pause, et Tate me tourna le dos. Sa voix changea et devint plus apaisante.

— Ne pleure pas, Mazie. Ce n'est que dans quelques dodos de plus. Je te le promets.

Un silence suivit sa promesse, mais ses épaules tendues étaient assez éloquentes.

— Oui, juste quelques jours de plus. Je serai là très vite.

Il y eut une autre longue pause pendant qu'il écoutait sa fille, qui avait tendance à être bavarde.

Mais l'une des choses qu'il avait dites avait attiré mon attention. Il avait dit « là ». D'habitude, il passait ses week-ends avec ses enfants ici, à Pittsburgh.

— Je ne peux pas, chérie, je...

Il laissa retomber sa tête et sa voix s'adoucit encore plus.

— Je ne vis plus ici, Mazie, alors je ne peux pas y dormir. C'est pour ça que, d'habitude, Alec et toi venez dormir chez moi.

Après un autre long silence, il reprit la parole d'un ton précipité.

— Ne pleure pas, ma chérie. Je suis désolé... je suis

désolé. Je sais que c'est dur pour toi. C'est dur pour moi aussi. Tu me manques et je pense à toi tout le temps. Je compte toujours les secondes jusqu'à ce que je puisse te revoir.

Il se pinça l'arête du nez et me jeta un bref regard par-dessus son épaule, les narines dilatées et l'air peiné.

Puis il me tourna le dos à nouveau.

— Passe-moi maman, s'il te plaît. Je t'aime, Mazie chérie, ajouta-t-il à la dernière seconde, sa voix se brisant.

Il se racla la gorge et éleva la voix, prenant un ton plus ferme.

— Oui... vendredi. Oui, on peut. Je serai là.

Il hocha la tête.

— OK, on se voit à ce moment-là. Bonne nuit.

Sa tête retomba en avant et il tapota son téléphone contre son front plusieurs fois avant de prendre une grande inspiration, de lever la tête et de revenir vers moi dans la cuisine.

Il resta planté là un moment, l'air perdu.

— Je vais prendre une douche, finit-il par lâcher, sourcils froncés.

Je regardai le minuteur du four.

— On va bientôt manger, Tate.

— J'ai besoin d'une douche.

Il était en train de se refermer sur lui-même et j'avais besoin de réponses.

— Tu veux bien m'expliquer ce qui se passe ? Pourquoi tu vas rouler jusqu'à Harrisburg pour les récupérer au lieu de la retrouver au Sideling Hill comme d'habitude ?

— Je vais rester à Harrisburg ce week-end.

Mon cœur cessa de battre.

— Pourquoi je ne l'apprends que maintenant ?

— Parce que peu importe où nous sommes, mes enfants et moi, Roe. Quand ils sont ici avec moi, je ne te vois pas, de toute façon.

C'était vrai, mais j'étais rassuré à l'idée qu'il était tout près. Et s'il avait besoin de quoi que ce soit, s'il y avait une urgence ou autre chose, je pouvais être là en un clin d'œil. On pourrait simplement rappeler aux enfants que j'étais son voisin.

— Mais tu n'es jamais retourné à Harrisburg depuis que tu as emménagé ici.

Ma réaction était peut-être exagérée, mais ce n'était pas son départ à Harrisburg qui me dérangeait, plutôt le fait que Dahlia était là-bas.

Allais-je à nouveau perdre Tate à cause de Dahlia, si peu de temps après avoir arrangé les choses entre nous ? Allait-elle tenter quelque chose ? De le piéger pour obtenir ce qu'elle voulait ? De le faire culpabiliser jusqu'à ce qu'il accède à ses demandes ? D'utiliser les enfants contre lui, même ?

Je ne lui faisais absolument pas confiance. Et à cause de ce manque de confiance, mon angoisse grimpait en flèche et des pensées irrationnelles tournaient dans ma tête.

— Écoute, je sais que ça te dérange. Je le vois sur ton visage, Roe. Je vois bien que tu es tendu. Tu serres le plan de travail si fort que tes articulations sont blanches ! Mais au bout du compte, mes enfants font partie de moi.

Il se plaqua une main sur le cœur plusieurs fois.

— Ils sont tout mon monde.

Je décrochai mes doigts du comptoir et m'en éloignai.

— C'est tout à fait normal.

— Alors je ferais tout ce qui est nécessaire pour garder une relation courtoise avec Dahlia.

Tout ce qui est nécessaire... Mon sang se glaça.

— Tu veux bien t'expliquer ?

— Elle veut qu'on se retrouve pour parler des enfants et

de la meilleure façon de les élever à deux. Elle veut aussi que j'assiste aux réunions parents-profs.

La panique commença à me submerger et je repensai à ce jour, dans notre appartement, où il m'avait annoncé qu'elle était enceinte et qu'il allait l'épouser. C'était sorti de nulle part, et cette nouvelle aussi.

— Quand a lieu la réunion parents-professeurs ?

— Vendredi. J'ai pris des congés et je pars jeudi soir.

C'était la première fois que j'entendais parler de ça aussi. Je ne pouvais pas lui en vouloir d'y aller, parce que c'était ses enfants, et ça ne me posait aucun problème qu'ils passent avant moi. Ça me dérangerait plus si ce n'était pas le cas. Mais ce qui m'inquiétait – mis à part Dahlia – c'était qu'il ne m'ait pas prévenu.

Je ne pouvais pas l'accuser de m'avoir menti, parce que techniquement, il ne l'avait pas fait.

Craignait-il ma réaction et comptait-il attendre la dernière minute pour me le dire ? Parce que j'aurais bien fini par m'en rendre compte. Surtout s'il partait jeudi et ne rentrait pas à la maison avec les enfants.

Quelle que soit la raison, ça déterrait certains de nos vieux problèmes que je croyais avoir réglés pour de bon.

— Tu es en colère ?

— Que tu passes du temps avec tes enfants ? Que tu fasses ce qu'un père doit faire ? Non. Mais je ne lui fais pas confiance, Tate, et tu ne devrais pas non plus.

— Je comprends que tu penses ça, et tu as une bonne raison de le faire, mais quoi qu'il arrive, elle est la mère de mes enfants.

— Des enfants que tu as décidé d'avoir avec elle après qu'elle t'a piégé pour tomber enceinte du premier ! m'excla-mai-je. Alors qu'au fond de toi, tu es gay.

— Roe, souffla-t-il.

Sa déception devant mon coup d'éclat était claire. J'étais en train de craquer, et pire encore, j'avais peur. Et je n'étais pas du genre à m'effrayer facilement.

— On a eu Alec et Mazie parce que... je pensais que ça sauverait notre mariage. Spoiler... avoir des enfants n'arrange pas les problèmes conjugaux, quand le mariage n'aurait jamais dû exister au départ. Tu avais raison là-dessus. J'éprouvais ce besoin profond d'essayer d'agir correctement avec elle. J'ai essayé plusieurs fois et échoué à chaque fois. Mais au final, avoir eu des enfants pour ces raisons-là n'est pas bon pour eux.

— Je garderai ça à l'esprit si j'ai besoin de sauver un mariage qu'on m'a forcé à accepter. Mais j'ai une suggestion à te faire... au lieu d'avoir d'autres enfants, tu ne t'es jamais dit qu'être honnête avec Dahlia serait une meilleure option ?

Tate ne répondit pas aussitôt.

— La vérité blesse, hein ? repris-je. Et comme tu le sais, c'est encore plus douloureux quand cette vérité est ignorée. Tu as vécu dans le mensonge pendant plus d'une décennie, Tate.

— Pas la peine de me le rappeler, je l'ai vécu, rétorqua-t-il en élevant la voix à son tour.

On s'en sortait tellement bien, et voilà qu'on trébuchait à nouveau.

Je commençais à me demander si tout ça en valait la peine.

— Roe, je te promets que ce week-end ne changera rien entre nous. Je veux cette relation autant que toi, et je ne laisserai personne nous détruire encore une fois.

— J'ai envie d'y croire, Tate. Tu ne sais pas à quel point. Mais je ne vais pas te mentir, parce qu'on s'est promis de ne plus le faire... j'ai du mal avec tout ça. Et vu que les enfants ne sont pas au courant pour moi, je ne peux même pas venir avec toi.

Pour me rassurer.

Je détestais me sentir aussi vulnérable.

On avait tellement avancé, ces derniers mois. Et maintenant ça. J'avais peur que ça nous fasse régresser. Que ça nous sépare à nouveau, même.

Pire encore, je ne savais pas que mon assurance pouvait aussi facilement être ébranlée. Le problème, c'était que je savais que Tate ne me faisait pas endurer ça exprès. Je devais me concentrer là-dessus. Et sur tout le mal qu'il s'était donné pour réparer notre relation. Il avait fait tout ce qui était en son pouvoir pour y arriver.

Je devais aussi garder en tête qu'il était prêt à tout pour ses enfants. C'était un homme bien, avec un grand cœur, qui avait commis une erreur et qui avait passé des années à tenter de les réparer. Envers Dahlia et moi.

La culpabilité pouvait être un moteur puissant.

— Tu dois me faire confiance, Roe.

— C'est le cas.

— Non. Ta confiance en moi est fragile, en ce moment. Je le vois. Mais tu sais que je t'aime.

— Tu as dit que tu aimais aussi Dahlia.

— En tant que la mère de mes enfants. Je dois vraiment te rappeler que je suis amoureux de toi ? C'est *toi*, mon âme sœur. Mon amour pour la vie.

Je hochai la tête, parce que je voulais y croire. Vraiment. Apparemment, j'avais encore des angoisses à gérer de mon côté. Mais d'abord, j'allais attendre d'être sûr que Tate revienne vers moi après avoir passé ce long week-end avec Dahlia.

Je devrais peut-être prendre rendez-vous avec un psy, moi

aussi. Parce que j'aimais trop Tate pour le perdre à nouveau. Je n'avais pas envie d'être celui qui nous saboterait par erreur.

Il détenait mon cœur au creux de ses mains, parce que je le lui avais donné. Je devais lui faire confiance. Avoir foi en lui. Et en nous.

— J'attendrai que tu reviennes.

Il hocha la tête, et je vis le soulagement dissiper la tension sur son visage.

À ce moment-là, je me rendis compte qu'il était autant stressé que moi à l'idée de ce week-end. Je devais le soutenir et prendre un peu de recul.

— Et je veux que tu m'appelles tous les soirs une fois les enfants endormis, ajoutai-je.

Il me prit les bras et les serra de manière rassurante.

— Je le ferai. C'est promis.

Je poussai un soupir, espérant que mes craintes s'échapperaient en même temps.

— OK.

— OK, répéta-t-il.

— Mais s'il te plaît... ne te saoule pas en sa présence, plaisantai-je à moitié.

Il ricana un peu, puis croisa les doigts et dessina un X au niveau de son cœur.

— Je te promets de ne pas boire une seule goutte.

Ronan (aujourd'hui)

J'ÉTAIS ASSIS dans mon salon, lumières éteintes et un verre de Macallan dans la main pendant que je regardais la ville. Je ne bougeai pas quand j'entendis le verrou de ma porte cliqueter. Ni quand elle s'ouvrit. Ni quand j'entendis des clefs, un portefeuille et tout ce qu'il avait d'autre être jetés sur le comptoir.

Ni quand je vis son reflet retirer ses chaussures et approcher de l'endroit où j'étais assis en chaussettes.

J'étais soulagé qu'il soit rentré.

Mon amour pour lui n'avait jamais été aussi évident que quand j'avais lu son message qui m'annonçait qu'il était sur le chemin du retour, suivi de deux autres messages : *Je t'aime* et *tu me manques.*

Je lui avais renvoyé les deux mêmes messages.

Il s'assit sur le canapé à côté de moi avec un soupir, posa les pieds sur la table basse en marbre et s'appuya contre moi.

J'enroulai les bras autour de ses épaules et l'attirai encore plus près.

Nous restâmes assis en silence pendant quelques minutes, à savourer la compagnie de l'autre. Sa proximité combla rapidement le vide que j'avais ressenti tout le week-end.

— Comment ça s'est passé ?

Je savais déjà quasiment tout, mais j'avais envie de prendre sa « température » émotionnelle.

Il me prit mon verre des doigts et en but une longue gorgée. Puis il poussa un long soupir.

— Exactement comme je m'y attendais.

Je n'aimai pas la façon dont il prononça ces mots. Il avait dû se passer quelque chose dont je n'étais pas au courant.

— Qu'est-ce que tu ne m'as pas dit ?

— Je t'ai tout dit chaque soir où j'ai parlé avec toi. Mais ce que je m'apprête à te raconter c'est passé quand j'ai déposé les enfants à la maison avant mon départ.

Je me mis aussitôt sur mes gardes. J'étais prêt à partir en guerre non seulement pour garder Tate, mais aussi pour protéger sa relation avec ses enfants.

— Elle a envoyé les enfants dans leur chambre et elle m'a fait une annonce à laquelle je ne m'attendais pas... elle veut que je réemménage à la maison.

Quoi ? Elle voulait ça pour elle-même, ou pour les enfants ?

— Pourquoi a-t-elle proposé ça ? m'obligeai-je à prononcer, la gorge nouée par une appréhension grandissante.

— À mon avis, elle en a marre de se débrouiller toute seule. C'est beaucoup plus difficile qu'elle le croyait, même avec mon aide financière.

Sans blague. Elle avait toujours voulu une vie facile. Elle s'attendait à ce que Tate la lui offre. C'était ce qu'elle avait dit, quand elle m'avait rendu visite dans ma chambre à l'époque.

Quand ils vivaient ensemble, il payait pour tout, alors que maintenant, il ne payait plus que ce que la cour avait ordonné qu'il donne. Elle devait se débrouiller toute seule, pour une fois.

— Et toi, qu'est-ce que tu veux ?

— Je veux passer plus de temps avec mes enfants.

Aussitôt, mon cœur s'alourdit et ma poitrine se contracta.

— Tate.

— Mais ma thérapie m'a appris une leçon importante, m'interrompit-il, m'empêchant sûrement de dire quelque chose que j'aurais regretté plus tard.

J'examinai son profil pendant qu'il regardait le verre dans sa main.

— Je n'ai pas envie de forcer une relation qui n'a jamais été vouée à exister. J'ai déjà essayé, et ça n'a pas marché. Si je ne suis pas heureux, mes enfants le sentiront. Je veux qu'ils soient témoins d'une relation aimante, saine et heureuse, pas de ce que Dahlia et moi avons. Même si on a essayé de le cacher, je suis sûr qu'ils pouvaient le sentir. Même s'ils ne le comprenaient pas, ils auraient fini par le faire en grandissant.

Je levai la main posée sur son épaule et caressai ses cheveux du bout des doigts.

— Qu'est-ce que tu lui as dit ?

— La vérité, sur nous, et que je ne rentrerais jamais à la maison avec elle. J'ai aussi proposé de prendre les enfants plus souvent qu'en ce moment.

— Et ?

Tate secoua la tête.

— Elle a dit qu'elle allait y réfléchir.

— Elle va parler de nous aux enfants avant que tu sois prêt ?

— Je ne crois pas.

— Est-ce qu'elle va les monter contre toi à cause de moi ?

Je me méfiais tellement d'elle que ça me paraissait tout à fait possible.

— Je n'espère pas.

Il n'avait pas l'air sûr de lui.

— Et si elle le fait ?

Il leva les yeux vers moi, les yeux aussi affûtés que ceux d'un aigle.

— Dans ce cas, elle va devoir se préparer à se battre, mais j'espère pouvoir éviter ça.

— Tate...

— Je sais que ce serait mauvais pour Alec et Mazie, mais je dois aussi leur montrer qu'ils ne doivent pas se laisser marcher sur les pieds. S'il faut me battre, c'est ce que je ferai. Même si ce n'est pas nécessaire, à chaque fois que je les aurai, je leur expliquerai tout ce qui se passe, mais de manière neutre. Je ne veux pas les monter contre Dahlia. Quoi qu'il arrive, elle est une bonne mère et elle les aime. Alors j'espère qu'elle ne fera rien qui les blesserait émotionnellement.

— C'est un bon plan.

— Je ne le lui ai pas encore dit, mais dès que ma situation sera redevenue plus stable et que je pourrais me payer un bon avocat, je demanderai la garde partagée.

Je clignai des paupières. Ça voudrait dire qu'il devrait leur parler de moi, de nous, tôt ou tard.

En réalité, j'aurais pu lui prêter l'argent nécessaire pour se payer un bon avocat, ou même couvrir directement tous les frais, mais je ne le suggérerais pas, vu qu'il essayait d'être financièrement indépendant. S'il me le demandait, je l'aiderais sans hésiter.

Il prit ma main en train de jouer dans ses cheveux et entrelaça nos doigts. Il but une autre gorgée du Macallan, puis laissa aller sa tête sur le canapé en cuir avec un soupir.

— Tu sais, je ne regretterai jamais d'avoir eu mes enfants. Par contre, je regrette de ne pas avoir quitté Dahlia au moment où j'ai commencé à chercher des relations sexuelles en dehors de notre mariage. Je regrette de lui avoir menti à ce sujet, même si elle savait que j'étais amoureux de toi quand elle est tombée enceinte. Elle nous a sabotés, Roe. Et ensuite, je nous ai saboté, elle et moi. Elle l'a fait exprès, pas moi, mais je suis tout aussi coupable quand même. Je porterai cette responsabilité jusqu'à ma mort.

Je lui pris le verre de scotch des mains, vidai ce qu'il restait dedans et le posai au sol. Je nous tournai l'un vers l'autre, mais gardai le silence, parce que je voulais écouter. Je devrais faire ça plus souvent, au lieu de me contenter de réagir.

Ça pouvait causer beaucoup de mal, de réagir avant d'avoir bien réfléchi.

J'arrivais à garder mon sang-froid dans le cadre professionnel, et ça m'avait aidé à rendre mon entreprise fructueuse. Je devais faire pareil avec notre relation, pour qu'on réussisse, nous aussi.

Au bout de quelques secondes de silence, il finit par continuer :

— Je regrette aussi de ne pas être parti à ta recherche dès que je l'ai quittée, parce que j'avais enfin accepté qui j'étais et pris conscience que ça ne changerait jamais. Pour être honnête, comme je te l'ai dit sur le toit ce soir-là, je pensais que tu ne voudrais plus jamais me revoir. J'avais peur que ce soit encore plus dur, si je te cherchais et que tu me crachais au visage – même si je ne dis pas que je ne l'aurais pas mérité. Malgré tout, ne pas être venu te voir plus tôt est l'un de mes plus gros regrets. Et comme tu le sais, la liste est longue.

Quand un silence se déploya entre nous, j'attendis encore de voir s'il avait terminé ou s'il avait autre chose à dire. Quand il n'eut pas l'air d'en avoir l'intention, je pris la parole.

— Pour être parfaitement transparent, je n'ai jamais suivi ta carrière, Tate. Je n'ai jamais regardé un seul programme que tu présentais. Je ne pouvais pas. Je ne t'ai pas cherché sur les réseaux sociaux non plus. Je ne pouvais pas m'infliger ça. Parce que c'était déjà assez dur de t'avoir dans mes pensées et mes souvenirs. À la place, je me suis efforcé de devenir l'homme d'affaires le plus accompli possible. Je t'ai perdu, mais je me suis battu pour ne pas me perdre moi-même. J'avais peur que ça me ronge de l'intérieur jusqu'à ce qu'il ne reste plus rien, si je gardais un œil sur toi.

— C'était pareil pour moi.

— Et c'est pour ça que tu ne savais pas que j'étais le propriétaire de cet immeuble avant d'emménager.

Il inclina la tête et me regarda.

— De tous les immeubles de Pittsburgh que j'aurais pu choisir, comment j'ai pu me retrouver dans le tien ?

— Tu veux vraiment une réponse ?

Il haussa les sourcils.

— Tu la connais ?

— J'en ai une assez bonne idée.

— Il faudrait que je croie au destin.

— Tu devrais peut-être.

Il tourna les yeux pour regarder par la fenêtre. Puis il hocha la tête.

— Tu as raison. Je devrais. Peut-être que tout ce qui s'est passé dans l'intervalle est arrivé pour une raison.

— Je ne sais pas si j'irais jusque-là.

Il se tourna vers moi et étira légèrement les lèvres.

— Tu ne crois pas que ça nous a permis de nous apprécier encore plus, aujourd'hui ?

— Je t'appréciais déjà à l'époque, Tate. Je n'ai pas apprécié ce que tu avais fait, c'est tout.

Il fit courir ses doigts repliés le long de ma mâchoire.

— Je compte passer le restant de ma vie à me faire pardonner.

— Non, protestai-je en secouant la tête. Tu dois arrêter de faire ça, et je dois arrêter d'attendre ça de toi. On doit repartir de zéro, à partir de maintenant. On a dit qu'on arrêterait de regarder en arrière et qu'on irait de l'avant. Tenons-nous-en à ça.

— Ça m'a l'air d'un excellent plan.

— Je suis doué pour planifier.

Il sourit.

— Et qu'est-ce que tu as prévu pour le restant de la soirée ?

— Mis à part m'accrocher à toi et ne plus jamais te laisser partir ?

— C'est un bon début, mais oui...

— Eh bien, pour commencer, je vais te dire que je t'aime,

ensuite, je vais te montrer comme je suis content que tu sois rentré à la maison, et comme tu m'as manqué.

— Ça m'a tout l'air d'un excellent plan aussi.

— Je t'avais dit que j'étais doué pour ça.

— Tu es doué pour beaucoup de choses, Ronan Pak.

Je retirai mon bras de ses épaules, me levai et tendis la main.

Dès qu'il l'eut pris et se fut levé, je l'attirai contre moi et murmurai :

— Je t'aime. Je suis content que tu sois rentré et tu m'as manqué plus que tu ne le sauras jamais.

Le coin de ses magnifiques yeux bleus se plissa. Ils étaient voilés, et ses narines se dilatèrent légèrement.

— Je t'aime, je suis impatient qu'on fonde un foyer ensemble et je te promets que je ne te manquerai plus jamais.

Je ne voulais pas partir du principe que notre relation serait parfaite.

J'avais pensé ça par le passé, et j'avais appris à mes dépens que je me trompais.

Rien n'était parfait.

À vingt ans, j'avais des étoiles dans les yeux.

Aujourd'hui, à presque trente-trois ans, je n'avais plus que de la poussière d'étoiles.

Mais nous allions continuer à faire grandir ce que nous avions jusqu'à ce que je recommence à voir ces étoiles.

Épilogue

Où tout a commencé

Tate (un an plus tard)

J'ENGAGEAI ma Toyota Highlander sous le River View Heights et me garai à côté de la Maserati.

Je rentrais à la maison bien plus tard que d'habitude, mon patron m'ayant convoqué dans son bureau au moment où je me préparais à partir pour la soirée. Il m'avait annoncé la nouvelle que j'espérais, et j'étais impatient de la partager avec Ronan.

Je récupérai mon téléphone sur le siège passager et décidai de le prévenir en montant jusqu'au penthouse, au cas où il soit déjà en train de réchauffer le dîner dans le four.

Je suis rentré, envoyai-je. *Je suis là bientôt.* Puis, je m'empressai de sortir de la voiture. J'étais en train de monter les marches devant la porte en courant quand je reçus une réponse. Je jetai un rapide coup d'œil tout en entrant dans le lobby. Quand la porte se fut refermée derrière moi, je m'arrêtai et relus le message parce que j'avais dû mal voir la première fois.

Retrouve-moi sur le toit. Sois à genoux, prêt et disposé.

Je fronçai les sourcils et me passai une main dans les cheveux.

Qu'est-ce que ça veut dire ? Qu'est-ce que Ronan avait en tête ? Il n'était même pas encore 22 heures, les autres résidents avaient encore accès au toit. En plus, je portais encore mon costume.

J'étais aussi tellement fatigué que j'avais décidé de ne pas aller nager ce soir. Tout ce que je voulais, c'était monter, me déshabiller, manger un truc, puis me blottir contre Ronan pour le restant de la soirée. Après lui avoir annoncé la nouvelle, bien sûr.

Les portes extérieures s'ouvrirent, et je vis les Callahan et M. Pibbles en train de rentrer.

Merde.

J'appuyai sur le bouton de l'ascenseur une douzaine de fois pour faire arriver la cabine plus vite, même si je savais que ça ne marchait pas comme ça. Mais le désespoir faisait faire des trucs insensés.

Dès que les portes coulissèrent, je me jetai presque dans la cabine, avant d'appuyer frénétiquement sur le bouton pour refermer les portes.

Je poussai un soupir soulagé quand les Callahan disparurent de mon champ de vision avant d'avoir pu passer du vestibule au lobby. Je n'avais pas envie de repousser cette petite saleté de M. Pibbles pendant qu'il essaierait de me mordiller les chevilles. Je ne pensais pas non plus que ma tête pourrait supporter ses jappements désagréables. Je n'avais pas non plus envie d'affronter le rictus qu'esquissait toujours Mme Callahan quand elle nous regardait depuis qu'elle avait compris que Ronan et moi n'étions pas seulement colocataires.

Je regardai les chiffres énumérer les étages sur l'écran au-dessus de la porte. Enfin, il arriva au niveau de l'accès au toit et, dès que les portes s'ouvrirent, je sortis de l'ascenseur et allai sur le toit, dans l'air nocturne et frais. Je regardai autour de moi et fus soulagé qu'aucun de nos voisins ne soit présent. Je ne pensais pas qu'aucun d'eux n'ait envie de nous connaître mieux que ce n'était déjà le cas.

Les lumières habituelles étaient éteintes, et seuls l'éclairage de la piscine et les guirlandes étaient allumés, diffusant une douce lueur.

Je me dirigeai machinalement vers la pergola sous laquelle je m'étais agenouillé quand Ronan s'était servi de l'application Grindr pour me contacter et me demander de le retrouver sur le toit.

Nous avions tous deux supprimé l'application de rencontre de nos téléphones depuis longtemps. Nous n'en aurions plus jamais besoin. Si quelque chose nous séparait un jour, Ronan et moi, je serais prêt à devenir moine et à me concentrer uniquement sur mes enfants.

Mes lèvres tressaillirent à ce mensonge. Je ne pourrais jamais rester abstinent. J'exploserais, si j'essayais.

Je pris un coussin sur l'une des chaises longues, le posai sur la plateforme en bois de la pergola et, avec un grognement, m'agenouillai pour attendre.

Par chance, moins de deux minutes plus tard, la porte entre le penthouse et le toit s'ouvrit, et Ronan apparut.

Son expression était sérieuse, mais mis à part ça, indéchiffrable.

Par contre, il portait un costume sombre et bien repassé qui lui allait à la perfection. Depuis qu'on était ensemble, je ne l'avais vu en porter un qu'une fois, quand il était parti finaliser un contrat pour un gros complexe d'appartements aux abords de la ville. Ça avait été un contrat à plusieurs millions de dollars, mais il avait suggéré, en plaisantant, arriver habillé comme d'habitude – avec un jean troué et un T-shirt usé et moulant – pour prouver qu'il ne fallait jamais juger un livre à sa couverture.

Même s'il détestait porter des costumes, j'adorais le voir dans cette tenue. Ça le faisait ressembler à quelqu'un d'une couverture de magazine, comme *Esquire*. J'avais dû essuyer un peu de bave qui avait coulé au coin de ma bouche, ce jour-là, et je dus recommencer quand il s'avança d'un pas décidé sur le toit, en direction de l'endroit où je l'attendais.

Quand il s'arrêta devant moi, il baissa la tête. Je ne savais pas si je devais parler ou juste l'écouter.

Quand il inclina légèrement la tête et que ses yeux marron foncé se posèrent sur ma taille dans ce qui ressemblait à une requête silencieuse, je supposai qu'il voulait qu'on rejoue cette fois où je lui avais taillé une pipe pour la deuxième fois, sur le toit. La fois où il avait baisé mon visage sans merci. Je n'avais rien contre, alors je tendis machinalement la main vers sa boucle de ceinture.

Mais avant que je n'aie pu l'ouvrir, il me prit les mains et me hissa sur mes pieds. Dès que je fus debout, Ronan se laissa tomber sur un genou. S'il ne m'avait pas tenu la main, j'aurais reculé de surprise.

Mon cœur se mit à battre à toute vitesse et ma vision devint floue quand il sortit une petite boîte en velours noir de sa poche de veste.

J'essayais de ne pas paniquer, mais j'étais *en train de paniquer*. J'étais certain que le blanc de mes yeux se voyait jusqu'à la station spatiale.

Comment pouvait-il faire ça le jour même où j'étais promu au poste de présentateur des infos ?

— Tate... commença-t-il.

Bordel de merde !

— Oui ! m'exclamai-je.

Il leva les yeux au ciel.

— Je peux poser la question, d'abord ?

— Non ! La réponse est oui !

— Laisse-moi...

— C'est oui. Oui ! Putain, oui !

Il laissa retomber sa tête et la secoua.

— OK, concédai-je. Désolé. Fais ta demande.

Il releva la tête vers moi, les lèvres pincées. Sûrement pour se retenir de rire, vu que c'était censé être un moment sérieux.

Je plaquai la main qu'il ne tenait pas sur ma bouche et hochai la tête, espérant qu'il allait se dépêcher avant que je ne me mette à hurler « oui » mille fois de plus.

— Tate Allan Harris...

Un autre « oui » s'apprêtait à m'échapper de manière incontrôlable. Je parvins à grand-peine à le contenir.

— Acceptes-tu...

Il faisait exprès de me demander en mariage aussi lentement. Est-ce qu'il se rendait compte que j'étais à deux doigts de m'écrouler par terre ?

J'ouvris la bouche, et il me fusilla du regard. Je la refermai.

— Tate Allan Harris, acceptes-tu de m'aimer pour le restant de nos vies ?

J'attendis.

Il me lança un regard appuyé.

— Oh... je suppose que je suis censé répondre maintenant ? Oui !

Il se lécha les lèvres et le coin de ses yeux amusés se plissa.

— Acceptes-tu aussi de devenir mon époux et de rester à mes côtés pour le meilleur et pour le pire ?

— Oh que oui !

Je tirai sur la main qui tenait la mienne pour l'encourager à se lever aussi. Dès que ce fut fait, je dis :

— Ronan Pak, acceptes-tu d'être mon époux et de rester à mes côtés pour le meilleur et pour le pire ?

— Absolument.

Je souris. Il sourit.

— Est-ce qu'on s'embrasse maintenant ? demandai-je.

Je n'étais pas sûr, vu que je n'avais encore jamais fait de demande en mariage et qu'on ne m'en avait jamais fait ; mon dernier mariage avait été plus arrangé que désiré.

Il secoua la tête et ouvrit la boîte dans sa main.

Dès que je la vis, je cessai de respirer.

— C'est une bague de fiançailles ou mon alliance ?

Il sortit la bague de la boîte et la glissa à mon annulaire.

Ça ressemblait à du tungstène, trois incrustations entouraient l'anneau et les deux plus externes étaient en bois poli et brillant, tandis que celui du centre était conçu dans un matériau semblable à du coquillage turquoise, peut-être de l'abalone. Elle était magnifique, mais quand même très masculine.

Je l'adorais. Il n'aurait pas pu choisir une plus belle bague, et elle m'allait à la perfection.

— J'appelle ça une bague de promesse, parce que je te promets de t'aimer pour toujours.

Je crispai les genoux pour ne pas me transformer en flaque sur le toit.

Était-ce vraiment ma vie ? Était-ce vraiment en train d'arriver ?

Tout trouvait enfin sa place.

Ma carrière.

Ronan.

Mes enfants.

Maintenant, j'allais épouser l'homme que j'aimais depuis

ce qui me semblait une éternité, même si, durant la majorité de ce temps, nous avions été séparés.

— On doit commencer à planifier le mariage, annonçai-je, m'efforçant de ne pas balbutier comme un bébé.

Ronan secoua la tête.

— Tout est déjà planifié.

— Quoi ? m'étonnai-je, les sourcils froncés. Quand ? Où ? Comment tu as pu faire tout ça sans que je le sache ?

Il me lança un regard si typique de Ronan.

— Ah, c'est vrai, tu as des *employés*. Même tes employés ont des *employés*.

— Je me suis occupé de la majeure partie tout seul, merci beaucoup.

— Je veux connaître les détails.

N'importe quoi pour me retenir de sauter partout sur le toit au risque de chuter dans le vide par accident dans mon enthousiasme.

— C'est une surprise. Contente-toi de prendre un maillot de bain dans tes bagages.

Il inclina la tête d'un côté et de l'autre, puis ajouta :

— Peut-être plusieurs.

Je fronçai les sourcils.

— Imagine une plage tropicale, du soleil, de l'eau turquoise. Toi et moi.

— Ça ressemble au paradis.

— J'ai tout fait pour m'assurer que ça le soit.

— Et quand est-ce qu'on va rejoindre ce paradis, parce que...

Merde.

Le boulot. Ronan n'était pas au courant.

— Tu as deux semaines de libres avant de t'asseoir derrière ce bureau devant les caméras.

— Tu l'as su avant moi ?

Une minute.

— Tu n'avais rien à voir avec ma promotion, n'est-ce pas ? Tu n'as pas tiré des ficelles, hein ?

Parce que s'il l'avait fait, alors je ne pourrais pas accepter ce poste. Je voulais le mériter.

— Non, mais quand j'ai appelé ton patron pour lui demander quelle serait la meilleure période pour que tu prennes deux semaines de congé... parce que, encore une fois, je voulais que ce soit une surprise... il m'en a parlé.

— Alors, il va repousser ma promotion ?

Je n'étais pas sûr que ça me convienne.

— Juste pendant deux semaines.

J'étais censé commencer à présenter les actualités du soir la semaine prochaine.

— Ça veut dire...

— Exactement.

— Quand est-ce qu'on part ?

— Lundi.

— Et la cérémonie est pour quand ?

Il me lança un regard facile à déchiffrer : mes questions allaient gâcher la surprise. Je ne pouvais m'empêcher de vouloir connaître tous les détails. J'étais un journaliste.

— La paperasse doit être signée à Saba, trois semaines avant la cérémonie, alors ce sera le samedi après notre arrivée.

— À Saba ?

Je n'avais jamais entendu parler de cet endroit.

— C'est une petite île des Caraïbes que j'ai trouvée et qui est très accueillante avec les couples gays. Malheureusement, peu d'îles le sont.

Ce n'était pas surprenant. Mais...

— On va se marier dans un peu plus d'une semaine ?

— Tu ne peux plus reculer, maintenant.

— Non, *toi*, tu ne peux plus reculer, rectifiai-je. Tu m'as déjà fait une promesse et passé une bague au doigt.

— J'espère que tu ne l'enlèveras jamais.

— Je n'en ai pas l'intention.

Comme le pendentif du cercle de la vie que je portais et qui contenait les cendres de Connor. Je ne retirerais jamais aucun de ces bijoux, tant que je pourrais l'éviter.

— Tate, dit-il doucement avec ce sourire que j'aimais autant que l'homme à qui il appartenait.

— Oui ?

— *Maintenant,* on s'embrasse.

Je haussai les épaules.

— Eh bien, si tu insistes...

Je plaquai mes lèvres sur les siennes.

Ronan (trois ans plus tard)

Je garai la BMW X7 neuve de Tate dans notre allée de Fox Chapel, au nord de Pittsburgh. On avait fait bâtir cette maison deux ans plus tôt, vu que mon penthouse, bien que spacieux, ne disposait pas d'assez de chambres pour accueillir Alec et Mazie. Nous voulions qu'ils disposent tous deux de leur propre chambre, ainsi que d'une grande cour.

Cette résidence fermée était idéalement située. Toujours assez proche de la ville et de mon bureau, mais encore plus proche de Burgh Media Group.

Je regardai dans le rétroviseur tout en serrant le frein à main et attendis que Tate, assis sur le siège arrière, ait retiré la sangle du siège avec précaution avant de soulever le bébé.

Non seulement nous avions désormais assez de place pour accueillir les enfants de Tate maintenant, puisqu'on avait obtenu la garde partagée avec Dahlia, mais en plus, nous disposions d'une nursery et de largement assez de place pour agrandir notre famille.

De manière incroyable, Dahlia nous avait accordé la garde partagée sans combattre. Je ne pouvais donc plus la détester. Plus autant, en tout cas. Depuis qu'elle s'était remariée et qu'elle avait elle-même donné naissance à un autre bébé, Tate pensait qu'elle était soulagée de pouvoir nous laisser nous occuper en partie des enfants.

Et maintenant, Tate et moi avions notre propre enfant.

L'accouchement avait été long et épuisant, même si notre mère porteuse avait fait tout le boulot au niveau physique. Quand je l'avais regardée en salle d'accouchement, j'avais été bien content de ne pas être une femme.

J'avais été aux anges d'assister à la naissance de notre fille – qui s'appelait officiellement Jae Renée Harris-Pak sur son certificat de naissance –, mais aussi un peu horrifié par tout le processus. J'étais partagé entre l'envie d'oublier tout ce que j'avais vu en salle d'accouchement et celle de m'en souvenir pour toujours.

Quand on était sortis de là, j'avais annoncé à Tate que j'allais acheter une Mercedes neuve à cette femme. Une décapotable. Avec toutes les options disponibles. Il avait ri, mais j'étais sérieux. Après ce que je venais de voir, elle le méritait.

Dès que je fus sorti du véhicule, je récupérai le sac de couches sur le siège passager et attendis que Tate ait installé Jae contre son épaule.

Il voulait lui donner un nom coréen en l'honneur de son défunt père, et je l'avais laissé choisir. Il avait choisi le nom parfait, et ma mère était ravie de ce choix.

Quand nous approchâmes des doubles portes d'entrée,

l'une d'elles s'ouvrit, et ma mère se précipita dehors, Alec et Mazie sur les talons.

— Je veux la voir ! s'exclamèrent ma mère et Mazie en stéréo.

— On peut d'abord rentrer ? Et Alec, ne laisse pas le chien s'échapper, dis-je.

Alec attrapa Harry, le chien, par son collier juste avant qu'il ne bondisse sur les marches et dans la cour. Ce n'était pas le bon jour pour chercher notre beagle pendant qu'il jouerait à cache-cache dans tout le quartier. Pire encore, s'il repérait un lapin, on risquait de ne plus le revoir avant des heures.

Le visage rayonnant et des larmes dans les yeux, ma mère tendit aussitôt les mains pour prendre Jae à Tate.

Je ne savais pas s'il accepterait de la lâcher, mais au bout d'une seconde, il le fit, et ma mère la souleva avec prudence avant de se mettre aussitôt à la dorloter. Elle recouvrit notre fille de baisers bruyants tout en pleurant encore plus fort.

Pendant que Tate abaissait ses mains avec réticence, mon regard se posa sur le tatouage sur son poignet gauche. Un point-virgule. J'avais le même sur mon poignet droit, parce que ce symbole était significatif, pour nous, à la fois individuellement et en tant que couple.

Pendant que ma mère et les enfants repartaient dans la maison, je restai sur le trottoir à les observer.

Tate s'arrêta sur les marches de pierre et regarda par-dessus son épaule.

Il fronça ses sourcils sombres d'un air inquiet.

— Qu'est-ce qui se passe ?

Je secouai la tête et répondis :

— Rien. Rien du tout. Tout va bien.

Il sourit, ce sourire que j'espérais voir pour le restant de ma vie.

— C'est parfait.

Je le rejoignis sur les marches, passai un bras sur ses épaules et l'accompagnai à l'intérieur.

L'espace d'un instant, pendant que je regardais cette maison dont on avait fait notre foyer, ainsi que notre famille, j'avais craint d'être mort. Parce que, s'il y avait un Paradis, je l'avais trouvé.

LE POINT-VIRGULE EST de loin le tatouage le plus puissant et inspirant qui soit. Dans la langue française, il indique que l'écrivain aurait pu mettre fin à une histoire avec un point, mais qu'il a décidé qu'elle n'était pas encore terminée.

La relation de Tate et Ronan aurait pu se terminer douze ans plus tôt, ce jour-là, dans leur appartement, mais ça n'a pas été le cas. Leur histoire a juste été mise en pause, avant d'être reprise.

MERCI À MARIA LOUDEN de m'avoir autorisée à utiliser le nom de son défunt oncle bien aimé, Mario Louden, pour le professeur de Tate et Ronan.

Inscrivez-vous à la lettre d'information de Jeanne pour connaître ses prochaines sorties, ses ventes et bien plus encore (En anglais): http://www.jeannestjames.com/ newslettersignup

Que demander de mieux que se réveiller à côté d'un mec sexy ? Se réveiller coincée entre deux canons !

Quinn Preston, une analyste financière, n'est pas ravie quand son amie lui lance le défi de draguer un bel inconnu lors d'un mariage. Quelle meilleure raison de laisser tomber les hommes que d'avoir été trompée par son ancien petit ami, alors qu'il était nul au lit ?

Logan Reed, un dirigeant accompli, n'en revient pas d'être attiré pas la femme sous l'affreuse robe rose bonbon de demoiselle d'honneur. En plus, elle est bien pompette. Après avoir refusé son invitation pour un coup d'un soir, il la retrouve dans le parking, trop bourrée pour conduire. Il lui vient en aide et la ramène à la maison. Sa maison.

Le lendemain matin, la vie conventionnelle de Quinn est bouleversée quand Logan l'introduit à des plaisirs qu'elle n'avait jamais envisagés. Pour compliquer les choses, Logan a déjà un amant.

Tyson White, ancien joueur de football, est complètement amoureux de Logan. Il a des sentiments mitigés quand Logan ramène Quinn chez lui. Mais les défis continuent d'être lancés…

Note : Ce livre audio de la série est une histoire indépendante et inclut une fin heureuse. Elle est destinée à un public de plus de 18 ans puisqu'elle comporte des scènes HHF entre les trois personnages.

Tournez la page pour lire le premier chapitre du livre suivant : https://books2read.com/ DoubleDareFR

Osez Doublement (Double Dare)

La Série Dare Ménage, livre 1

Logan Reed glissa un doigt dans le col de sa chemise blanche et tira. Il avait vraiment besoin d'air, bordel !

Qu'est-ce qu'il foutait ici de toute façon ?

Alors qu'il observait l'église, une goutte de sueur perla sur son front. Sa respiration était devenue irrégulière et saccadée. Il allait faire de l'hyperventilation juste là et s'évanouir, se ridiculisant devant tout le monde.

En sursautant, il réalisa qu'un des placeurs lui parlait.

— Quoi ?

— Le marié ou la mariée ?

Le marié ou la mariée ? Est-ce qu'il ressemblait à une mariée ?

Tout ce qu'il voulait faire, c'était enlever sa chemise rigide, sa cravate asphyxiante et sa veste étouffante, puis enfiler un jean usé et un de ses t-shirts confortables, s'affaler dans son canapé, mettre ses pieds sur la table basse et descendre une bonne bière fraîche.

Quel fantasme !

Mais il était là, debout dans un costume de pingouin au

milieu d'une église, sur le point d'être expédié en enfer à tout moment. Il soupira longuement pour calmer son cœur battant la chamade.

Logan fixa le placeur confus. Malheureusement, il comprenait ce sentiment.

— Aucun des deux.

— Ça va ?

Logan s'était juré de ne plus jamais faire ça. De ne jamais plus remettre les pieds dans une église.

Il se rappela qu'il était ici uniquement pour observer. Il n'avait pas à participer. Mais ça n'aida pas. Quelqu'un qui comptait autant de péchés que Logan devrait être banni des endroits religieux. Ça devrait être une loi. Mais ce n'était pas le cas.

Putain ! Il devait se ressaisir. C'était un mariage, pas une crucifixion.

Il avait promis à sa sœur qu'il serait là. Et même si Logan était un pêcheur, il respectait sa parole. Toujours.

Le placeur éclaircit sa gorge.

— Mec...

Logan cloua d'un regard noir le jeune au visage à présent rougit et dégoulinant de sueur, et dont le costume paraissait deux fois trop grand.

— Mec ?

Il observa la pomme d'Adam de l'adolescent sautiller plusieurs fois avant qu'il sente un *souffle* d'air près de lui et que quelqu'un attrape son coude. Fermement.

— Logan ! C'est sympa d'être arrivé à l'heure.

La voix féminine était chantante et délicieusement siru-peuse. Le genre de voix qui en disait bien plus avec le ton qu'avec les mots.

Logan se tourna pour voir sa sœur. Il dut baisser les yeux, car elle faisait presque trente centimètres de moins que lui.

— Hé, Demi-Portion. Tu tombes bien.

La petite brunette lui fit un sourire crispé.

— Je vois ça, répondit-elle en pivotant vers le placeur. On est avec la mariée, dit-elle gentiment. On va s'installer tous seuls. Merci.

Le placeur sembla soulagé et Logan se sentit presque mal. Presque.

La poigne sur son coude s'accentua, et sans prévenir, sa sœur l'entraîna dans l'allée centrale, vers un des bancs sur la gauche.

— *Assieds-toi,* dit Paige au travers de dents serrées, bien qu'un grand sourire arborait son visage.

Il s'assit.

Elle lissa sa robe et la glissa de manière raffinée sous ses fesses en s'asseyant sur le banc à côté de lui.

— Bordel, Demi-Portion ! C'est quoi le problème, bon sang ?

Logan regarda sa façade se fissurer.

— Logan, t'es dans une église, bon sang ! Ce n'est pas le meilleur endroit pour ce genre de langage. Et si tu continues, je vais devoir changer de banc pour ne pas être envoyée en enfer avec toi.

Elle lissa sa coiffure et fit un sourire d'excuse au couple de vieux les scrutant, bouche bée, de l'autre côté de l'allée.

— Hé, je ne voulais pas venir d'abord.

— Je t'ai demandé une faveur...

— Une ? Hum. Tu dois avoir la mémoire courte.

— OK, OK. Arrête ! Crois-moi, j'apprécie ta venue.

— Et les remerciements que j'obtiens, c'est un bleu au coude ?

— Désolée, j'ai bien cru que ce gars allait se pisser dessus.

— Eh ben, merde... il m'a dit *mec.*

— Oh ouais... c'est bien pire que *Demi-Portion.*

— Je pensais que t'aimais ce surnom...

Paige lui donna un coup de coude dans le ventre avant qu'il puisse dire autre chose.

La marche nuptiale commença et les doubles portes s'ouvrirent pour faire place à la mariée.

Sa sœur lui en devait une belle.

QUINN PRESTON s'étouffa presque avec sa Tequila Sunrise quand son amie la heurta dans les côtes.

— Aïe.

Elle retint sa gorgée et évita de la renverser sur son affreuse robe de demoiselle d'honneur. Ouais... ça aurait été dommage de ruiner une belle robe mal fagotée en taffetas rose dégueulasse. Elle ressemblait à une pastille de Spasfon. La mariée avait dit qu'elle pourrait la reporter. Comme pour une soirée cocktail. Ou peut-être à son propre enterrement. *Ouais, bien sûr... Personne de sain d'esprit ne voudrait se faire inhumer dans ce truc.*

Ruiner la robe n'aurait pas été une grosse perte, mais son verre oui. Elle buvait des Sunrises pour deux raisons : se sentir bien et être saoule.

Lana lui donna un autre coup de coude.

— Tu vois ça ? demanda-t-elle en faisant un signe de tête vers le fond de la pièce.

— Quoi ?

Quinn s'en foutait de ce qui excitait Lana. Elle voulait juste en finir avec cette journée. Elle en avait marre de regarder l'heureux couple. Elle était fatiguée de se coller un faux sourire pour le photographe. Et elle en avait vraiment sa claque d'écouter les félicitations mièvres. Tant de choses qu'elle n'aurait jamais... le mariage, l'époux, le bonheur nuptial. Quelque chose que ses parents ne manquaient jamais de lui rappeler. Surtout maintenant qu'elle avait la trentaine. Et qu'elle était célibataire. Encore.

— Pas quoi. Qui.

— Hein ?

Elle aspira sur la petite paille fragile que le barman lui avait mise dans son verre. C'était peu probable qu'il en sorte quelque chose. Elle était peut-être juste conçue pour touiller. Elle la retira donc et la jeta sur le bar. Elle avait vraiment besoin d'une de ces géantes pailles qui venaient avec ces boissons gelées chic.

— Lui. Là-bas.

Lana attrapa Quinn par les épaules et la retourna pour voir ce qui avait attiré l'attention de son amie.

— Oh, lui.

Elle prit une grande gorgée de son punch, bien qu'il n'y eût pas une once de punch dedans. Enfin, pas celui aux fruits.

— Ouais. Lui.

Lana insista sur *lui* comme si elle suçait une cerise au sirop et en savourait la sucrosité sur sa langue.

Quinn regarda à la va-vite. Les hommes étaient sur sa liste noire en ce moment. Elle s'en fichait qu'ils soient sexy. L'alcool fort dans sa main était la seule compagnie dont elle avait besoin. Elle sourit à son verre, meilleur rencard qu'elle avait depuis une éternité.

Une deuxième tâche floue de taffetas rose tournoya jusqu'à elle, à bout de souffle.

— Seigneur, Louise ! T'as vu ce beau gosse ?

Paula, une autre victime du style cauchemardesque de ce mariage, était toute rouge et avait une goutte de sueur qui dévalait ses joues d'écureuil.

— Vous pensez qu'il est célibataire ?

Quinn haussa une épaule et se retourna vers le bar. Ça avait déjà été suffisant quand ces trois-là avaient dû se tenir les unes à côté des autres à l'autel, puis pendant la séance photo épuisante, suivies par l'interminable dîner à la table d'honneur. Tout ça empaquetées dans cette horrible écume rose. Mais c'était fini maintenant. Elles avaient fait leur devoir pour leur amie Gina. Il n'y avait aucune raison qu'elles restent là, à donner l'impression que quelqu'un avait vomi des pastilles de Spasfon.

Elle s'appuya sur le bar et demanda l'heure au barman un peu mignon. Quand il répondit qu'il était six heures, elle serra les dents. Ils n'étaient à la réception que depuis une heure. Il était bien trop tôt pour se barrer.

Merde.

Avec un soupir, elle se retourna vers ses amies. Celles-ci reluquaient toujours le beau mec de l'autre côté de la salle.

— Je me demande s'il aime les femmes avec un peu de viande sur les os, souffla Paula.

Un peu de viande ? Elle ouvrit la bouche pour corriger son amie, mais la ferma rapidement. Paula n'avait pas besoin de subir les frais de sa pitoyable humeur.

— Quinn, je parie qu'il te ferait oublier Peanut.

Quinn grimaça et but une autre grande gorgée de son verre. Elle adorait la saveur et la sensation acidulées sur sa langue. Et puis, elle essayait d'oublier Peanut. D'ailleurs, elle détestait le surnom que ses amies avaient trouvé pour son ancien copain, Peter. Une fois, elles l'avaient réellement appelé Peanut devant lui... par accident, bien sûr. *Évidemment.* Ça lui avait pris un moment pour oublier cet incident. Il n'avait plus apprécié ses amies par la suite.

D'un autre côté, ses amies n'avaient jamais supporté Peter, et ce, dès le début. Contrairement à ses parents, qui adoraient ce salaud. Sûrement plus qu'ils l'aimaient, elle.

— Ouais, Quinn ! Il te ferait probablement monter au septième ciel et tu oublierais ce crétin une fois pour toutes.

Quinn regarda Paula en fronçant les sourcils. Elle remarqua le collier de perles de son amie qui se perdait dans la peau de son cou. Les mains de Quinn allèrent automatiquement vers le sien pour toucher un collier similaire, un accessoire de leur stupide costume de cérémonie. *Argh !* Elle détestait les perles !

Elle détestait le taffetas. Elle détestait le rose. Elle détestait les robes à froufrous.

Elle but une autre grande gorgée de son verre.

Et elle détestait Peter. Ce connard.

Son cadeau pour la dernière Saint-Valentin n'avait pas été une bague de fiançailles. Oh non... après cinq longues années perdues à sortir avec ce con, il ne lui aurait pas offert une bague. Nan. À la place, il lui avait envoyé un SMS.

C'était tout.

Un stupide petit SMS. Deux misérables lignes.

Ça ne marche plus. J'ai trouvé quelqu'un d'autre.

Elle méritait plus que ça. Quelque chose de mieux. Après toutes ces années à ses côtés, loyale, à jouer la « gentille copine convenable ». Comme l'avait désiré Peter. Comme s'y étaient attendus ses parents. La copine que tout homme respectable voudrait avoir à son bras. N'est-ce pas ?

Pas même une excuse. Pas même une explication. Rien.

Et le jour suivant, FedEx avait livré un carton avec toutes les affaires qu'elle avait laissé à son appartement durant les cinq dernières années.

Quinn vida son verre et se retourna vers le bar, refusant d'écouter les jacasseries de ses amies sur M. Le Beau Gosse.

Un autre homme, il ne manquait plus que ça !

Elle fit glisser son verre sur le comptoir, et avant qu'elle puisse en commander un deuxième, une voix grave recouvrit la sienne.

— Le prochain est pour moi.

Crétin. Les boissons sont offertes. Elle pivota pour engueuler le mec et s'arrêta. Sa bouche s'ouvrit, mais aucun son ne s'en échappa.

— Vous ressemblez à un poisson sorti de l'eau avec la bouche ouverte comme ça.

Quand il sourit, les rides autour de ses yeux se plissèrent. Il était hâlé, un bronzage découlant d'activités au grand air. Pas un bronzage artificiel. Et il avait des yeux verts magnifiques. Bon sang ! Elle n'avait jamais vu un regard aussi beau chez un homme. Son nez était un peu courbé, comme s'il avait été cassé, et ça le rendait encore plus beau. Non. Pas beau. Il était... Il était...

Quinn ferma la bouche et déglutit. Il était tellement *imparfait* qu'il en était parfait. Ses cheveux étaient d'un marron foncé avec des reflets naturels, une autre preuve qu'il aimait le plein air. Ils étaient longs et tirés en une queue-de-cheval soignée.

Elle détestait les cheveux longs chez les hommes. Mais ça lui allait bien.

Il avait une barbe qui n'en était pas une, légèrement plus longue qu'une barbe de trois jours.

Pourtant, elle avait les poils du visage en horreur.

Il avait un cou puissant et musclé qui disparaissait dans une chemise rigide. Le col avait déjà été déboutonné, avec un deuxième bouton détaché. Le nœud de sa cravate était lâche et elle pendait en biais autour de son cou.

Les manches de sa chemise blanche raide étaient remontées jusqu'aux coudes, et ses avant-bras bronzés étaient recouverts de poils noirs. Ses mains...

Oh. La vache.

Ses mains étaient grandes. Des mains qui travaillaient. Pas douces et choyées, mais calleuses, épaisses et puissantes.

Capables. À même de faire toutes sortes de choses.

Les tétons de Quinn se durcirent sous le taffetas rêche.

Ses mains pouvaient faire toutes sortes de trucs coquins et obscènes.

Des choses que Peter n'avait jamais voulu faire...

Quinn arracha son regard et se retourna vers le bar, s'y accrochant pendant un instant pour reprendre son souffle. Elle attrapa son nouveau verre et avala une gorgée.

— Holà ! Doucement.

Pressant la boisson froide sur son front, elle tenta de se rafraîchir.

Elle devait aller changer sa culotte toute mouillée.

Elle pouvait sentir sa chaleur près d'elle, son corps telle une fournaise. Elle voulait planter ses mains sur son torse et confirmer à quel point son corps était chaud. Ses doigts frémirent autour de son verre.

— Tout va bien ?

Le timbre grave de sa voix foudroya son corps, trouvant son centre.

Quinn ne put que hocher la tête.

Posant sa paume sur son épaule nue, il la tourna pour qu'elle lui fît face. Il soutint son regard, ses lèvres s'élargissant en un sourire.

Ses lèvres. *Bon sang*. Des lèvres pareilles pourraient probablement lui faire toutes sortes de choses, à elle et avec elle. Des lèvres faites pour autre chose que les baisers...

— *Oui.*

Bon Dieu ! C'était le genre de oui qu'elle lâchait quand elle était en plein orgasme. Du moins, d'après ses souvenirs. Ça faisait si longtemps qu'elle n'avait pas joui... enfin, avec un partenaire.

L'excitation remonta le long de sa nuque alors qu'elle reculait, rompant le contact.

— Je... Je vais bien, assura-t-elle en éclaircissant sa gorge. Merci pour le verre.

Elle prit une autre gorgée avant de lever sa boisson pour le remercier.

— De rien.

Quand il rit, les genoux de Quinn se dérobèrent presque.

— Profites-en bien.

Il recula, puis s'arrêta. Néanmoins, il sembla se raviser et continua son chemin.

Quinn s'appuya contre le bar et laissa sortir un soupir tremblotant.

Soudain, ses amies l'encadrèrent des deux côtés. Elle avait été si distraite qu'elle n'avait même pas remarqué leur disparition.

— Quinn...

— Quinn !

— Oh. Mon. Dieu !

— Je t'avais dit qu'il était sexy !

— Oh ! J'aurais aimé ne pas être déjà mariée.

— J'aurais aimé qu'il apprécie les rondelettes.

Quinn fut incapable d'en supporter davantage. Elle leva les mains pour capituler.

— Arrêtez. Ça suffit.

— Mais Quinn...

— Mais rien, répondit Quinn à Paula.

— Tu vas le laisser partir ?

— Paula, il ne va nulle part. Malheureusement, je ne vais nulle part. On doit être là encore pendant deux heures... au moins.

— Est-ce que tu vas laisser Peter détruire le reste de ta

vie ? demanda Lana. Tous les hommes ne sont pas des connards comme lui.

Quinn s'étrangla de rire et prit une autre gorgée de son Sunrise.

— Pourquoi tu ne danses pas avec lui, au moins ?

— Non.

— Pourquoi pas ? insista Lana.

Pourquoi pas ? Parce que si elle le faisait, elle se retrouverait sur la piste de danse. Parce qu'elle finirait dans une flaque de sa sève vaginale. L'image dans sa tête la choqua. Elle, allongée sur la piste de danse, au milieu d'une foule, en proie à un orgasme. Entourée par tous les invités du mariage...

Le cocktail était plus fort que ce qu'elle pensait.

— Parce que personne ne danse encore.

— Bien sûr que si. Regarde.

Quinn jeta un œil vers la zone dégagée pour la danse. En effet, un groupe de gens s'y trouvait en train de se trémousser. Quinn avait été trop occupée par son verre pour le remarquer.

À première vue, certains participants sur la piste de danse avaient profité comme elle de l'open-bar. Même la mariée et son nouvel époux sautaient et se dandinaient au milieu de la foule.

Au moins, c'était un couple *heureux*.

Quinn prit une autre gorgée.

Lana la regarda en fronçant les sourcils.

— Tu vas boire toute la soirée ou tu vas faire un truc pour remédier à ta situation ?

— Ma situation ? Quelle situation ?

— T'envoyer en l'air.

Quinn jeta un œil par-dessus son épaule pour voir si le barman écoutait. C'était le cas. Il affichait un grand sourire. *Super...*

Le père de la mariée se présenta au bar et demanda un gin-tonic. Pendant qu'il attendait, il se tourna vers elles.

— Salut, les filles. Vous vous amusez ? Vous êtes belles dans ces robes. Ma femme les a choisies.

Oh, super ! Quinn devrait se souvenir de la gifl... remercier. Elle était impatiente d'arracher cet affreux truc qui la grattait.

Les trois femmes lui rendirent son sourire et mordirent leurs langues. Il finit enfin par s'éloigner, et Lana et Paula se remirent directement à la harceler. Heureusement qu'elles étaient ses amies.

— Aller... Un coup d'un soir te ferait du bien. Regarde-le.

— Je l'ai déjà regardé.

Bon sang... Elle savait que leurs intentions étaient bonnes, mais elles lui tapaient sur les nerfs.

— Ouais. Et on t'a aussi vue baver.

Elle n'avait pas salivé. Sa main alla automatiquement à sa bouche.

— Tu ne l'intéresses sûrement pas de toute façon, dit Paula.

— Ouais. Tu ne pourrais pas décrocher quelqu'un comme lui. T'attires les tocards comme Peter, ajouta Lana.

Si elles pensaient que la psychologie inversée allait fonctionner... eh bien, ce ne serait pas le cas.

— On dirait qu'il est avec Paige Reed de toute façon.

Le regard de Quinn se tourna vers le coin de la salle de réception où le grand type se tenait près d'une petite beauté aux cheveux noirs. Paige Reed. *Évidemment.*

— Je croyais que Paige sortait avec Connor Morgan, grommela Quinn.

Elle avait dû marmonner assez fort parce que Lana lui répondit.

— C'est le cas. Connor a dû retourner en Australie pour le boulot.

— Alors pourquoi elle est avec lui ? demanda Quinn.

Pourquoi était-elle si curieuse tout à coup ? Pourquoi s'en souciait-elle ?

Elle s'en fichait. Elle sirota son cocktail. Après un Sunrise et demi, elle commençait à se sentir bien pompette. Elle n'avait pas l'habitude de boire. Et quand elle le faisait, elle prenait généralement du vin, pas de l'alcool fort. Surtout pas un cocktail avec un spiritueux si costaud.

— C'est peut-être un escort, chuchota Paula d'un air exaspéré en se penchant vers elles.

Elle le dit comme si c'était un potin, puis rit.

C'était *peut-être* un escort.

Il valait sûrement chaque centime qu'elle le payait.

Il lui tournait à présent le dos, mais cela donna l'occasion à Quinn d'étudier la largeur de ses épaules dans cette chemise. Quand il bougea, le tissu fit des plis et se froissa avec ses muscles.

— Ce n'est pas un escort ! s'exclama Lana en tirant Quinn de ses pensées. C'est Logan Reed, le frère de Paige. Je ne l'ai pas vu depuis qu'on est gosses. Mon Dieu ! Comme il a grandi.

— Comme tu dis, confirma Paula. Quinn, je te défie d'aller lui demander de danser.

— Suis pas intéressée.

— Ouais, je te défie aussi de le faire, renchérit Lana. Fais pas ta mauviette !

Si elle était une mauviette, elle ne se serait pas montrée en public avec cette atrocité rose. Et les chaussures assorties lui bousillaient les pieds. La dernière chose qu'il lui fallait, c'était de danser. Elle finirait estropiée.

— C'est un double défi, tu sais, on est toutes les deux

sûres que t'es pas chiche.

Merde ! Un défi. Maintenant, elle allait sans aucun doute le faire... ou pas.

— Vous êtes folles.

— Non, c'est toi qui l'es, si tu laisses passer cette occasion.

— Comment vous savez qu'il est libre ? leur demanda Quinn.

— Tu ne sauras pas avant de lui poser la question, dit Lana. Mais si je me souviens bien, sa femme l'a quitté il y a un moment. Il y a eu plein de rumeurs...

Elle avait aussi entendu plein de rumeurs sur elle et Peter. Mais ce n'étaient que des commérages. Elle n'y faisait pas attention.

— Action ou vérité ? hurla soudain Paula, ce qui fit sursauter Quinn.

Elle eut l'impression d'être à nouveau adolescente.

— Vérité, répondit rapidement Lana en sautillant sur ses pieds comme si elle avait quinze ans.

Seigneur... que quelqu'un mette fin à mon supplice !

— Est-ce que tu te rases ou tu t'épiles ? demanda Paula à Lana.

— Je me rase. OK, Quinn, à ton tour. Action ou vérité ?

Quinn ne participerait pas à ce jeu puéril. C'était stupide. Elle n'allait pas tomber dans ce piège évident.

— Vérité.

— Comment était Peter au lit ? l'interrogea Lana.

Mince. Elle n'allait pas répondre à cette question. Même éméchée comme elle l'était. Elle ne désirait pas se remémorer leur barbante vie sexuelle conservatrice. Et elle ne voulait assurément pas l'admettre ou en parler.

Il ne lui restait donc qu'une seule chose à faire.

Disponible ici : https://books2read.com/DoubleDareFR

Si vous avez aimé ce livre

Merci de votre lecture. Si vous avez apprécié ce livre, merci de publier un avis sur votre site de vente préféré et/ou catalogue en ligne de type Goodreads pour en informer les autres lecteurs. Les avis sont toujours très appréciés et quelques mots suffiront à aider énormément une auteure indépendante comme moi!

Livres en Français

Made Maleen: Un conte de fées moderne revisité
Toi mon tout : Une romance gay de la seconde chance
Endommagé

Série Des Frères en Uniforme :
Des Frères en Uniforme : Max (livre 1)
Des Frères en Uniforme : Marc (livre 2)
Des Frères en Uniforme : Matt (Tome 3) - comprend aussi
Teddy (Nouvelle 3.5)
Des Frères en Uniforme : Noël Chez la Famille Bryson
(livre 4)

La Série Dare Ménage :
Osez doublement (livre 1)
Proposition osée (livre 2)
Osez être trois (livre 3)
Un désir osé (livre 4)
Oser s'abandonner (livre 5)
Un voyage audacieux (livre 6)

LA SUITE EST À VENIR !

À propos de l'auteur

JEANNE ST. JAMES est une auteure de romances, dont les best-sellers sont en vente dans le monde entier et figurent au classement de *USA Today*. Elle adore mettre en scène des femmes fortes et des mâles alpha. Elle n'avait que treize ans quand elle a commencé à écrire. Son premier texte publié était une nouvelle érotique, dans le magazine *Playgirl*. Elle a écrit sa toute première romance en 2009. Depuis, elle est l'auteure de plus de cinquante romances contemporaines. Ses sujets de prédilection sont les histoires M/F et M/M, les trios M/M/F et les couples mixtes. Elle écrit aussi sous le nom de plume J.J. Masters. Envie de découvrir un peu plus ses œuvres ? Téléchargez un extrait gratuit en anglais : Book-Hip.com/MTQQKK

Pour ne rien rater de ses actualités et de ses parutions, consultez son site web www.jeannestjames.com ou inscrivez-vous à sa newsletter (en anglais): http://www.jeannestjames.com/newslettersignup

www.jeannestjames.com
jeanne@jeannestjames.com

Jeanne's Groupe de lecteurs: https://www.facebook.com/groups/JeannesReviewCrew/
TikTok: https://www.tiktok.com/@jeannestjames

Aussi par Jeanne St. James

Retrouvez mon ordre de lecture complet ici:

https://www.jeannestjames.com/reading-order

Des livres qui se suffisent à eux-mêmes:

Made Maleen: A Modern Twist on a Fairy Tale

Damaged

Rip Cord: The Complete Trilogy

Everything About You (A Second Chance Gay Romance)

Reigniting Chase (An M/M Standalone)

Brothers in Blue Series

The Dare Ménage Series

The Obsessed Novellas

Down & Dirty: Dirty Angels MC Series®

Crossing the Line (A DAMC/Blue Avengers MC Crossover) *

Magnum: A Dark Knights MC/Dirty Angels MC Crossover *

Crash: A Dirty Angels MC/Blood Fury MC Crossover *

In the Shadows Security Series

Blood & Bones: Blood Fury MC®

Notes

Chapitre 18

1. Référence à la chanson « Oops !... I did it again » qui signifie « Oups !... j'ai recommencé »

9 781954 684911